辽宁省社科基金项目（L09DZW017）

辽宁省人文社科重点研究基地渤海大学应用语言学研究中心2009科研项目（2009JD001）

话语的修辞、变异及重构

——新时期初期文学话语问题研究

● 宋文坛　著

中国社会科学出版社

图书在版编目（CIP）数据

话语的修辞、变异及重构 / 宋文坛著 . —北京：中国社会
科学出版社，2010. 6

ISBN 978 - 7 - 5004 - 9125 - 5

Ⅰ. ①话…　Ⅱ. ①宋…　Ⅲ. ①文学语言 – 研究　Ⅳ. ①I045

中国版本图书馆 CIP 数据核字（2010）第 179158 号

出版策划　任　明
责任编辑　李晓丽
责任校对　修广平
封面设计　弓禾碧
技术编辑　李　建

出版发行　中国社会科学出版社
社　　址　北京鼓楼西大街甲 158 号　　　　邮　编　100720
电　　话　010 - 84029450（邮购）
网　　址　http：//www. csspw. cn
经　　销　新华书店
印　　刷　北京奥隆印刷厂　　　　　　　装　订　广增装订厂
版　　次　2010 年 6 月第 1 版　　　　　　印　次　2010 年 6 月第 1 次印刷
开　　本　710×1000　1/16
印　　张　11. 25　　　　　　　　　　　　插　页　2
字　　数　177 千字
定　　价　28. 00 元

目　录

绪论 ……………………………………………………………… (1)

　　一　选题的依据和意义 ……………………………………… (1)

　　二　课题研究现状分析 ……………………………………… (4)

　　三　本书的研究思路和方法 ………………………………… (8)

第一章　主流意识形态话语重构的最初努力 …………………… (11)

　第一节　文艺政策的调整与"文化大革命"话语的扬弃 ……… (11)

　第二节　回归"十七年"与想象"新时期"

　　　　　——"主流"话语的定位 ………………………… (15)

　　一　"现代化"与历史叙述的"空白"化 ………………… (16)

　　二　回归"十七年"——另一种话语逻辑 ………………… (19)

第二章　苦难叙事中的话语修辞与话语冲突 …………………… (24)

　第一节　对苦难的消解与"拯救" ……………………………… (24)

　　一　"伤痛"描写与"苦难"叙事 ………………………… (25)

　　二　"忠奸对立"与时间切分的方法——历史罪责的处理 …… (28)

　　三　关于"忠诚"的叙述——革命伦理的浮现 …………… (32)

　　四　身份的政治——政治拯救叙述中的主体问题 ………… (37)

　　五　英雄与人民——苦难叙事中的"消解"机制 ………… (39)

　第二节　对"拯救"的怀疑、偏离与拒绝 ……………………… (46)

　　一　暴露与谴责——"破禁"式的书写 …………………… (46)

　　二　伤痕与苦难的个人化呈现 ……………………………… (50)

　　三　拯救的拒绝与启蒙主体的出现 ………………………… (54)

　　四　个体化书写的成就和限度——《晚霞消失的时候》…… (58)

　第三节　"现实主义"的不同理解：等级"规范"与话语"突破" … (71)

　　一　"主流"批评的"等级化"原则 ……………………… (73)

　　二　对"现实主义"的不同理解 …………………………… (78)

第三章　人道主义的话语冲突 ……………………………………（84）
第一节　"态度的同一性"背后的分歧 …………………………（84）
第二节　关于"人性"、"人道主义"的论争 …………………（87）
第三节　对"人"的主题的反思、表现及争论 ………………（94）
一　对人的"异化"的书写 ………………………………（95）
二　群体蒙昧的历史思考 …………………………………（99）
三　对小说创作中"人道主义"问题的争论 …………（104）

第四章　作家创作中的话语认同及矛盾 ……………………（110）
第一节　话语的合法性与认同问题 …………………………（110）
一　主流意识形态建构的"合法性"话语 …………（110）
二　"合法性规范"与话语认同 ………………………（112）
第二节　对历史主体的自我书写
——"右派"作家创作中的话语认同与矛盾 ………（115）
一　"归乡者"的身份与"归乡"叙述模式 …………（116）
二　"忠诚"表白 ………………………………………（120）
三　内在的话语矛盾 …………………………………（123）
第三节　"知青"作家创作中的话语认同困境 ……………（125）
一　从"控诉历史"到"回归历史" …………………（126）
二　"英雄"叙事 ……………………………………（129）
三　"知青"的"归乡" ……………………………（132）

第五章　话语的分流 …………………………………………（138）
第一节　意识形态话语内部的差异和分化 …………………（138）
第二节　启蒙反思的深化与面临的话语难题 ……………（143）
一　批判性的"历史诊断" …………………………（144）
二　民粹主义——难以绕过的话语难题 ……………（147）
三　启蒙话语的两歧性 ……………………………（150）
第三节　"现代化"想象中的话语权力问题 ………………（154）
第四节　话语格局与话语关系 ……………………………（158）

结语 ……………………………………………………………（165）

参考文献 ………………………………………………………（173）

绪　　论

一　选题的依据和意义

在"文化大革命"结束之后，中国社会经历了一次深刻的话语转型和重建的过程。"拨乱反正"，"解放思想、实事求是"，"实践是检验真理的唯一标准"等等一系列口号的提出、文学与政治的关系的重新调整使中国思想文化界很快地抛弃了"文化大革命"旧的思想文化观念和话语体系，文学创作中启蒙思潮的兴起和"人道主义"问题的重新探讨标志着启蒙话语的重新崛起；"改革开放"与"现代化"目标的提出又使这一话语转型和重建有了现实的政治依据和目标指向。一切似乎都在表明，中国社会正在以迅猛的步伐经历着一场思想的巨变和话语的重建。

但是，任何时代话语的转型与重建都不是一蹴而就的，在这一过程中，话语矛盾和话语冲突又往往是激烈和不可避免的。回顾"新时期"之初（1977—1984）的文学创作和文学批评时，我们不难发现，话语格局的变化和话语冲突的不断发生构成了"新时期"之初文学面貌的基本特征。随着"文化大革命"的结束，以"阶级/革命"叙事为特征的"文化大革命"话语已经被历史所否定，以"人性"、"人道主义"、"主体性"等为特征的启蒙话语逐渐生成、壮大，并与主流意识形态话语共同构成了"新时期"之初话语格局中的两个主要话语力量。但是，启蒙话语的恢复、发展和壮大并不是一帆风顺的，它面临着主流意识形态话语这个"强势话语"某种程度上的"规范"和挤压，因此，启蒙话语与主流意识形态话语之间不时地发生龃龉和碰撞，这构成了"新时期"之初话语重建的过程中最引人注目的现象。

在这一现象背后，我们不难发现主流意识形态话语的某种"尺度"和"立场"。在历史叙述问题上，主流意识形态对"文化大革命"的反思并没有深入下去，而是浅尝辄止；而在有关"新时期"文学写作的理解上，主流意识形态话语又往往力图维护"传统"的叙事资源和叙事模式的有效性。可以说，这种有意识的"尺度"和"立场"的存在，使"新时期"文学在某种程度上还是面临着"禁区"和"规范"问题。所以，这些都使得"新时期"之初的几年，社会文化思潮体现出亦新亦旧、新旧杂陈的特点。一方面，历史反思和文化批判的深入使启蒙观念日益深入人心，启蒙话语日益摆脱束缚，显现出独特的思想价值和思想活力；另一方面，主流意识形态的话语"规范"又限制了这一潮流的发展并在一定范围内还保持着相当大的话语影响。另外，因为长期的意识形态的制约和"改造"，许多作家的话语方式还表现出与主流意识形态话语之间的内在联系和思想纠缠，这进一步使"新时期"之初的文学创作表现出与过往时代的内在联系。所以说，在与"文化大革命"时代的"一体化"文学告别之后，"新时期"文学并没有立刻表现出"多元共生"的面貌，这种拖泥带水、交错混杂的现象其内在原因是值得深入研究的。因此，对"新时期"话语重建中的话语关系和话语格局问题的探讨是有必要的。对这个问题的探讨，有助于我们认识一个并不简单的时代，从而避免对一个有着复杂发生过程的文学时代作出简单化判定。

对话语关系及话语格局问题的探讨。

首先，接触到的就是历史叙述问题。在"文化大革命"历史刚刚过去，"新时期"刚刚开始的时候，如何叙述"文化大革命"这段历史、如何叙述"新时期"与"文化大革命"的历史关系、如何为"新时期"作历史定位；进而，如何处理"十七年"以至整个当代历史与"新时期"的关系，这都是"新时期"之初重建历史叙述所面临的棘手问题。对这一问题的处理直接影响到"新时期"的话语定位问题，因此，它在整个话语重建的过程中具有举足轻重的作用。

其次，探讨意识形态话语所确定的话语"规范"和"边界"问题以及分析两种话语是如何围绕着这一话语"规范"和"边界"展开对话、博弈的，这也是十分重要的。正是围绕着话语的"规范"和"边界"，启蒙话语和主流意识形态话语之间产生了不少分歧和矛盾，而只有对这些分歧之处和矛盾之点进行梳理和分析才能使我们更清晰地看到两种话语的历史立场和话语方式。对这些"规范"和"边界"问题的梳理也有助于我们认识"新时期"之初有关文学与历史的关系、文学的叙述与想象方式以及批评话语的展开方式等一系列问题。另外，启蒙话语对主流意识形态话语的"偏离"和拒绝实际上正是对自身话语立场的表达，所以，只有通过对这一问题的梳理和分析，我们才能勾勒出"新时期"启蒙话语重建的复杂进程。

再次，作家姿态和话语"资源"问题。"新时期"话语关系的复杂之处在于不同群体、不同作家甚至同一群体的不同作家之间都存在着主体姿态和话语认同的歧异和差别，这使得许多作家的相似创作表现出叙述立场上的微妙不同，因此，在不同个体与群体的作家那里往往就表现出话语立场的多样和复杂。另外，很多作家在推动启蒙话语的深入、表达自身历史反思的同时，也表现出话语资源的有限和叙述立场的模糊。所以，对作家的主体问题的探讨是有必要的，我们能透过"新时期"之初特殊的历史背景审视不同的作家和创作群体在话语资源的占有、话语传统的继承上面所面临的问题和具有的局限，也能通过对这种话语局限分析观察主流意识形态话语如何维护、占有"合法"的话语"资源"的。

这个课题的提出，也与我对当下社会思潮的思考分不开。20 世纪 90 年代以来，对文学启蒙与中国当下问题的反思一直是思想文化界争论的焦点，也产生了很多有价值的研究成果。但是，在对革命和启蒙的反思中，也产生了许多偏颇的观点。例如，对启蒙与知识分子作用的贬低，某种程度上竟然呼应了"文化大革命"中的某些思想；对"革命"问题的思考与 90 年代所出现的民族主义、保守主义思潮形成了暗合；对某些历史概念的梳理忽视了价值立场的稳定，因此产生了不应该有的历史迷茫，等等。"一切历史都是当代史"，对历史问题的认识与对当代社会问题的解释紧密相关，某些当下的社会思想问题实际上起源于"新时期"之初解决历史问题时的浅尝辄止和话语禁限。所以，我认为，对当初那个社会转型期文化历史问题的深入解剖有助于认清当下转型期文化语境中混乱的思想问题，这是我提出这个研究课题的现实思考。

此外，对"新时期"之初文学的研究，虽然成果已有很多，但是许多成果也有着很明显的局限。许多研究者或者是局限在启蒙立场内部或者是站在主流意识形态的立场来评判文学，缺乏对话语关系问题的思考，因此，对许多作品的评判现在看来也就显得不太准确了。尤其是"伤痕、反思"小说，以社会政治立场的观点看，许多作品堪称"经典"，但是它们与那个时代的"问题语境"紧密相连，因此多少带有那个时代所赋予的时代特色，时过境迁之后，许多作品有待于重新评价和认定。另外，文学创作、批评与文学规范之间的关系一直没有得到很好的清理，这也是需要重新审视的课题。所以，在与"新时期"之初的文学拉开了一定时间距离之后，我们可以更好地审视那个时代的话语纠缠与话语规范，审视当时的话语力量是如何构造、想象了"新时期"的，又是如何定义了"文化大革命"的，各种话语力量又是如何展开了博弈的，在某个话语立场内部又是如何显现出差异和不同的。这是我的这部拙作试图解决的问题，也是本书意义之所在。

二　课题研究现状分析

在 20 世纪 80 年代末以前，研究者对"新时期"之初话语重建和话语关系问题的研究往往与对"新时期"文学史主潮的分析联系在一起，而较少借用话语理论阐述问题。在对"新时期"文学史主潮的分析中，研究者们往往通过对"新时期文学"的"反思"与"现代化"主潮的认定，肯定"伤痕、反思"小说和"人道主义"启蒙话语的历史价值。在这种历史文化批评模式中，"新时期"之初的文学经常被看作是一个正在进行中的文学主潮的起步阶段，它构成了"新时期文学""现代化"叙事的最初雏形，提出了文学应该反思的问题，也打破了"文化大革命"刚刚结束后的思想文化坚冰。

何西来的《人的重新发现——论新时期的文学潮流》以及《新时期文学思潮论》，是最早对"新时期"文学创作中的"人学"复归现象进行总结和归纳的作品，何西来敏锐地发现了文学思潮的动向，并热情地对它加以肯定，指出了"新时期文学"、"人学"复归在理论和创作中双向并进的特征。

季红真的长篇论文《文明与愚昧的冲突》从小说创作主题演变的角度概括"新时期"文学，将其基本主题表述为"文明与愚昧的冲突"，影响很大。与她的表述方式较为接近的是稍后发表的曹文轩的

《中国80年代文学现象研究》，曹文轩也从"反封建主义"的角度论述了"伤痕、反思"小说的内在精神主题。

刘再复在他的《新时期文学的主潮》和《近十年的中国文学精神和文学道路》等作品中，以他的"主体性"理论作为阐释依据，将"新时期"看作是走向艺术自觉和批评自觉的年代，是"人道主义"、"人的发现"和人的主体性确立的年代。因此"反思小说"对历史浩劫的追问体现了对人的主体性失落的追问以及重建的努力。这一反思过程是对50—70年代文学传统的背离过程。

宋耀良的《十年文学主潮》将"文化大革命"之后的文学主潮归纳为"从反思的文学到文学的反思"。在这本专著中，作者将"人的自觉"与"反思"作为新的文学思潮的发端加以历史定位。

除了这些研究者之外，陈辽的《新时期文学思潮》、陈剑晖的《新时期文学思潮》等文学史研究专著都对"新时期"之初的文学作了概括。以上的研究者基本上站在"新时期文学"对50—70年代文学的反思立场上，通过构造一种二元对立来完成"新时期文学"的叙述。文学的历史叙述体现为对过往历史的否定和反思。总体看来，这些批评家和学者的文学史叙述在对"新时期"之初文学思潮的看法上，大都肯定了文学的社会政治作用和文化启蒙意义。

与他们形成一定分歧的是，另外一些更多地体现出意识形态化立场的批评家对文学历史叙述的认定。中国社科院文学研究所主编的《新时期文学六年》和张炯的《新时期文学的革命现实主义》从创作方法的角度来把握"新时期文学"，认为"新时期文学"是"革命现实主义传统的恢复、发扬和光大"。这一判断很大程度上依附于政治上对"新时期"的判断，因此对"新时期"之初文学与历史的关系问题的判断表现出对"十七年"文学连续性的强调。

从20世纪90年代以来，随着历史文化语境的转换，对"新时期文学"以及启蒙问题的思考更趋深入，在对"新时期"之初作家的创作矛盾、创作局限、文学与社会政治意识形态的关系等问题的研究中取得了许多有价值的成果。

王晓明在《潜流与漩涡——论二十世纪中国小说家的创作心理障碍》中，从当代作家的主体精神角度切入研究，他在对张贤亮和高晓声的"心理变形"的分析中探究作家对苦难的态度以及在苦难中人的灵魂变形的问题，从而揭示了新时期之初一代作家的创作局限。洪子诚在《作家的姿态与自我意识》中，从作家的"自我意识"的角度分析了几个普遍性的问题，如"感伤姿态"、"忏悔意识"，等等，有力地反思了知识分子的精神独立性问题。以上两位学者对作家主体问题的研究比较深入，提供了有别于文学史思潮研究的另一个角度，也是对启蒙话语所面临的问题的另一番梳理。

孟悦的《历史与叙述》是一部在研究思路和研究方法上多有创新的论著。她选取了"新时期"有代表性的多位作家对他们的小说展开叙述学分析，意在揭示作品的意识形态内涵和作家的意识形态潜意识，某些篇目如对王蒙和刘心武的分析是极为精彩的。孟悦对文本的话语本质有着清醒的自觉，她的研究方法对本书的写作富有启发。

孟繁华在《1978：激情年代》中，比较细致而具体地回溯了从"文化大革命"结束后到"新时期文学"主潮确立的一段历史，较为完整地反映了那一段文学历史，展现了社会与文学思潮的转型过程。董之林在《旧梦新知——十七年小说论稿》的"附录"中，专门论述了"新时期"小说的"亦新亦旧"现象。她指出，"十七年文学"观念对"新时期"小说有着重大的影响，因此，"新时期"小说重复了"十七年文学"中的许多主题与模式；但是，"新时期"小说在继承的同时也正在发生着蜕变，酝酿着新的艺术合成。以上两位研究者在处理"新时期"之初的文学史叙述问题时，关注到"新时期"与"十七年"和"文化大革命"的某种关联，其研究成果促进了我对"新时期文学"的历史关联问题的思考。

另外，尹昌龙的《重返自身的文学——当代中国文学思潮的话语类型考察》较为细致地研究了20世纪80年代以来当代中国文学思潮中的话语类型，尤其是对刘再复的"主体性"理论的评析中富有洞见。

何言宏的《中国书写——当代知识分子写作与现代性问题》以葛兰西的"文化领导权"理论作基础，系统考察了"新时期"之初的文学领域的制度安排和话语规范问题、知识分子的认同问题以及"新时期"知识分子写作的"现代性"起源问题。展示了比较宽阔的理论视野，提供了丰富的历史史料，对"新时期"之初诸种话语的起源、关系和格局问题展开了细致的研究。虽然在话语的分类上显得过于细致而有所重复，在论述作家的主体姿态和思想背景时有显得概括而忽略复杂性的问题，但总体上看，这部研究专著无疑是对"新时期"话语关系和话语重建问题研究的深入。

程光炜近年来对"新时期"文学的研究多集中于"新时期文学"与主流意识形态关系问题上。他的《伤痕文学的历史局限性》、《怎样对"新时期文学"作历史定位》、《"人道主义"讨论：一个未完成的文学的预案——重返 80 年代文学史之四》、《文学的紧张——〈公开的情书〉、〈飞天〉与 80 年代"主流文学"》等研究成果探讨了"伤痕"文学的"问题意识"，文学批评与主流话语的"规范"问题，以及"新时期文学"的内在话语矛盾问题，等等。他的思考着重于从话语的"构造"和关系方面探讨问题，尤其对文学的制度问题和"规范"问题的研究在方法上富有启发性。

此外，近年来，李扬、旷新年、王一川、陈晓明等人也纷纷对"新时期文学"的重新评价发表了自己的看法，每人所采用的研究方法都有所不同，虽然某些论断有所偏向，但是也提供了一些较有意义的成果和观点。

当然，除了"新时期文学"的研究成果之外，一些专门对启蒙思想及启蒙文学史进行研究的著作也是不可忽略的。李泽厚的《启蒙与救亡的双重变奏》、许纪霖的《另一种启蒙》、姜义华的《理性缺位的启蒙》、张宝明的《自由神话的终结：20 世纪启蒙阐释探解》、张光芒的《启蒙论》等，这些都是研究者们在不同时期对历史上启蒙问题的成败得失的检点与反思，体现出启蒙思想史的某一侧面。其中很多命题对新时期的思想文化界有着直接的影响，如李泽厚"救亡压倒启蒙"的论述，为启蒙话语在 20 世纪 80 年代的反思与自我定位确定了理论依据。对 20 世纪启蒙文学思潮进行专门研究的成果，主要有韩毓海的《锁链上的花环——启蒙主义文学在中国》、张清华的《火焰或灰烬——20 世纪中国文学中的启蒙主义》、黄开发的《文学之用：从启蒙到革命》以及张光芒的《中国近现代启蒙文学思潮论》等。这些作品或着重梳理启蒙话语发展的历程，或从作家角度分析启蒙的影响，都提供了思考启蒙问题的独特角度，尽管某些论者的有些观点我并不认同，但也对本书的问题思考多有助益。

三　本书的研究思路和方法

本书的研究思路受到了新历史主义"文本的历史性和历史的文本性"研究观念的影响。新历史主义认为，历史的"叙述性"是历史写作的本质特征，任何历史学家和作家都是从一定的观点出发去叙述历史的。海登·怀特认为，历史修撰包含五个方面的内容：（一）编年史；（二）故事；（三）情节编排模式；（四）论证模式；（五）意识形态的含义模式。在这五个模式或者说五个写作阶段中，原生态的历史事件被编排和组织，成为完整的"叙事性"故事。而在这一过程中，历史修撰者的"论证"、"解释"与意识形态立场内含其中。因此，历史写作既是一种具有叙事性的话语模式，又是意识形态的寓言。这一历史写作的"文本性"和"修辞性"的特征在本质上是与文学作品的写作类似的。海登·怀特进一步指出，如果承认历史写作的"文本性"和"修辞性"本质的话，那么，"就必须把历史写作基本看作一种散文话语来分析，然后再检验它所生成的客观性和真实性。这意味着把历史话语隶属于一种修辞分析，以便揭示对现实的谦虚的散文再现下隐藏的诗意的基础结构"（海登·怀特，2003）。也就是说，对一切历史话语应该首先悬置其真实性，而从修辞性、文本性分析的角度看这些话语形式内涵的叙事模式、叙事功能和意识形态结构，这才是解读历史的真实尺度。海登·怀特的历史观是把历史解读成文学，而我们恰恰可以反其意而用之，从文学叙述中的话语组织与修辞方式入手，通过分析其叙述话语的意识形态性，解剖其内在蕴含的历史叙述观念。这一方法对于"新时期"之初的"伤痕、反思"小说应该是适用的。那个时期的小说创作某种程度上是文学与历史意识重合和文学与意识形态重合的混合型创作，所以对它的解剖就同时具有了文学分析、历史分析和意识形态分析的多重意义。

这种致力于以"文本性"、"话语性"分析深入意识形态及历史叙述深层的思路在国内一些学者那里，已经得到系统的展开。20世纪90年代初出版的孟悦的《历史与叙述》就是这样的一部研究专著。在这部书的"引言"中，孟悦对自己的理论方法作了如下说明："首先，我接受这样的理论，即作为文类的'历史'并不等同于事件的历史，而是话语的历史。事件的历史曾经存在，但并不应声而至，留下的是话语——对事件的叙述、记述或记述的记述。因此，我倾向于用'历史写作'、'历史叙事'或'历史性记述'称呼这一文类，以便区别于'历史自身'。其次，我以为，叙事并不是一个受文类限制的概念。在某种意义上，叙事可以视为一种超文类、跨文类的文体。然而叙事无法超越的只是意识形态。叙事总是意识形态性的叙事，它与历史（历史本身）的关联也总是某种意识形态关联。"（孟悦，1990）孟悦对"历史叙述"等概念的界定和叙述的意识形态性的说明是富有启发性的，它同样构成了本书理论思考的源点。

在具体操作上，本书立足于话语分析、叙述分析方法，试图阐释、梳理"新时期"之初小说创作中所呈现的话语格局和话语关系。这里需要附带说明的一句是，"话语"一词原初的含义主要是指一种比句子更大的语言单位和语言的用法。本书对"话语"一词的理解倾向于接受一位西方学人这样的定义："话语是关涉社会、政治和文化形成的语言的用法——它是折射了社会秩序的语言，也是形成了社会秩序，以及形成了个人与社会互动的语言。"（Jaworski，2000）

本书的结构和基本内容如下：

首先，本书要探讨在主流意识形态的努力下，"新时期文学"的话语重建的最初表现。文艺政策的调整，对"文化大革命"历史叙述的界定，以及"回归十七年"理论倾向的出现都体现了主流意识形态重建话语格局的最初努力和理论方向。主流意识形态话语的重建努力虽然得到启蒙话语某种程度上的呼应，但更多情况下是与启蒙话语的重建努力形成矛盾和分歧的。对这一矛盾的梳理和叙述是本书主要的内容。话语重建过程中的矛盾和分歧主要表现在：其一，在对于"苦难"问题的处理中，主流意识形态话语倾向于运用话语修辞美化、消解苦难，而在一些以个体立场反思历史与人性的体现启蒙倾向的创作中，苦难却被暴露与反思。对苦难的不同立场同时体现在对现实主义的不同理解中，主流意识形态话语要恢复的是社会主义现实主义传统，而一些知识分子却要回到"写真实"、"反瞒和骗"的"五四"现实主义传统中去，回到批判现实主义中去。其二，围绕人道主义问题也发生了不少冲突。创作上，有很多作品显示出对"异化"问题和蒙昧主义的反思和批判；理论上，人道主义和异化问题的讨论也大规模地开展起来。在理论论争和创作主题论争中，主流意识形态话语与启蒙话语产生了尖锐的矛盾。除了对以上问题的梳理、评述之外，本书将展开对"右派"作家和"知青"作家创作的比较分析，解剖两派作家所面临的话语困境和矛盾。主流意识形态话语所关注的话语"合法性"问题往往为话语言说与历史叙述树立界标、确立规范，这就带来了作家如何面对"合法性"规范的问题。本书分析"右派"作家与"知青"作家的"归乡"小说，通过分析两派作家对"人民"话语和"忠诚"主题的表现，揭示他们面临的话语困境和局限，同时指出两派作家的不同历史主体意识。以上的内容大都围绕话语的分歧、矛盾展开，目的在于展示话语重建的过程中启蒙话语和意识形态话语复杂的矛盾交错，揭示意识形态话语实际上并没有取得完全意义上的话语权，而是时刻面临着话语的挑战和突破。这也意味着"新时期"之初"话语分流"的出现。在主流意识形态话语那里，偏于保守和倾向宽容的不同领导人之间，存在着微妙的思想差异，这使主流意识形态话语出现了分流；而启蒙话语的历史反思和文化批判在主流意识形态话语分流的情况下进一步得到深化和发展。当然，启蒙话语所面临的困境也是存在的，民粹主义的叙述观念与知识分子自我身份焦虑结合在一起，相当程度上阻碍了知识分子主体意识的生成。话语的变异和分流使"新时期"的话语格局和话语关系也出现了相应的变化：启蒙话语迅速崛起，与主流意识形态话语共同构成话语格局的两个重要力量；两种话语出现既有一致又有分歧的复杂关系。

　　本书的结尾，笔者对总体观点作了一下总结，同时，针对20世纪90年代后所发生的启蒙话语被质疑和挑战的情况，表明自己的观点：启蒙话语的历史性建构并没有最终完成，如果承认中国当下的社会及思想状况还存在着"前现代"的历史景观，还存在着权力的压抑机制的话，那就不能忽视和否定启蒙的历史价值和现实意义，也不能以非历史主义的眼光武断地宣判启蒙的终结，恰恰相反，启蒙对现实而言并不是日薄西山而正是任重道远。

第一章　主流意识形态话语
重构的最初努力

　　"新时期"的"主流"意识形态，是在"文化大革命"激进政治实践破灭之后产生的，是在历史的戏剧性剧变之后出现的，因此它具有鲜明的颠覆"文化大革命"政治话语的特征。推翻所谓"黑八论"，批判《纪要》，停用"两个口号"，提出新的"解放思想，实事求是"的思想路线，以及为老干部平反，落实政策等等行动无不说明了这一点。但是，"新时期"的主流意识形态也保持了与"文化大革命"前的政治意识形态相当紧密的联系。从某种程度上来说，"新"的意识形态话语是从旧的政治话语中脱胎而出的，在历史的本质论等历史认知逻辑上，在社会价值体系的自我认定上，以及对"十七年"话语资源的借用与表述上，都体现出与"十七年"不可分割的关系。显然，主流意识形态话语以"现代化"以及新的国家认同与民族认同为号召，试图建构新的"现代化"民族国家叙事，以此替代以"革命/阶级"话语为基础的旧的历史叙事；但是，因为与以前的历史话语纠缠不清的关系，以及主流意识形态内部的分歧，使这一叙述不时面临着难解的问题。

第一节　文艺政策的调整与"文化大革命"
话语的扬弃

　　1976 年 10 月，"四人帮"被粉碎，"文化大革命"结束。"文化大革命"的十年浩劫，给中国人民造成了极大的物质损失和心理创伤，把中国的政治、经济以及文化生活推向极度混乱、濒于崩溃的危险边缘，所以，在政治变革发生之后，清理"文化大革命"的历史问题，治疗长期以来形成的历史创伤就成为十分迫切而又现实的任务。"文化大革命"是从思想文化领域发动的，文学界是"文化大革命"中"受灾"最严重的"重灾区"，在政治领导人着手清理、解决"文化大革命"的历史问题的大背景下，为文艺正名，为广大作家平反，进而推翻"文化大革命"中所奉为神圣的一系列文艺政策就成为势所必然的事了。因此，伴随着"思想解放"运动的开展，新的党的领导人针对文学界的政策调整，便引人注目地开始了。这一调整的过程是曲折的。一方面，"文化大革命"旧意识形态的长期推行，使相当一批人的思想难以转变，而当时的"两个凡是"的错误路线，又延续着"文化大革命"的僵化思想，使文艺政策的调整更加困难；另一方面，文艺创作与批评的"惯性"使当时的文艺界还停留在"文化大革命"话语方式的旧轨道上。正像一些论者所指出的那样："将原来批'走资派'的作品，简单地改为批'造反派'的'改换文学'，甚至一度流行。在涉及文艺规律的许多重要理论问题方面，长期'左倾'错误所设置的理论禁区，仍然未能突破。"（张炯，1985）这说明，确立新的文学话语方式并不能够一蹴而就。

　　文艺政策的调整首先是从批判"文艺黑线专政论"开始的。所谓"文艺黑线专政论"，是"文化大革命"中"四人帮"对"十七年"文艺的一系列莫须有的指控，它的核心是所谓的"黑八论"（所谓"黑八论"是指"写真实论"，"时代精神汇合论"，"现实主义—广阔道路论"，"现实主义深化论"，"反题材决定论"，"中间人物论"，"反火药味论"，"离经叛道论"），这些理论，都是"十七年"文学中曾经出现过的，对当时僵化的政治书写规范和美学政治化要求表现出偏离和质疑倾向的现实主义理论提法。本质上，他们是现代文学现实主义传统力量的表现，但是因为与激进主义僵化的文学规范相抵触，因此被冠以"黑八论"的政治帽子，本来是学术争鸣性质的问题被上升为"资产阶级现代修正主义思想"的政治问题。"黑八论"和"黑线专政论"构成了《纪要》的理论核心，所以，要批判"文化大革命"和《纪要》，对这两个"黑论"的辩诬是必不可少的。

　　1977年11月，《人民日报》编辑部邀请文艺界知名人士举行座谈会，批判"文艺黑线专政论"。茅盾、冰心、贺敬之、刘白羽等作家明确指出，"文艺黑线专政论"是"四人帮"强加在文艺工作者身上的政治镣铐和精神枷锁，只有彻底推翻，才能真正解放艺术生产力，推动社会主义新文艺的繁荣和发展。同年12月末，《人民文学》也组织了类似的座谈会。在此之后，《红旗》杂志和《人民日报》也相继发表社论和文章，对"文艺黑线论"予以彻底的否定和批判。[①] 在政治潮流的引导下，文艺界纷纷响应，一方面是《文艺报》、《文学评论》等刊物纷纷召开座谈会，深入揭批"文艺黑线争论"；[②] 另一方面是大批理论文章的纷纷出现，从多个理论侧面批判了这一"文化大革命"理论。

　　但是，对"文艺黑线专政论"的批判并不彻底，许多理论"禁区"仍未突破，这突出表现在毛泽东关于文艺问题的"两个批示"[③] 仍为"凡是派"奉为神圣的教条，而文艺与政治的关系问题因教条的存在也仍然未得到清理和反思，因此，这些反思实际上是在探索中前进，在限制中突围的。

　　在 1978 年，随着真理问题大讨论的开展，以及同年年底党的十一届三中全会的召开，使文艺界的思想解放运动及政策的调整迎来了新的契机。十一届三中全会决定停止使用"以阶级斗争为纲"和"无产阶级专政下继续革命"两个口号，实际上等于否定了"文化大革命"整个意识形态。而会议对"凡是派"的批判，也彻底去除了思想解放运动的最大阻力，文艺政策的调整终于驶入了快车道。之后，主流意识形态话语主要是通过以下的几种方式迅速地调整其文艺政策：首先，在对"文化大革命"的核心理论文本《纪要》予以撤销的同时，通过回溯当代文学的现实主义理论资源和领导人的权威谈话，试图找到指导"新时期"文学的政策基点；其次，为广大作家、批评家平反冤案，通过

　　① 《红旗》杂志1978年第1期，发表署名为"文化部政策研究室"的《一场捍卫毛主席革命路线的伟大斗争》、1978年2月6日《人民日报》发表署名为"中国人民解放军总政治部文化评论组"的《"文艺黑线专政论"的出笼和破灭》的文章，对"文艺黑线专政论"进行了"定性"式的政治批判。

　　② 1978年8月《文艺报》、《文学评论》召开"继续肃清纪要流毒，发展文艺界大好形势"的座谈会，同年底，这两个刊物联合召开文艺作品落实政策座谈会，二次会议的重点都集中在批判"文艺黑线专政"上。

　　③ 毛泽东对文学艺术的批示分别发表于1963年12月12日和1964年6月27日。在这两个批示中，他指责文艺界"人数很多"，"问题不少"，"许多部门至今还是'死人'统治着"，"许多共产党人热心提倡封建主义和资本主义的艺术，却不热心提倡社会主义的艺术，岂非咄咄怪事"。他指责文艺界的某些单位和领导者"十五年来，基本上（不是一切人）不执行党的政策，做官当老爷，不去接近工农兵，不去反映社会主义的革命和建设。最近几年，竟然跌到了修正主义的边缘。如果不认真改造，势必在将来的某一天，要变成像匈牙利裴多菲俱乐部那样的团体"。

落实文艺政策，努力消除文艺工作者与政权之间的历史隔阂和对立的紧张情绪。最后，进一步推动"文学与政治"问题的反思。其中，对"文学与政治关系"问题的反思是影响深远的，在这一反思中所形成的思想共识，为彻底扬弃"文化大革命"文艺理论奠定了基础。

"文学与政治的关系"问题之所以长期难以从理论上加以廓清，这与政治意识形态将文学长期定位为"政治工具"的态度紧密相关，"工具论"、"从属论"是捆绑住文艺的两条绳索，是限制文艺主体性生成的根源，不打破这一理论禁区，文艺的健康发展势必难以进行。1979年4月，《上海文学》发表了评论员文章《为文艺正名——驳"文艺是政治斗争工具"说》，较为全面、彻底地表达了对"工具论"等"神圣"教条的质疑。文章从以下几个方面对"工具说"进行批驳：一、"工具说"是"四人帮"阴谋文艺的理论基础，是"三突出"、"从路线出发"等文艺理论得以产生的根源，为此必须予以批判。二、"工具说"将一部分作品的某一部分功能无限扩大化，从而歪曲了文艺的定义，从根本上取消了文艺的特征，文艺就变成政治阴谋的工具。三、真正马克思主义的文艺观，总是把真实性放在第一位，革命导师们无不强调文艺的丰富性和多样性，强调文艺真善美的统一。而"工具说"将文艺与政治等同，是一种取消主义的唯心主义文艺观。这也必将导致对"百花齐放"政策和文艺遗产继承的否定。此外，文章还引人注目地梳理了"工具说"在建国后历次文艺批判运动中恶性发展的历史，指出："我们的一些同志，曾错把这个口号当作'保卫党的利益的武器'而使用，其结果是忽视了文艺的特殊规律，扩大了打击面，做了亲者痛而仇者快的事，……对于这条沉重的历史教训，我们是不可不认真地吸取经验教训的。"

通过以上的理论准备，1979年第四次文代会召开。会上，邓小平同志作了《在中国文学艺术工作者第四次代表大会上的祝辞》，邓小平在《祝辞》中宏观地总结了新中国成立30年来文艺的发展成就，肯定了"文化大革命"前"十七年"的文艺路线和文艺成就，对"文化大革命"结束以后三年来的文艺状况给予了肯定，认为文艺部门是"很有成绩的部门之一"。《祝辞》明确地阐述了新时期文艺的任务以及更好地为四个现代化建设服务的问题。与此同时，邓小平同志也指出：文艺是一种"复杂的精神劳动，只能由艺术家在艺术实践中去探索和求得解决"，他要求各级党的领导部门对此"不要横加干涉"。可以说，《祝辞》以最高领导人讲话的方式正式将"文化大革命"后文艺政策的调整方向、原则、历史关系等问题明确地阐述出来，《祝辞》同其后发表的《文艺为人民服务，为社会主义服务》的《人民日报》社论一起，明确了主流意识形态在"新时期"文艺政策的界限、规范和原则，这标志着文艺政策调整基本告一段落。

第二节　回归"十七年"与想象"新时期"
——"主流"话语的定位

　　"新时期"之初的主流意识形态话语亟待完成的一个现实任务就是自我重建。而这一重建面临着重重困难。一方面，"文化大革命""阶级论/革命论"话语已呈崩溃之势，完全丧失了权威性和认同感，所以想要沿袭"文化大革命"的旧话语方式是不可能的，也是不得人心的；另一方面，启蒙话语方兴未艾，"伤痕"、"反思"小说因揭发"文化大革命"创伤而造成了社会轰动效果，他们所表达的"人性解放"、"政治自由"也日益为大众所认同，这使启蒙话语几乎有渐成"主流"之势，这必将在某种程度上挤占主流意识形态的思想领域。另外，在如何为"新时期"作话语定位的问题上，"主流"内部也存在分歧，某些思想陈旧、偏于"保守"的一方并不愿意完全抛弃旧意识形态，在姓"社"姓"资"问题上，时不时出来表明自己的立场，这对于刚刚登上执政者位置的领导人来说，也构成了一种压力。所以，"新时期"的意识形态话语重建是在多重力量相互角逐的情况下展开的，既要实现多种势力的平衡，又要找到诸多话语方式都能认同的结合点，正所谓"既要防止'左'，又要反对'右'"，颇有走钢丝的味道。

　　意识形态话语重建的焦点是历史叙述问题，尤其集中在"文化大革命"、"十七年"与"新时期"的关系上。我们看到，主流意识形态话语对这一复杂关系的叙述采取了折中立场，既批判"文化大革命"意识形态的谬误，又将这一历史谬误严格限定在"人为失误"的提法；既肯定了"新时期"启蒙运动的历史功绩，又将其纳入"主流叙述"

的轨道中；既提出"现代化"的战略目标，又剔除其人本诉求的方面，将其局限在"工具"意义和经济层面。这一系列的突破与囿限，使"主流"意识形态话语成为一种不彻底的"现代化"话语——既与"文化大革命"拉开了距离，又与"十七年"的意识形态保持着话语继承的关系。

一　"现代化"与历史叙述的"空白"化

"文化大革命"结束，实现"现代化"再次作为国家的战略目标被提上议事日程。"现代化"成为被"主流"话语反复强调的中心词，成为"新时期"话语格局中最引人注目的"中心话语"。邓小平同志在第四次文代会上的《祝辞》中强调："同心同德地实现现代化，是今后一个相当长的时期内全国人民压倒一切的中心任务，是决定祖国命运的千秋大业。各条战线上的群众和干部，都要做解放思想的促进派，安定团结的促进派，维护祖国统一的促进派，实现四个现代化的促进派。对实现四个现代化有利还是有害，应当成为衡量一切工作的最根本的是非标准。"（邓小平，1988）这足以看出，在主流意识形态所营造的"新时期"话语格局中，"现代化"话语居于基石的地位。"现代化"目标的重提，接续了20世纪以来"富国图强"的民族解放主题，顺应了人民大众的意愿。以实现"现代化"作为社会的动员策略，适时地填充了"文化大革命"话语模式破产后所留下的话语真空，有效地解决了"文化大革命"后普遍弥漫的悲观失望情绪，及时地为时代注入了一针"兴奋剂"。当然，"现代化"目标的重提更重要的影响是为新的历史叙述格局打下了基础。对"新时期"现代化性质的认定把"新时期"与"文化大革命"时代明显地区分开来。"文化大革命"时代，意识形态话语的关键词是"阶级/革命"，民族国家的一切使命，是维持无产阶级专政的合法性及有效性，是保持无产阶级的"革命"本色，为实现"解放全人类"而奋斗。而"新时期"在意识形态新的叙述话语中被描述为向着生活富裕、经济发达、社会进步的现代化目标前进的时期，这既是对目标的陈述，也是对性质的指认。"现代化"成为区分"文化大革命"与"新时期"最重要的标志，成为新时期历史叙述的逻辑起点。

　　但是，主流意识形态的"现代化"叙述是不彻底的。"四个现代化"的目标，重在经济现代化的实现而某种程度上对政治、社会、文化等层次的现代化重视不够，可以说，这又一次体现了"体用"逻辑，在价值目标与理性目标之间，主流意识形态更看重后者，而忽略了也许是更重要的一系列问题："现代化"的终极价值为何？在解放物质生产力，解决贫困问题的同时，精神文明建设、人的解放是否应是"现代化"的一部分？随着封闭国门的开放，我们应该怎样面对世界现代化的大潮？而经济改革的推行，必然要求上层建筑、社会文化的相应调整，这是否也是"现代化"的题中应有之义？"现代化"的阻力相当程度上来自于封建传统，那么，对这一传统的态度又将是怎样的？这些问题表面上是中国现代化进程中的特殊矛盾，实际上它是每一个致力于"现代化"的民族都必须面对的。它涉及如何从历史角度、社会结构角度、文化角度看待"现代化"的问题。之后的改革历史说明了这一有所轻重的现代化方案确实并不完备，但是，如果回到历史现场，我们必须承认，"现代化"的话语策略，相当程度上缓解了"新时期"之初的"话语焦虑"，也为主流话语赢得人民相当程度上的支持，也巩固了自身的合法性。

现代性话语的特点之一，是其展开方式的"断裂性"。也就是说，在"现代性"的自我定义中，总是要在历史叙述中确立一个对立的"他者"形象，将其描述为时间上属于"过去"的，性质上属于"旧"的、"落后"的、"不完善"的，以此凸显"现代性"主体本身的"崭新"性质、"发展"态势和历史合法性。这正如卡林内斯库在《现代性的五副面孔》中所指出的："区分古代和现代似乎总隐含着论辩意味，或者是一种冲突原则。"（卡林内斯库，2002）"新时期"的"现代化"叙述也遵循了现代性话语同样的逻辑。对"文化大革命"性质的"旧时代"的指认，成为确证"新时期"现代性的必要手段。邓小平同志在《祝辞》中说，林彪、"四人帮""用反动的、腐朽的剥削阶级思想腐蚀人们灵魂，毒化社会空气，使我们的革命传统和优良风尚遭到极大的破坏"（邓小平，1988）。胡耀邦、胡乔木、周扬等党和文艺界的领导人也在多个场合反复强调"文化大革命"的"封建性"、"极端个人主义"、"无政府主义膨胀"的特征。显然，"文化大革命"在主流话语的描述中，被定义为"旧时代的遗毒"、"封建迷信的现代形式"和

"无政府主义的内乱"。这种指称方式，将"新时期"与"旧时代"进行了对置性的叙述，"旧时代"是混乱的、迷信的封建时代，而"新时期"则是面向"现代化"的欣欣向荣的时代，从而，"新时期"的"超越"性质，它基于对"旧时代"批判而发展起来的内在合法性就显现出来。

在主流意识形态的"文化大革命"指认中，还包含着另外一个重要的意义指向，那就是将"文化大革命""空白化"。在"新时期"之初对"文化大革命"性质的争论中，一直存在着两种矛盾的观点，其一是启蒙主义的观点，它倾向于反思"文化大革命"历史与当代中国历史整体之间的联系，揭示历史的连续性，对"文化大革命"历史罪因的思考，既从政治的层面，又从文化与人性的层面深入挖掘，从而暴露出"左"的历史灾难的历史必然性。这一思考方向的特点是将"文化大革命""连续化"、"逻辑化"。其意义指向显然不只是批判"文化大革命"，更是批判"左"的政治，谋求推动现实的社会变革。另一种观点是主流意识形态的观点。在它的叙述中，"文化大革命"是一场"内乱"，是"由领导人错误发动"，为"反革命集团利用"的一次历史的"失误"。而那一小撮政治小丑，是历史浩劫的肇事者，他们被指控为是品行卑劣、道德败坏、无恶不作、妄图开历史倒车的人，因此应被钉在历史的耻辱柱上。这种单向化的道德控诉使"文化大革命"的复杂历史成因被简化成了个人道德问题，而政治话语的支持使这一论点成为"文化大革命"历史叙述的权威结论，一说到"文革"，给人的印象似乎只有"万恶的林彪、四人帮"出来抵罪，这显然容易混淆历史的复杂性。于是，"文化大革命"历史就比较简单地被"空白化"了，这段历史不再成为可追究探讨的，在连续的历史实践中显示出复杂因果关系与逻辑意义的历史，而成为时间链条中的一段无意义的偏离，一段虽则痛苦却似乎与此前此后历史毫无瓜葛的，可以轻易告别，盖棺定论的时间。在"十七年"与"文化大革命"的关系上，在"新时期"与"文化大革命"的关系上，主流意识形态话语都倾向于以"断裂"方式加以叙述，从而，"文化大革命"就成为尴尬的前后不着的一段空白，脱出历史的链条，沉落在历史的故纸堆里。

这种将"文革""空白化"的话语方式和"现代化"的话语策略

相结合，构成"新时期"历史叙述的话语规范。我们看到，许多被"主流"认可的文学作品，正是这一"规范"的典范执行者。《神圣的使命》、《小镇上的将军》、《剪辑错了的故事》、《蓝蓝的木兰溪》、《罗浮山血泪祭》、《芙蓉镇》、《天云山传奇》、《许茂和他的儿女们》等一大批经典作品，都惯于在伦理化的叙述中塑造"封建群小"形象，在"坏人猖狂，好人遭殃"的模式里控诉"文化大革命"；同时，又以政治路线的"拨乱反正"拯救历史，其叙述思路显然在呼应着主流意识形态的立场。而在此之后出现的如《乔厂长上任记》等"改革文学"，又致力于"新英雄"的塑造，似乎在这些英雄人物的掌控下，"现代化"目标便指日可待了。无论是回望历史还是放眼未来，沉重的历史问题似乎都在浅薄的悲与喜中化解掉，这单纯得令人惊讶的历史叙述逻辑不能不说是令人遗憾的。

二　回归"十七年"——另一种话语逻辑

对"文化大革命"与"新时期""断裂"状态的叙述，并不意味着主流意识形态话语完全切断了与"历史"的关联。事实上，"断"与"连"是一对妥协的矛盾，与"文化大革命"历史一刀两断，划清界限是必要的，但是完全切断与革命历史的关系，无异于自我否定自身的历史合法性，这是万万不可的。所以，"新时期"只能在一定程度上否定过往历史，而在有关革命、"历史本质"的必然性以及历史发展的合理性等问题上，还要延续"十七年"的经典历史叙述，保持其连续性。这体现在文艺政策上，则是"文艺为社会主义服务"口号的确立和"回归十七年文艺"的理论倾向。

"文艺为社会主义服务"口号的提出，主要目的是缓解"文艺与政治"之间的紧张关系。正像周扬在第四次文代会上的报告中指出的那样，文艺与政治同属上层建筑，不存在谁属于谁的问题，而强调文艺的从属性必然导致把政治需要作为创作的前提，以及创作上的公式化、概念化。所以"为社会主义服务"的口号就是为解决这一问题而提出的，它将严格的政治限定泛化为一个模糊的政治认同，提供了弹性解释的空间，从而为"文艺"的表现留下了回旋的余地。正如《人民日报》1980年1月12日的《社论》中指出的那样："它包括了为政治服务，但比孤立地为政治服务更全面，更科学。""它不仅能更完整地反映社会主义时代对文艺的历史要求，而且更符合文艺规律。"

　　但是，无论如何，"社会主义时代"的性质认定应该是坚定不移的，是不容动摇的，这也是这一口号提出的另一层意思。在"伤痕、反思"文学大行其道，有可能对"革命"、"社会主义"等基础性历史叙述话语的合法性构成质疑时，"主流"话语认为有必要将某些"底线"和"界标"加以明确。"新时期"文学在主流意识形态话语看来，是重新开始的一段"新社会主义文学"，如果不能明确这一"性质"，就不能明确文艺发展的历史继承性和合法性，历史叙述的"断裂"将以对"社会主义"的否定为代价。所以，对文学的意识形态性质认定是必要的。这样的思路也体现在将"新时期"定位在"回归十七年"的历史关系的叙述上。邓小平同志在《祝辞》中说："文化大革命前的十七年，我们的文艺路线基本上是正确的，文艺工作的成绩是显著的。"这一"定性"的提法，表明了"主流"的立场，那就是不能因为否定"文化大革命"而否定整个革命文艺，"新时期"的所谓"拨乱反正"，"正"就在"十七年"文学之中。因此，邓小平同志对"新时期"文学创作所提出的要求，基本上是对"十七年"文艺的重申。我们所熟悉的"描写新人形象"，"反映时代本质，历史发展"，"反映中外，借鉴古今"，"百花齐放"等"十七年"文艺的纲领性原则，都在《祝辞》中出现。在其后周扬的报告中，这一重申更进一步具体化了。文学的社会主义性质，"革命现实主义"手法，反映时代"精神本质"的创作理念，"塑造革命典型"的主题要求，坚持毛泽东文艺路线的原则立场等"十七年"文艺的基本主张，被周扬详加阐发，并被确定为"新时期"应继承的历史遗产。

　　"回归十七年"的立场我们也可以从"主流"对"伤痕"文学的历史评价中得以印证。周扬在报告中这样说道："这个时期的许多作品，首先是短篇小说和话剧，发扬了社会主义文艺的现实主义传统，描绘人民群众同'四人帮'之间尖锐的斗争以及在那些灾难年月发生的种种复杂的社会矛盾……题材尽管不同，却都比较及时地尖锐地提出了迫切需要解决的问题……这些作品是当前我国思想解放运动的伟大潮流的产物，又反过来影响和推动着这个潮流的发展。"（周扬，1988）一方面是肯定"伤痕"文学的突破性贡献，一方面又将其纳入社会主义文学传统中，将其叙述为当代文学革命传统合乎情理的延伸与发展，这种叙述策略成功地阐述了"主流"话语的历史叙述姿态：在"新时期"与"文化大革命"，"十七年"与"文化大革命"关系上，强调其断裂性；而在"新时期"与"十七年"关系上，强调其连续性。"文化大革命"之作为"不合法"的历史叙述与社会主义历史的区别以及"社会主义文学"之"合法"的、"正宗"的主流地位及其延伸至"新时期"的"历史事实"，都明确无误地体现出来。

"回归十七年"的历史叙述法则，在"新时期"之初的大量作品中都有体现。一方面，它表现为对"十七年"历史的肯定性表述，我们能从《天云山传奇》、《许茂和他的儿女们》等作品中对"十七年""合作化"历史牧歌般美化的描述中窥见一斑；另一方面，"回归"也体现在"二元对立"模式的"回归"上。在大量表现历史伤痕的作品中，"二元对立"模式几乎成为小说叙述的不二法门，在忠奸两派的对立叙述中，忠义之士无不取得胜利，而奸佞小人无一逃离历史的惩罚。许多论者对这一"二元对立"模式的重现都加以批评，认为这是作家叙述资源的贫乏，是"新时期"现实主义创作不能摆脱"十七年"文学公式化倾向的证据。但是，如果我们比较一下"十七年"文学与"新时期"文学的历史境遇的话，我们就会发现，这一看似文艺领域内的问题实际上体现了当时时代主流意识形态的历史叙述要求，它并不单纯是文艺理论问题。

"十七年"文学的历史叙述，致力于建构民族国家与"革命"的历史性关联，叙述两者结合的必然性。所以，在"二元对立"的模式中，一方面叙述了资本主义、封建主义时代的"罪恶史"；另一方面则叙述大批"革命者"和"社会主义新人"对旧时代的否弃和在革命中的成长。革命孕育于旧时代又与之决裂，民族国家与革命的必然性"联姻"，以及革命的正当性、客观性就在这一对立的叙述模式中产生。可以说，"十七年"的二元对立叙述，与建构以革命叙事为特征的民族国家叙述这一历史要求密不可分，从某种程度上来说，要建构一种合法化历史，对立的叙述是必不可少的。

同样的历史境遇也出现在"新时期"，要使"主流"的历史叙述合法化，"文化大革命"的"罪恶史"的叙述就必不可少，而那些忠于"社会主义"和"党的正确路线"的角色，也自然要产生。所不同的是二元对立模式的历史目标指向，"十七年"指向的是革命的正当性，以及其美好的历史远景，而"新时期"把"革命"替换成了"现代化"。这样，"新时期"的二元对立模式，便翻转为以"现代化"为目标的民族国家与一群开历史倒车的奸佞小人的斗争，而大批忠勇志士的出现也如"十七年""社会主义新人"一样，预示了"现代化"与"拨乱反正"的历史势不可当。"二元对立"实际上是历史观的形象化呈现方式，如果用"现代性"的理论加以解释的话，它是"现代性"观念和"现代性"话语的展开方式——通过对"断裂"和"未来"的描述，建构一种直线向前，不可重复的发展的时间观念，并描述一种美好的未来前景。"新时期"回归"十七年"的二元对立叙述，实际上体现了对重建"理想主义"叙事和"现代性"叙事的渴望。这正与"十七年"革命理想主义的叙事形成逻辑上的暗合，也与"主流"意识形态的历史要求形成呼应。

　　一方面是以"现代化"作为号召，另一方面是对历史的"空白化"；一方面在"断裂"的叙述中接续历史的连续性，另一方面又"回归十七年"，以维护历史叙述的合法性。主流意识形态的历史叙述就是这样努力在批判中维持着新旧话语的平衡。这种亦新亦旧的叙述包含着内在的矛盾和张力：一方面，因为"人民"、"社会主义"、"现实主义"、"真实性"等体现"十七年"意识形态的话语在横向移植进"新时期"之后，不可避免地要与新的时代语境发生不协调甚至冲突。"新时期"之初有关"真实性"与"典型性"问题、"现实主义"论争等问题的出现，本质上就是文学"现代化"要求与"十七年"批评话语方式的冲突。另一方面，对历史"切断"叙述也并非可以那么简单。在许多作家笔下，对"十七年"历史的反思性叙述实际上恰恰暗示了历史的某种连续性，他们的"反思"小说实际上是对"十七年"的某种怀疑，也是对"十七年"的文学规范的动摇。而更多的作品对"文化大革命"以至"十七年"和革命历史的反思则进一步触动"主流"话语所限定的话语边界，《波动》、《晚霞消失的时候》、《公开的情书》、《飞天》、《调动》等一批"反主流"、"非主流"的作品的出现，正是表明了在历史叙述中保持为主流话语所认可的深度与平衡的困难。

最后，主流意识形态话语内部的不稳定也使这一叙述规范时常出现"滑动"。对作家批评家的"宽容"往往在有的时候失去"弹性"，当主流话语的"底线"被触动时，政治上的批评和打击不时出现，这从反面说明了"主流"历史叙述规范的不稳定性。

第二章　苦难叙事中的话语
修辞与话语冲突

第一节　对苦难的消解与"拯救"

意识形态的话语建构必须借助一定的话语操作方式来进行，而文学想象往往提供了这种话语操作的恰当手段。文学当然不能等同于意识形态，但是文学却可以通过自身有关历史的想象和隐喻方式，通过"转义"的符号方式曲折表达自身的意识形态立场和观点，从某种程度上说，有关历史的文学叙述经常成为意识形态叙述的"转述文本"。海登·怀特在比较"意识形态故事"和"历史故事"时曾经指出："意识形态故事的运作和历史故事的运作完全相似，这就是说，它通过本质上诗意的和修辞比喻的复杂运作将'事实'转化为特定故事类型的要素。……在这个分析层面上，布罗代尔和巴特提出的'历史故事等同于意识形态故事'的观点得到了证实。而且还可以提出这样的观点：这两种话语根本不存在差别。"（海登·怀特，2003）我们在观察"新时期"之初的"伤痕、反思"小说时，也经常能发现这样的现象。新时期之初的"伤痕、反思"小说，其创作的倾向是多向而复杂的，许多作品表达了对"文化大革命"历史的谴责和暴露，也有的作品更进一步，将探寻的视线伸入历史更深、更远处，反省、思考"十七年"以致整个革命历史的偏向和迷误。这些作品表现了可贵的探索精神，传达了知识分子和广大民众共同的呼声。但是，我们也可以发现，在相当多的作品中，尤其是1979年之前的大量作品中，仍然保留了许多意识形态的话语痕迹，在小说的叙事模式、情节构成、主题指向以及人物形象的选择、塑造上，这些作品还重复着"十七年"小说的书写原则和意义构成模式。所以，如果从广义的小说修辞角度看，这些作品实际上提供了某种主流意识形态的话语修辞形式，甚至在某种程度上这些作品可以被看成是意识形态潜文本的范例。在"新时期"之初那个仍然高度一体化、文学与历史叙述不分、文学与意识形态高度结合的时代，某些"伤痕、反思"小说自觉不自觉地"代言"了意识形态的观点和立场是并不令人感到奇怪的，这体现了那个话语转型的时代的新旧杂陈的特色。对这些文本的分析也是必要的，对它们叙述方式及话语修辞的分析，有助于我们发现并识别意识形态话语如何借助文学叙事进行自我重建的意图和踪迹，对这一批小说文本的分析就具有了意识形态分析的价值和意义。

一　"伤痛"描写与"苦难"叙事

"新时期"之初的"伤痕、反思"小说，在对历史伤痕的表现，对历史是非问题的反思中逐渐形成了比较集中的主题指向，"表现创伤与苦难"成为这一小说潮流的核心主题。这一"苦难书写"比较细致地展示了历史浩劫中的干部、民众和知识分子所遭受到的肉体和心灵痛苦，在"新时期"之初的"开禁"局面中，为长期遭受压抑的社会心理提供了发泄的出口。在主流意识形态的引导下，"伤痕、反思"小说的"苦难叙事"被纳入到了"伦理"化叙事的轨道上来，"忠奸对立"的叙述格局使小说的叙述方式重复了"十七年"小说的传统模式，而政治伦理也成为为主人公提供"拯救"的唯一合法途径。在"伤痕、反思"小说中，出现了大量关于"英雄"的叙事。在英雄形象塑造的背后，隐藏着有关历史叙述的成规和法则：国家、民族意识的支撑，历史本质与理想实现的坚定信仰，"革命"与"现代化"的历史对接，等等。这使"英雄叙事"充满了历史主体的自我认定的自豪感。"苦难"叙事和"英雄"叙事致力于提供一种"拯救"承诺，这一承诺试图弥补社会伤痕，治疗社会疾患，为社会合法性提供辩护，从而，这一叙述实际上体现了主流意识形态重建自身话语规范的企图。

"新时期"小说叙事是从伤痛呻唤开始的，对各种各样"伤痛"的表现构成了小说"苦难"叙事的核心。如果稍加梳理的话，我们可以对"伤痛"作这样的分类：

1. 创伤、饥饿、死亡等肉体"伤痛"

"文化大革命"是一场毁灭人性的暴力运动，在这段时间内，大量非法的暴力活动打着"革命"的幌子大肆横行，直接给人民群众造成了难以忘却的恐怖记忆和深重的伤害。所以，表现"肉体伤痛"的作品都不约而同地将描写重点放在了表现骇人听闻的暴力事件上。《三生石》中，梅理庵刚做过膀胱手术，腰间还挂着尿袋，却被强行要求弯腰下跪，向人民"请罪"。他的病弱之身使他无论如何也做不到这一点，于是，"拳打脚踢雨点般落在老人身上"。"经过一阵鞭打凌辱，他再也站不起来了。"凶残的毒打直接要了梅理庵的命。在《蝴蝶》中，张思远也经受了同样的暴力摧残："第一下打在他的左耳朵上，这真是咬牙切齿的狠狠一击，只有想杀人，想见血的人才会这样打人……等挨了第三个巴掌以后，他已经不省人事了。"这样骇人听闻的暴力描写，以及主人公所受到的肉体重创的描写，在《芙蓉镇》、《将军吟》、《大墙下的红玉兰》、《蹉跎岁月》等作品中都有大篇幅的表现。与"暴力伤痛"描写相似的，是对"饥饿"的创伤性描写。《犯人李铜钟的故事》、《笨人王老大》直接描写了饥饿对人的生命的威胁。《笨人王老大》的故事尤其令人心酸：王老大是小王庄有名的笨人，他虽然笨嘴笨舌，但待人处世忠厚、善良，而且他个子大，力气大，是村里耕地、砍柴的好手。生产队长夫妇为他的婚事不知操了多少心，但不是人家嫌他笨，就是他嫌人家灵，总也说不成。后来，总算订了婚，照了相，眼看新娘子就要进门，谁知王老大用准备结婚的150元钱买来了一个受人虐待的孩子，结果未婚妻和他一刀两断。后来，王老大偶然认识了在饥饿中拖儿带女的一位寡妇，并不顾众人的劝阻和嘲讽，和她成了家，在大灾之年挑起五口之家的生活重担。从此，他起早贪黑地辛勤劳动，婚后的小日子过得还挺甜美。"十年浩劫"中，他苦干了一年，反而欠队里几十元，还落个"蚕食集体经济"的罪名。他靠力气砍柴，又被说成"砍下的是社会主义"。寒冬腊月孩子穿不上棉衣，家里攒了几年的布票没有钱买。王老大不忍心看着孩子挨冻，冒着挨批的风险，顶着风雪上山砍柴，不幸滑下山坡摔死了。尤其令人感到心寒的是，公社书记奉上级指示，竟然在王老大死后召开批斗会，要全公社接受走资本主义道路的教训。小说一方面表现了老百姓饥饿的挣扎；另一方面，又将变态的政治斗争与之进行对比叙述，从而更加显现出时代的乖谬和饥饿的恐怖。《绿化树》描写了在饥饿的威胁下，人性的萎缩和动物化。主人公章永璘成了一个为"吃"而存在的行尸走肉，"吃"成为人性的第一也是唯一的要求，他生活的所有动力、目的、以至于智慧的运用，无不落在对食物的攫取上。饥饿，成为对人的肉体和心灵所施加的遥遥无期的酷刑。在暴力与饥饿的双重打击下，"死亡"就成为一种生存的常态。我们可以把"伤痕、反思"小说中死者的名单长长地开列下去：李铜钟、王老大、葛翎、邵玉蓉、孟文起、王公伯、卢丹枫、梅理庵、严赤……这个名单之长，令人触目惊心，它是那个苦难时代的最好注脚。暴力、饥饿与死亡，这一切构成的阴暗恐怖的灾难场景，有力地表现了"苦难"的主题，它直接反映、记录了那个惨无人道的灾难岁月。

2. 等级、身份、隔离、苦役等造成的心灵的"苦难"

"血统论"、"成分论"等荒谬的"文化大革命"理论，直接造成的伤害，就是对人伦情感与道德的毁灭性摧残。原来的人际关系，因为血统与成分的问题而被人为地割裂，人和人之间被人为地分成为不同的等级；身份的殊异使骨肉分离、家庭离散、爱情毁灭、朋友背叛；许多知识分子被迫长期经受审查、改造，甚至监禁、隔离和苦役。这一切造成了深重的心灵"内伤"。"伤痕、反思"小说中的许多堪称"经典"的文本，都对这一"内伤"进行了着力的表现。《伤痕》中，王晓华因为母亲"叛徒"的身份而被迫与母亲"划清界限"，有亲情却不敢承认；《我是谁》中韦弥与孟文起因为知识分子的身份而经受无休止的批斗，最后自杀和精神失常；《蹉跎岁月》中的柯碧舟和杜见春因为父辈的罪名而成为没有资格谈恋爱的人，被迫经受生离死别的痛苦；《芙蓉镇》中的胡玉音被扣上了"搞资本主义"的罪名而倾家荡产，只能在羞辱和穷困中苟活；《绿化树》、《天云山传奇》、《雪落黄河静无声》等小说中的主人公经受流放、监禁和苦役，完全丧失了人的尊严和自由；《啊!》中的知识分子群体，因权力的高压而产生集体的异化，他们为保全自我而不惜出卖良知和友情，而最后，却换不来无罪的赦免……与肉体伤痛比较，心灵的"内伤"更加深重惨烈，对这一"内伤"的叙述，使"伤痕、反思"小说的苦难叙事在表现的广度和深度上更具社会标本式的意义和价值。如果说肉体伤痛还可以治愈的话，那么精神的"内伤"则成为人心灵上永远难以消弭的梦魇般的记忆。

"伤痕、反思"小说的伤痛书写具有强烈的控诉倾向。伤痕累累的肉体和心灵成为指认罪恶、申诉冤屈、自我申辩的证据。这一"控诉"

的方式也同时为积怨不平的社会心理打开了宣泄的闸门。从心理学角度看，宣泄的同时也意味着治疗的开始，对压抑的释放相当程度上缓释了心理的焦虑和紧张，从这一角度上看，伤痛书写实际上为下一步的"康复"提供了前提和基础。

但是，只有宣泄是远远不够的，如何解释这一"伤痛"，如何为伤痛的痊愈提供一种"康复"的手段，一个"治疗"的承诺才是最重要的。当历史以其赤裸裸的形态显示了令人震惊的裂伤的时候，我们无法对其视而不见。解释、弥补和修复这一裂伤就成为历史叙述以及文学叙述的努力方向。在主流意识形态的努力下，有关"文化大革命"历史以及"新时期"性质认定的一系列叙述以权威的方式一一提出，这一内容已在前文中作过细致分析，在此不再赘言。我们要展开分析的，是文学叙述如何解释并拯救"伤痛"的。我们可以发现，许多解释工作和拯救承诺，鲜明地体现了主流话语的意识形态立场，成为另一种形象化的话语转述和"代言"。

二　"忠奸对立"与时间切分的方法——历史罪责的处理

"忠奸对立"的二元模式是"伤痕、反思"小说展开对历史解释工作的方法。前文已述，如果没有一群奸佞之徒以其道德的沦丧、私欲的膨胀、人性的堕落为所有的罪恶和伤痛买单的话，那么历史的混乱将无从解释，历史的整体性、合法性也将面目可疑。所以，应和着主流话语的历史指认，一群作为"历史"对立面的无耻之徒的形象就被塑造出来。我们不妨以具体作品的分析来看看这个特点。小说《芙蓉镇》是这一叙述特点的代表。《芙蓉镇》叙述了这样的故事：当三年困难时期结束，农村经济开始复苏时，胡玉音在粮站主任谷燕山和大队书记黎满庚支持下，在镇上摆起了米豆腐摊子，生意兴隆。1964 年春她用积攒的钱盖了一座楼房，落成时正值"四清"开始，就被"政治闯将"李国香和"运动根子"王秋赦作为走资本主义道路的罪证查封，胡玉音被打成"新富农"，丈夫黎桂桂自杀，黎满庚撤职，谷燕山被停职反省。接着"文化大革命"开始，胡玉音更饱受屈辱，绝望中她得到外表自轻自贱而内心纯洁正直的"右派"秦书田的同情，两人结为"黑鬼夫妻"，秦书田因此被判劳改，胡玉音被管制劳动。冬天的一个夜晚，胡玉音分娩难产，谷燕山截车送她到医院，剖腹产下个胖小子。三中全会后，胡玉音摘掉了"富农"帽子，秦书田摘掉了"右派"和"坏分子"帽子回到了芙蓉镇，黎满庚恢复了职务，谷燕山当了镇长，生活又回到了正轨。而李国香摇身一变，又控诉极"左"路线把她"打成"了破鞋，并与省里一位中年丧妻的负责干部结了婚。王秋赦发了疯，每天在街上游荡，凄凉地喊着"阶级斗争，一抓就灵"，成为一个可悲可叹的时代牺牲品。

小说除了表现胡玉音等主人公的"苦难"遭遇之外，还着力塑造了李国香、王秋赦等"群小"形象。在作家笔下，这两个反面人物的形象基本上可以用"道德败坏"四个字加以概括。贪图享乐，奸淫成性，陷害他人，不择手段，自私冷酷，唯利是图，媚上欺下……几乎我们可以想象得到的人性丑恶的特征都在这两个人身上体现了出来。显然，作者在竭尽全力地"捏造"一个道德上彻底败坏，人性上彻底堕落，政治上彻底流氓化的人物形象，他们集中了嫉恨、贪婪、淫荡、无耻、凶残与懒惰等多重性格，成为"伤痕、反思"小说中一个"奸邪"形象的集中典型。于是，主人公的苦难根源，乃至"芙蓉镇"苦难的所有根源，都指向了这两个人，指向了这两个人的道德沦丧行为。他们的所作所为，成为解释那一段灾难历史的唯一答案。《许茂和他的儿女们》中对郑百如的描写与《芙蓉镇》的写法如出一辙，郑百如在生活中是一个浪荡子，在政治上，他又是一个阴谋家，他是许茂一家不幸生活的制造者，同时也是百里滩上政治风云的肇事人。与这两部作品相似的是，许多"伤痕、反思"小说也都致力于塑造这样的奸佞之徒的形象，在这些人物身上，积聚着几乎可以想象得到的人性的所有丑恶：嫉妒（如《天云山传奇》中的吴遥）；好色（如《将军吟》中的江醉章）；贪婪（如《三生石》中的施庆平）；凶残（如《罗浮山血泪祭》中的刘永泰、《神圣的使命》中的徐润成）；背叛（如《将军吟》中的邬中）；权欲熏心（如《天云山传奇》中的吴遥）等等。政治阴谋家与道德败坏者的身份重合是这一类小说反面人物塑造的不二法门，这使小说的叙述重心很自然地走向道德谴责和道德暴露的路上去，而对于"左倾"历史罪错的反省便自然趋向于简单化。

对奸佞形象的塑造表明，"伤痕、反思"小说的叙述方式走的是一种道德/伦理型的叙述路子，这种叙述主要是通过以下的话语操作方式来实现其表意策略的：首先，文本所叙述的历史反思主题，被引向道德反思领域，通过对某一类型，某一群体，甚至某个人的道德批判，小说暗示了这样的历史认知：长期的"左倾"历史错误的存在固然是有制度缺陷的因素，但"一小撮"阴谋家和妄想实现个人权欲的奸佞小人更应该是历史罪责的肇事者和负责人，他们的种种阴险卑下、见不得人的不道德行为是政治灾祸产生并演变为历史浩劫的最终根源。这一对历史罪因的指认方式将复杂的历史反思最终单纯化为对个人的道德谴责，从而，小说的政治批判力量就被移植到一个相对"安全"的道德领域中来。这相当程度上回避了有可能产生的意识形态冲突。其次，在道德谴责之余，作家们往往还不忘记表达对社会的认同感，这一认同感是以一种"伦理认同"的方式表现出来的，党与群众关系的叙述还保留着类似"母子"亲情式的伦理叙述方式。这又在相当程度上平衡了小说的主题倾向，使"积极的"一面更加凸现。

　　有意思的是，奸佞形象的塑造往往与对他们"历史身份"的追述联系起来，构成颇有意味的现象：《大墙下的红玉兰》中的马玉麟原本就是在押的国民党还乡团成员；《内奸》中严家忠也是在押的历史反革命；《遭遇》中的造反派原来是被镇压的土匪的儿子；江醉章是叛徒；郑百如本来就是一个强奸犯……这种对这类人物有意添加的"身份标签"暗示了他们具有与"主流政治"、"革命身份"不符的身份性质，换句话说，他们本来就是"革命"的"异己者"，是"混进革命队伍"的"阴谋家"。不言而喻，不是"革命"出了问题，而是"异己分子"捣乱，才造成了历史浩劫。这一内含着的历史叙述逻辑无疑是单薄的，但却正与主流话语形成暗合和呼应。

　　奸邪形象的塑造还要有赖于时间修辞的运用，才会使小说的历史叙述符合"主流"的话语成规。这体现在有意识地运用"时间切分"的方式叙述故事这一点上。这种"时间切分"的方式主要有两种类型，其一是"今昔对比"的时间切分方式。我们可以注意到，在"伤痕、反思"小说中对50年代甚至对60年代初的社会描写都有一种美化的倾向：那是合作化热火朝天的时光（《许茂和他的儿女们》）；那是田园牧歌的年代（《芙蓉镇》）；那是青春飞扬的时代（《布礼》）；那也是经济起飞，社会和谐，年轻人抱负得以舒展的时期（《天云山传奇》）。而与之对比，"文化大革命"时代就显现出荒谬和不合理来。

在《许茂和他的儿女们》中，小说以许茂老汉的眼光表达了对"合作化"与"文化大革命"两个不同时期的对比评论。在许茂看来，"文化大革命"不过是一次破坏，而"合作化"时人们积极投入建设才是让人顺心顺气的。"过去"是美好的，"现在"则是令人气馁的，甚至老汉本人的性格都有明显的不同："合作化"时他是积极肯干，大公无私的；而如今，为生计奔波，不得不自私、算计起来。许茂对过去的深情回忆蕴含着厚古薄今的意味。"十七年"，"解放初"，因为拥有"正确的政治路线"，而成为一段辉煌的记忆和黄金年代，而"文化大革命"现实在对比之下就立刻显现出其不可理解性和"偏离"性来。

《许茂和他的女儿们》的今昔对比更多是以主人公的评论话语来进行的，这未免太过显露。比较而言，《芙蓉镇》的叙述则自然得多。小说以风俗画的笔法，在小说开篇自然地展现了芙蓉镇的市井风俗，渲染出一派祥和宁静、安居乐业的气氛。而小说截取的"文化大革命"时期的几个片断，则是用来与过去年代的生活场景来作对比的，在这二者的比较之中荒谬的"文革"时代进一步地被突出出来，愈加显现出其不合理性。

"时间切分"法的第二种方式，是小说的叙述者总是不会忘记给读者提供一个当下时间内的"幸福场景"以此体现与"文化大革命"时代的截然不同并平衡小说中过于沉重的历史叙述。当下的场景可能是浩劫后的重逢（《天云山传奇》），也可能是与奸邪力量斗争的胜利（《神圣的使命》），更多的则是幸福生活的重新开始（《伤痕》、《芙蓉镇》、《小镇上的将军》）；不论怎样，这些"重见光明"的幸福生活场景都预示着一段历史的结束与新的开始。这似乎重复了"十七年"文学中"从挫折走向胜利"，"从旧时代走向新社会"的时间修辞。这一时间修辞是有益的。首先，它以"光明"的方式有效平衡、冲淡了"文革"历史叙述中的苦难色调和悲剧色彩，暗示着"历史正义"的最终胜出，从而巩固了本已动摇的历史信念。其次，它将时间的整体切分成三个段落：最初的美好——历史的徘徊与"偏离"——历史的"回归"。在一头一尾，小说明显暗示了历史的连续和呼应关系，这是"革命理想"

的呼应，是牢不可破的"革命历史"的连续。与之比较，中间的"偏离"只不过是一时意外而已，一旦"拨乱反正"，历史必然会重新续接，而这个曾有的"偏离"，也便不再有任何值得深究的意义。"伤痕、反思"小说的这一时间修辞正是对主流意识形态话语中"文化大革命""空白化"叙述的呼应和最好的解释。

时间的修辞和奸邪形象的塑造，为推诿历史责任、遮蔽历史反思提供了便利。孟悦曾尖锐地批评道："叙事使'过去'变得可以忍受的东西有：正义与非正义的清晰分野，遭到冤屈的好人及其同情者，逆境和高压毁灭不了的信念和理想，以及应当为恶行承担责任的坏人形象很难想象，倘若这些因素真的在现实中占有小说给定的结构性位置，那么这场群众性的'文化革命'怎么会'进行到底'。"（孟悦，1991）显然，对"革命理想"以及"历史正义"的本质性言说有任何怀疑是不恰当的，所以，必然会有遮掩、阻碍这一反思的叙述法则的出现，奸邪人物于是就成为历史的替罪羊，时间修辞则将政治神话断裂后的裂痕抹平。

三　关于"忠诚"的叙述——革命伦理的浮现

"伤痕、反思"小说中充斥着大量"表忠心"的描写，它往往与小说中对混乱政治时局的描写和伤痛书写形成对比、平衡关系。如果说"文化大革命"的动乱和大量灭绝人性的残酷事实构成"变"的因素的话，那么"忠诚"叙述就构成历史中"不变"的因素。它昭示着这样的叙述动机和目的：尽管党、国家和民族遭受了最不堪忍受的劫难，曾经一度陷入混乱无序之中，但坚定的忠诚信念是抗衡以至反拨这一劫难与混乱的核心力量。对党与国家的忠诚将最终完成拨乱反正、解民于倒悬的历史使命。"忠诚伦理"的描写是对意识形态纯洁性的维护，是对"文化大革命"的悲剧性事实的反击："革命"的纯洁性在动乱的年代里仍然没有被玷污，那种怀疑、否定革命忠诚伦理的看法无疑是站不住脚的；在"文化大革命"漆黑一团的历史中，"希望之火"仍然在顽强燃烧着。

在具体创作中，"忠诚"叙述的主体既包括受迫害的知识分子、党员干部，也包括广大农民。可以说，对"忠诚"的表述成为最广大群体的共同心声。在这方面，张贤亮的《灵与肉》可堪代表。小说叙述了这样的故事：1980 年，旅居美国的华侨企业家许景由回国旅游，并寻找失散多年的儿子许灵均。经过帮助，许灵均从西北的敕勒川牧场赶到北京饭店，同父亲见面了。30 年过去了，许景由为没尽父责，深感内疚，他决心把儿子带回美国，继承遗产。这时，许灵均想起了贤惠能干的妻子秀芝和活泼可爱的儿子。于是，许灵均向父亲倾诉自己的坎坷经历：1957 年，他被打成"右派"，来到西北牧场劳动。那时，他感到孤独、绝望，曾想结束自己的生命。可是，他还是活下来了。是大自然纯净了他的思想，是劳动陶冶了他的感情，是质朴、善良的牧区人民温暖了他的心。他一辈子也不会忘记在牧场的那些岁月。他解除劳教后，因无家可归，被留在牧场放牧。他受到了乡亲们无微不至的照顾。"十年动乱"中，牧民们又想方设法保护他免遭横祸。在他们之中，他找到了父亲和母亲，找到了温暖和希望，找到了勇气和力量。"文化大革命"中，从四川逃荒到牧场的农村姑娘李秀芝，举目无亲，无处安身。善良的乡亲将她带到许灵均的小破屋里。秀芝不嫌许灵均是"右派"，许灵均感激秀芝对他的信任。秀芝把他破旧的小屋，收拾得焕然一新。不久，他们又有了儿子，为这个幸福的家庭又增添了新的欢乐……许灵钧在动情地回顾了他的生活经历之后，决定留在国内，送走了父亲，他又踏上了他用汗水浸过的土地，又回到患难与共的亲友中间，回到了相濡以沫的妻子身边……许灵钧甘愿放弃去国外继承丰厚遗产的机会，回到他梦寐不忘的西北草原，因为他知道，那里，有他的"根"，在他的理解中，"只有依恋自己的根才是爱国"。许灵钧以他的行动践行了"忠诚"的主题。在《天云山传奇》中，冯晴岚在给宋薇的信中自我表白道："对工作，对事业，我们先不谈吧，因为你很了解我是如何热爱我们的社会主义工作和事业，对党对人民我扪心自问，我的感情是深厚的……"在《铺花的歧路》中，小说安排了颇为动情的一段情节：常鸣的爸爸临终时，手指着他就是不肯合眼。他的妈妈明白了，说："我一定为党、为祖国把鸣鸣这一代代的孩子培养成才"，做父亲的才含笑闭上了眼。这些作品叙述的主人公都是知识分子，对"忠诚"的表述往往过于直白而显露，这与知识分子对自我身份问题有些焦灼的辩护倾向有关。

　　与他们稍有不同的是，"老干部"群体的"忠诚"叙述。这一群体往往以对"革命事业"的"忠诚"实践表现自我。在《神圣的使命》中，王公伯追求的是"社会主义法制的公正"，为此，他甘愿赴汤蹈火，献出生命。在《犯人李铜钟的故事》中，"忠诚伦理"以一个道德人格化的正面人物形象表现出来，那就是李铜钟。在"大跃进"中，无论"浮夸风"如何盛行，李铜钟就是坚持实事求是的作风，当春荒蔓延，村民们面临死亡威胁的时候，他又能挺身而出，不惜冒着犯死罪的风险，开仓放粮，救民于水火。李铜钟出于一个共产党员的党性，他一贯抵制"左倾"路线和浮夸风，反对在"大跃进"中搞"化妆劳动"的虚假行为；他坚持说实话、办实事，宁愿"骑乌龟"，被批判为"右倾"，也要如实上报粮食产量。李铜钟又是舍身忘己、为民请命的悲剧英雄。在荒祸酿成的大饥荒威胁李家寨乡亲生命的严重时刻，他置个人生死荣辱于外，以生命为抵押，向国库"借粮"来拯救人民，自己却倒在了被颠倒的历史车轮下。在人民群众生死存亡的严峻现实下，"法纪"与党性的尖锐冲突，使李铜钟的性格、意志和胸怀在借粮、被捕、受审、牺牲的过程中得到了充分表现，一个为拯救民众以身试法的悲剧英雄形象跃然纸上。李铜钟的"忠诚"，是对人民群众的生命负责、忠诚于党的政治路线的"忠诚"。小说以这样一个舍生取义的道德英雄形象昭示了另一个侧面的"忠诚伦理"。在《天云山传奇》中，罗群同样坚持的是"党的政治路线"；在《将军吟》中彭其追求的是"掌握革命军队的领导权"……这些"老干部"追求各异，但忠诚于党的革命事业却又是一致的。在"忠诚"主题表述中稍显被动的，可能是农民群体。在大量创作中，农民形象被叙述成在困境中挣扎、在困惑中等待的"被拯救者"形象。但是有一些作品，也表露了"农民主体"的"忠诚意识"。在《许茂和他的女儿们》中，颇有知识分子气质，身份上又有"老干部"嫌疑的金东水，对"文化大革命"有着这样的理解："在那冰刀霜剑的日月里，人们怀疑过：是不是历史果真会在什么时候发生什么误会呢？不！老金自己并不那样认为……他固执地认定，历史将像奔腾不息的长江大河一样，有时会不可避免地出现一个漩涡，生活的流水在这里回旋一阵之后，又要浩荡东流的。"金东水的"忠诚"，是对"历史方向"、社会主义方向的认定和忠诚。而在小说叙述中，这一"忠诚"就落实在他与党的代言人形象——颜少春的立场一致、密切合作上。当然，更多地表述农民"忠诚意识"的作品，还是以表现农民与体现"历史正义"的中心人物——革命知识分子、老干部之间的亲情关系这一方式体现出来。在《剪辑错了的故事》中，小说通过对"寻找甘书记"一节想象化的描写，表达了"人民忠诚于革命，人民寻找真正的革命者"这一主题。显然，甘书记在"大跃进"中的所作所为已使他彻底偏离了"为民做主"、"与人民血肉相连"的真正的共产党员形象，而转变为一心向上钻营、热衷于权势地位的革命的"背叛者"。小说在对他批判的同时也不忘塑造"人民"的忠诚意识。在"反侵略战争"这一幻想性情节中，老寿出发去寻找真正的老甘，希望他能回到人民群众中来，领导人民取得战争的胜利。这一情节与其说表达了人民对党恢复群众路线的渴盼，不如说是曲折表露了一种意识形态的忠诚信仰：即使党曾经有过历史失误，人民也仍然与她站在一起。这样，对"老甘"的批判就转变为类似母亲对儿子的亲情的召唤，"人民"与"党"之间相互忠诚的复合关系在此又一次得到表达。这也同时大大减轻了批判的力度。

在"伤痕、反思"小说的"忠诚"叙述中，最为常见的故事模式是"受挫—抗争"模式。主人公或是被奸人构陷获罪；或是受到政治风云突变的影响，而使自己的抱负不得舒展、事业横遭打击、人身受到伤害；或是家庭离散，亲情、爱情遭遇毁灭。但是主人公无不奋起抗争，或坚持真理与理想，与邪恶势力不惜殊死相拼；或坚信历史的正义必然能够实现，寄希望于"党"与"人民"。前一种情节模式往往以主人公的壮烈牺牲为结局，从而将"忠诚"叙述推向悲剧的高潮。如在《大墙下的红玉兰》中，葛翎为了表达对周总理逝世的哀思，不顾自己身陷牢狱的困境，冒着生命危险去采摘白玉兰花，结果惨死在"四人帮"爪牙的枪下；《神圣的使命》中王公伯为揭露"四人帮"一伙所制造的冤案，殚精竭虑，上下奔走，最后同样在与"四人帮"爪牙的对抗中牺牲。"牺牲"成为确证主人公信仰程度的试金石，悲剧因信仰与忠诚光环笼罩而具有神圣的壮丽色彩。后一种情节模式往往歌颂的是那些被邪恶势力打压到底层而理想信念始终不渝的"信仰者"。金东水因为与郑百如的矛盾而被免去了支部书记的职务，但他无时无刻不在思考葫芦坝的建设蓝图，并始终相信"事情必将往好处变化"；罗群被流放

　　到了天云山，面对艰苦的生活，他仍坚持自己的社会研究计划；田玉堂身受毒刑拷打但仍拒绝作假证，不肯违背自己的良心。这些作品中主人公的"受难"是明显的，但对"信仰"的坚持也是坚定的，这构成了另一种抗争。

　　"忠诚"主题的叙述很明显是重复了"十七年"文艺中的"革命伦理"叙述方式。在《红岩》、《红旗谱》等"红色经典"作品中，我们都能够看到有关"革命低潮"与革命暂时受挫的描写，而每当这个时候，那些具有坚定革命信念的英雄人物总能够挺身而出，抗击敌人，给革命指出一条光明的出路。"信仰与忠诚"成为挽救革命并使革命由低潮走向胜利的最终保证。这一叙述逻辑在"新时期"之初的小说中几乎原封不动地照搬过来，叙述者一再讲述，"忠诚"故事也就一再确证着、承诺着革命伦理与光明未来的必然联系。似乎，只要有无需论证与怀疑的虔信，革命理想与社会主义的光明未来就依然会毫发无损，光鲜亮丽地到来，而为了信仰而作出的牺牲便依然崇高而伟大。但是，如果我们再对比一下两个时代的叙述的话，就会发现，"十七年"文学中的"革命伦理"叙述是对革命"既成事实"的认定，是获得了历史主体位置的叙述者对自身充满自信的表述和肯定；而经历了"文化大革命"灾难的"新时期"作家，他们的"忠诚"叙述则不免有辩白和无奈的味道——在既成的已是固定化的叙述法则中，除了一再重复"十七年"的叙述"配方"，还有什么可选择的呢？而自身身份的悬而未决，又使作家们更加钟情于"忠诚"的自我表白。当然，透过这一现象，我们同时也能透视到"主流"意识形态对信仰动摇的某种担忧——历史事实与革命伦理之间的必然逻辑联系正在分离，原来的革命正当性论证正在"文化大革命"的现实中被迅速瓦解，因此，革命伦理的正当性亟须获得新的论证——这正是"忠诚"叙述大量出现的真正原因。

　　如果把"时间叙事"与"忠诚主题"结合起来，我们会更加清晰地发现小说历史叙述的内在逻辑。这一逻辑可表述为：历史对某个"原点"的建立与回归。这个"原点"在小说叙述中被表述为或是党群之间血肉相连的鱼水深情，或是曾经正确的政治路线，或是共产党"一切为了群众，一切依靠群众"的群众路线……总之，它是曾经存在的正确的意识形态。然而，历史的运行发生了偏差，从"大跃进"到

"文化大革命"，历史运行似乎越来越远离这个正确的"原点"，走过一段混乱而无意义的"空白"时间，而直到"新时期"，当历史重回"原点"，"拨乱反正"之后，时间的裸露之点与断续之处才接上，从而历史的运行才又被重赋意义。在那段"空白"的历史实践中，忠/奸两极的对立是最主要的历史内容，奸佞小人曾经猖狂一时，然而，依靠着对历史的真理性的忠诚，"人民"还是将颠倒了的历史重新颠倒过来，实现了"拨乱反正"。可以这样说，时间的切分性叙述最终的目的，还是指向"忠诚伦理"的表白，指向政治意识形态的回归。"新时期"之初小说的这一叙述逻辑与"回归十七年"的政治路线形成了密切的呼应关系。

四 身份的政治——政治拯救叙述中的主体问题

以"政治路线"、"正确思想"代言人的面目出现，对所有的历史失误和个人创伤进行解释和安抚，以至于"平反冤案"、"拨乱反正"，还历史以清白，这样的"政治拯救"情节在"伤痕、反思"小说中比比皆是。这些作品或是描写主人公的正义形象重被肯定，不白之冤被洗刷（《犯人李铜钟的故事》、《内奸》）；或是记叙正确的政治路线又得到恢复（《剪辑错了的故事》、《许茂和他的女儿们》）；或是出现几个英雄人物，对历史予以"拨乱反正"（《班主任》）……总之，这样的叙述方式往往成为"拯救"叙述的经典。这批小说直接或间接地暗示了历史正义的必然实现，以及代表这一历史正义的力量——党的正确和伟大。所以，"政治拯救"型的文本本质上就是在讲一个党如何拯救历史、解民于倒悬的故事。这很明显，仍是"十七年""革命文学"主题的延续。在这些小说文本中，值得注意的问题是人物的身份问题，谁适合讲述这一"拯救"？这往往成为小说叙述的中心课题。在"文化大革命"现实已极大地损害了党的威信的情况下，为党恢复名誉、重新确立威信也是当务之急。所以，"政治拯救"主题，就不仅是对"十七年"文学主题的继承，更是应对现实压力的反击。

为了实现这一讲述"拯救"主题的需要，小说人物的身份设计是经过精心选择的。复出后的"老干部"往往成为承担这一角色的最好选择。显然，没有谁会比"老干部"更适合去做"拯救者"，老干部的复出，是对党的"正确路线"恢复的最好解释，老干部也就顺理成章地成了历史的代言人。在《犯人李铜钟的故事》中，小说开篇即开宗明义地写道，田振山坐在吉普车上，去为死去的党支部书记李铜钟平反。小说是以这个"结局"作为开头的，也就给整个原本是悲剧性的故事奠定了一个"拯救"的基调，而这个"拯救者"的身份是"地委书记"，这就明确框定了"拯救"的政治指向。与田振山的身份相似，《许茂和他的女儿们》中的工作组长颜少春是"文化大革命"中曾受到排挤而后复出的"经验丰富"的老干部；《内奸》里给田玉堂平反昭雪的，是刚刚恢复政治地位的军区副司令员黄老虎。为了进一步确认"老干部"的"历史主体性"，小说往往以这些人物之口，去发表对"历史"的批判性议论。如在《犯人李铜钟的故事》的结尾，田振山发出了这样的呼吁："记住这历史的一课吧！……战胜敌人需要付出血的代价，战胜自己的谬误也需要付出血的代价。活着的人们啊，争取用较少的代价，换取较多的智慧吧！"显然，能够发出这一呼吁的，只有政权力量的代言人，而"人民"只是处于被动的等待中，等待着那个历史拯救者的出现。当"拯救者"以其拯救行为实现了"历史的正义"之后，"人民"便顺理成章地发出了感激和歌颂。正如《内奸》结尾所写的那样："成百上千的群众纷纷向田庄涌来，人人含着热泪，庆幸又见着了老八路和真共产党。人们七嘴八舌，又流传开了不少新的传说。有的传说严赤罹难时如何壮烈，有的传说杨曙背脊骨被踩断时还在高呼'共产党万岁'……"很明显，具有合法的"革命身份"的"拯救者"完成了"拨乱反正"的历史，也同时将"革命"的历史顺理成章地延续下来，两段断裂开的历史严丝合缝地黏合在一起，这暗示了历史合法性的延伸和不容置疑。

在"政治拯救"主题的小说中，另外一个值得注意的身份问题，是知识分子的身份叙述问题。我们可以以《班主任》作为例子。张俊石是一个知识分子，他以知识分子的敏锐发现了深潜于谢慧敏、宋宝琦等人心灵里的"内伤"，并发出了"救救孩子"的呼吁。我们因此经常关注这篇小说的"启蒙"内涵而忽略了作品所具有的另外的侧面。事实上，这篇小说的叙述是与主流政治叙述结合异常紧密的。张俊石的另外一重身份——党员身份，及其书写所内含的政治象征意义就体现了这一特点。如果我们仔细阅读作品的话，我们会发现小说对张俊石的形象塑造，完全是以一个"优秀党员"的标准出发进行的。小说中没有关于他个人生活的任何叙述，只有关于他兢兢业业、任劳任怨、终日为工作辛劳直至深夜的描写。他善于发现问题，解决问题，也把全部心思花在了如何恢复正常的教学秩序方面。而在他看来，所谓正常的教学秩序，是指："不仅要加强课堂教学，使孩子们掌握好课本和课堂上的科学文化知识，获得德智体全面发展，不仅要带领他们学工、学农，把理论和实践结合起来；而且还要引导他们注目于更广阔的世界……从而成为社会主义革命和社会主义建设的更强有力的接班人……"他对谢惠敏的指导，是要她阅读领袖的原著，以达到运用马列主义、毛泽东思想去认识生活、了解历史、全面辩证地看问题的目的，最终能够识别真假马列主义。他还要求谢惠敏去思考应当使自己成为什么样的人，怎样为"四化"，为共产主义的未来而斗争。如此这般的描写充斥着极为浓烈的政治说教气息，我们能够看出来，张俊石其实无时无刻不在以"党员"的身份约束和要求自己，也将这种要求推及到了学生那里。因此，张俊石这一形象不过是一个身份的象征而已，他的叙述功能只不过暗示了"政治拯救"的无处不在、无所不能。在《班主任》中，张俊石的知识分子身份被"党员身份"的叙述极力遮掩，我们在多少看到了属于"知识分子"独立声音的同时，又更明显地发现，他实际上更多地在转述，代言着主流话语的政治立场。这显然是"身份"政治的集中体现。"拯救者"的身份，并不会轻易给予知识分子，而知识分子也只有将自己叙述成党的代言人，才会多少获得一点话语权。《班主任》谨慎地在这一话语成规中运行，才获得了权威的首肯。这种情况，即使在其后出现的为知识分子"立言"的作品，如《人到中年》中，也仍在继续。它说明，即使"新时期"为知识分子平了反，知识分子获得身份的合法性，但是在"讲述者"所拥有的话语权上面，权力机制仍然扮演着警惕的"筛查者"的角色，这使知识分子仍然不具有话语讲述的主体地位。

五　英雄与人民——苦难叙事中的"消解"机制

在上文的论述中，我们已经看到，"英雄"形象的塑造，往往成为讲述"拯救"与"忠诚"主题的必不可少的手段，"英雄"往往成为小说中弥合创伤、重建秩序的必不可少的功能角色。事实上，在"伤痕、反思"小说中，"英雄"形象的塑造还有多方面的功能与作用。

首先，对英雄"信仰"与"反抗"性格的描绘，暗示了历史的希望和光明的存在，这是对历史怀疑论的反击。"伤痕、反思"小说中的英雄，都是"真正懂得马列主义、毛泽东思想的"，这完全不同于小说中那些"教条主义者"和不学无术的"四人帮"的爪牙们。《绿化树》中章永璘就经常阅读《资本论》；《许茂和他的女儿们》中的金东水，小说交代他学习过社会发展史、党史；《天云山传奇》中的罗群以自己的学识写成的议论天云山建设的著作，被小说描述成："具体而又深刻的思想，独特而又容易理解的见解和豪放的纵横古今的议论……博大精深，尖锐而又实事求是，只有那些对生活作过深刻研究的人，才能做到这一点。"类似这样的对"英雄"的马克思主义思想修养的强调还有很多。这种对信仰"原教旨"性质的强调经常是"伤痕、反思"小说确证"英雄"信仰纯洁性、坚定性的依据。因此，英雄们在思想上坚定正确，明辨是非，即使面临种种坎坷，他们仍然矢志不移，在与"奸佞集团"的抗争中，成为为困惑中的人们指明方向、带来希望的人。李铜钟、罗群、王公伯、将军等人莫不如此。他们的存在，暗示了"地火在地下运行"，历史在混乱中希望犹在的历史认知。

在"文化大革命"以其令人瞠目结舌的方式击毁了一切政治信仰神话的时代，暗示一种光明的存在，是政治意识形态"消解"苦难工作的必要步骤，它一方面反击了在"新时期"普遍存在的历史悲剧论、怀疑论的思想倾向，为黑暗的历史献上了"还有好的一面"的历史论证；另一方面又将英雄神话与"新时期"现代化想象对接，暗示了英雄的主体——老干部和共产党员将有能力结束"文化大革命"的错误历史，更有能力谱写时代新篇章。从而，一种遭到普遍怀疑的政治神话得以在"新时期"成功续写。

其次，英雄形象提供了一种在心理上有效消解苦难的方式。"新时期"之初的小说在书写苦难命题上面临着两难的局面，如果要如实客观地书写苦难，这必然要招致主流意识形态"写阴暗面过多"的批评；而不写苦难，又不免于粉饰和虚假。于是"十七年"文学中"邪不压正"的小说书写"配方"就顺理成章地移用过来,英雄形象的塑造就是这一"配方"必不可少的"配料"。以英雄形象化解苦难的方式主要是通过描写英雄愈挫愈奋、百折不回、视困难如草芥的性格形象来完成的。《天云山传奇》留给人们最深的印象,是冯晴岚在大风雪中拖着板车和罗群在天云山中艰难跋涉的情节,这不免有些凄惨的生活,在主人公看来却是不屑一顾的,罗群仍然奋笔疾书,思考着天云山的建设蓝图,似乎苦难的生活对他毫无影响。《小镇上的将军》也讲述了一个深受重病折磨,又被流放到边远小镇的老干部不顾个人安危,与"四人帮"势力斗争的故事。小说中的将军也同样是一个不屈不挠的斗士形象。《犯人李铜钟的故事》中,李铜钟拖着伤残的假肢为饥饿中的村民筹集粮食、奔走呼号,几天几夜不吃不喝,在生命濒于衰亡的时候还惦记着缺粮的群众,最后因极度劳累、营养缺乏而死。这些形象以他们的超越苦难的理想主义英雄气质有效化解了苦难书写的沉重感,正是由于他们,观众才得以在黑暗中看到曙光,在悲戚中领略希望。英雄的形象为人民群众提供了一个示范的典型,它暗含着这样的意义:没有绝对意义上的苦难和创伤,如果具有如英雄般坚强独立的人格的话,那么,苦难也将变得容易忍受和克服。它同时又隐含着另一种安抚和宽慰:因为有了这样的英雄,"凡人"的软弱和怯懦也便不再可耻和令人脸红——毕竟做"英雄"并不是那么容易的事情。这样,英雄形象就为公众心理既立下了路标又打开了后门,他们的存在,不啻为"社会肌体尚还健康",开了一份诊断书。

英雄的涌现并不意味着时代运行的良性和正常,相反,它是整个意识形态和伦理体系危机的反映。在"新时期"之初,意识形态和价值伦理的空白化是最为触目的思想文化问题,而"英雄叙事"正是试图解救这个危机,以想象的方式重构意识形态话语逻辑和价值伦理的一次努力。它被迫借用"十七年"的政治伦理资源,以理念化、脸谱化的僵硬方式完成了对缺失的意识形态和价值尺度的修补,对意识形态合法性进行了话语论证,并努力在已经断裂的"十七年"与"新时期"历史叙述之间搭建起桥梁。英雄叙事明显的夸大其词都说明了这种叙述方式的"想象"本质,但也相当程度上掩饰、平衡了苦难现实,成为消解苦难的有效方式。

　　对苦难的另一重消解、美化机制是对"人民"形象的书写。在"英雄"的行动中，总会有人民作为帮助者出现，它们或是协助"英雄"实现其理想，或是保护英雄免遭祸害，有时，又会以"正义"和"良知"的面目出现，直接践行着"英雄"的行为。总之，他们与英雄的关系是不可分割的。如果说，"英雄"的存在暗示着"星星之火"仍在燃烧的话，那么，大量与英雄同甘共苦的"人民"的存在，就是那"可以燎原"的证明。在《神圣的使命》中，王公伯的行动得到了郑局长、小陈、吴正光等人的支持，有了这样的支持，他才得以使冤案昭雪；在《天云山传奇》中，周贞渝对罗群冤案的重审起到了关键作用；在《犯人李铜钟的故事》中，朱老庆为李铜钟打开了粮仓，使李家寨人终于逃过了饥荒。在这些小说中，"人民"对英雄行为的完成发挥了至关重要的作用，没有他们，"英雄"也就成不了英雄，这是一群"帮助者"的形象。

　　另一组"人民"形象是"保护者"的形象。他们给予"英雄"的，是亲情的抚慰，物质的帮助，身份的认同，他们隔离、阻挡了加于"英雄"身上的诸多伤害，将苦难的创痛抹平，从而提供了最大程度的保护。可以说，这一群体的数量是更多的。《伤痕》中，王晓华怀着一颗受伤的心到农村插队，获得了"贫下中农"们真诚的关心和帮助；《蝴蝶》中的张思远虽然贬官流放，但人民群众对他不离不弃，亲切地称他为"老张头"；《绿化树》中的章永璘得到了马缨花的细心照料，从肉体和精神上都重获新生；《月食》中的伊汝，离妻别子几十年，而妞妞却从没有将他遗忘，独自操持着残破的家庭，等待着他的归来……可以说，作为"保护者"的人民形象，是"人民"叙述中塑造得最为成功的形象。第三组"人民"形象，是以"平民英雄"的面目出现的。《在没有航标的河流上》中的盘老五，敢于冒着政治风险保护遭到批斗而且生命垂危的徐区长；《绿化树》中的谢队长，私自放跑了逃离农场的海喜喜；《天云山传奇》中罗群被定为"反革命"，而老乡们却打着火把，聚集到他的住所，对他表示支持。这些"人民"形象的行为是对错误政治路线的斗争，已经具有"抗争英雄"的性格要素，成为"正义"的代表。从某种程度上说，他们已成为与"英雄"并肩战斗的战友，这一类"人民"形象是最接近"英雄"精神层次的形象系列。

　　但是，我们还应注意到另外一个值得注意的问题：尽管小说叙述出来的"平民英雄群像"对正确的政治路线与工作作风始终忠贞不二，而且他们似乎是小说所叙述的主人公，然而，他们事实上仍然不是自觉的自我拯救者。在历史的浩劫中，他们仍然是"沉默的大多数"，是受难中等待被拯救的穷苦大众，是历史进程的迷茫的旁观者。而真正被赋予了"拯救"功能的，仍然是政治意识形态所钦定的"领导者"形象。在《许茂和他的女儿们》中，这一拯救者就是工作组组长颜书记，在《犯人李铜钟的故事》中，实现这一使命的是平反之后，重新上任的县委书记田振山。更多的作品中并未直接出现"党的领导者"形象，但在有关"落实政策"、"平反昭雪"等情节的叙述中，又不难看出"党"的形象时时出现在作品里。如果把这样的描写与小说中经常出现的广大普通民众对历史浩劫的无奈与焦虑感联系起来看的话，我们不难得出这样的看法："新时期"之初小说中的广大民众形象，始终被定位在"被拯救者"这一地位上，而与之相对位的"拯救者"形象，则被更能为主流意识形态所首肯的"老干部"以及"党"的形象所占据。因此，农民意识与他们的生存诉求等来自于底层平民的真正的"民间"声音，实际在呼唤着另一个政治话语的出现，在为其张目。"历史反思"的声浪被意识形态话语所占据，从而，"被拯救"的民众形象也便被塑造成了一个尚未觉悟的、期待着历史主体与拯救降临的"人民群像"，成为话语意义上"沉默的大多数"。

　　对"人民"形象的叙述往往特别强调他们具有美好的传统道德品质和民间伦理。而正是这样的"美德"使人民与落难的"英雄"往往一见如故，亲如兄弟。正如丁玲所说："在北大荒我感到了在下面的人和上面的某些人不大一样，他们没包袱，不怕失去什么；他们不管你是不是右派，只看你对他们的心思，便认定你是好人，正派人。"① 人民往往以一种道德直觉判断对象的善恶和好坏，这是一种典型的民间视角。被这一视角所肯定的正义的"英雄"便意味着他获得了民间的支持。"英雄"与"人民"亲如一家的叙述是暗含深意的。"英雄"被

---

① 丁玲：《解答三个问题——在北京语言学院外国留学生座谈会上的讲话》，《北京文艺》1979 年第 10 期。

"人民"接纳，"人民"与"英雄"心连心，这一叙述实际上就成了"英雄"代表的革命伦理与"人民"代表的民间伦理的对接。"英雄"代表了历史的本质和正义，而"人民"则为这一正义提供了数量上的支持和民间伦理上的肯定。换句话说，英雄与人民的复合型叙述，就成为了革命伦理证明其道德正当性的论证过程。所以，对人民的形象塑造还只是一种叙述资源的借取——通过"十七年"文学中人民主题书写模式的借用获得一种"势能"——实际上最后还要落实到对"革命伦理"的书写中。

"人民"书写为消解苦难倾向提供了强有力的论据和支持：英雄不是单打独斗的，他们的创伤因为有人民的抚慰与治疗而基本痊愈，他们曾有的苦难如果与这浩荡博大的人民之爱比较，几乎可以忽略不计。而"人民"自己更是默默地忍受着、化解着痛苦，表现出异乎寻常的承受能力。不仅如此，正义的力量，对党、对历史异常坚强的信任和信心从未曾消失。而正是这些，构成了"新时期"社会的主流。如果历史果真是如此的话，我们将不得不怀疑，那些悲惨的苦难往事究竟有没有发生过？显然，对苦难与伤痛的话语组织和话语规训，已使文学叙述变得不再真实，在一场话语塑造工程中，我们看到的是历史经过梳妆打扮之后的假面。

当然，我们也应该同时看到问题的另一面。"人民"形象的塑造在起到了对苦难的消解作用的同时也多少暴露了一些苦难的真相。我们可以发现，"新时期"之初的小说，尤其是农村题材小说，塑造了一个农民"受难者"的系列形象，而正是这些形象的出现，在"人民"被意识形态话语乔装改扮的同时也多少保留了一些历史的真实。这些"受难者"们大多是老老实实、本本分分的农民，他们无一例外地在长期的政治错误路线的摧残中饱受磨难，甚至有人还牺牲了自己的生命。在《剪辑错了的故事》里，老寿是一位曾经为革命作出过无数牺牲的农民，而在"大跃进"中，他因为跟不上"一日千里"的形势而成了"右倾"分子，他辛辛苦苦种下的梨树因为是"资本主义尾巴"而被全部砍伐，在精神和物质上蒙受了巨大的损失。《李顺大造屋》讲述的也是类似的悲剧。李顺大土改后梦想为自己盖三间房子，而等他攒够了建筑材料，却在"大跃进"里被"共产"了，而等到他又一次积攒材料时，却赶上了"文化大革命"，所有建筑材料都被诈去，还被诬陷坐了班房。一次次的政治打击使他的生活几乎重回解放前的悲惨境地。《笨人王老大》讲述的故事更为凄惨，王老大本是一个善良纯朴而又吃苦耐劳的人，但这样朴实的人却在极"左"路线的威逼下生活困窘到一无所有的地步，为了给孩子们添一件取暖的衣服，他被迫违背"禁令"，在风雪交加的严寒天气里偷偷上山砍柴，最后惨死在回家的路上。与李顺大、王老大、老寿等"受难者"形象相类似的小说人物形象我们还可以举出许多，像《张铁匠的罗曼史》中的张铁匠，以及《芙蓉镇》里的胡玉音、秦书田，《许茂和他的女儿们》中的许茂老汉，等等，这些在政治漩涡中挣扎、煎熬，备受压抑与折磨的普通农民形象，简直在农村题材小说中比比皆是。显然，"受难者"的普遍存在折射出那一段历史的苦难本质。在中国，占人口大多数的农民，成为整个中国和整个民族的代表，他们的受难正是整个国家民族受难的象征。

　　"新时期"之初小说对这些"受难"的农民形象的书写，注意挖掘、表现他们朴素的农民意识、土地意识和生存意识，对这些精神特征的表现成为控诉、揭露极"左"政治的必要手段。在《李顺大造屋》中，李顺大的幸福追求凝固在拥有自己的三间茅屋这样一个极其简单而又十分正当的经济目标上，这无疑是极为初级的生存目标，而极"左"政治却使其成为遥不可及的梦幻；在《芙蓉镇》里，主人公胡玉音也不过想通过劳动致富，使自己的生活得以改善。然而她却成了"资产阶级"的代表，成为阶级斗争的对象，被迫害得家破人亡，穷困潦倒；许茂，本来是侍弄庄稼的一把好手，而政治运动的冲击使他的家境日益破败，他也心灰意冷，有才干无处施展。在一系列小说文本中，像许茂、李顺大这样典型的农民形象都有中国传统农民的勤劳、朴实、肯于吃苦的精神气质，他们热爱土地，对劳动有着近乎神圣的虔诚和信仰。他们的最大愿望也不过是希望凭借辛勤劳作过上好日子。所有的这一切，都反映了一种朴素的农民意识，一种极其简单的生存要求，这无疑是最基本意义上的也是合理的生存诉求。然而，农村成为了政治的演兵场，土地变成了政治群小们呼风唤雨、肆意践踏的表演舞台，农民们的这一生存诉求也便成为不可能的奢望。在一次次的政治风雨中，农民们所依赖的土地，不是被乱垦梯田，就是长期撂荒，生产资料也往往被收缴去炼钢，甚至房屋还要被蛮不讲理地扒掉，在这样的残酷的现实面前，农民们除了默默承受人祸的灾难之外还能做什么呢？"新时期"之初的乡村书写，通过描述农民的朴素的生存意识以及这些生存要求的一次次落空甚至横遭剥夺揭示出一个矛盾，那就是意识形态合法性与生存合法性之间的尖锐矛盾，通过对一个个人间悲剧的表现，将极"左"的政治实践推到了历史的审判席上，对其反人性的本质加以揭露和控诉。这种暴露"伤痕"与控诉罪恶的写法其实蕴含着某种政治怀疑情绪和批判力量，因此，"人民"群像的塑造实际上蕴含着两面性：一方面它呼应了主流意识形态的消解苦难、重述历史的倾向，但另一方面，它在客观上又同时是对意识形态话语的偏离和突破。

第二节　对"拯救"的怀疑、偏离与拒绝

在上文的分析中我们可以发现，相当多的"伤痕、反思"小说在对"苦难"命题的叙述中一直内含着"拯救"的承诺，这使"苦难"命题的展开变成了另一种对"治疗"的允诺。小说对主流意识形态的呼应是显而易见的，"忠诚"伦理的表现，正邪对立、时间切分法的运用，身份的叙述，英雄叙事与"人民"主题，这些有着鲜明意识形态话语"转述"痕迹的叙事方式都使"苦难"有逐渐消解、遮蔽的趋势而不是显现、暴露。因此，"主流"的历史立场与历史态度，它的话语原则和修辞方式便在一个个小说文本中被复制与生产。这不能不使我们发出疑问，以"伤痕"为名的文学中究竟反映了怎样的"伤痕"？主流意识形态话语的叙述规范有没有曾经被触动过？对后一个问题的回答当然是肯定的。我们发现了一些与"主流"叙述不相贴合的一部分作品，这些作品多少体现了作家在那个依旧高度"一体化"的时代里独特的个人化思考，因而多少偏离、超出了"主流"的规范，有的甚至与"主流"发生了不大不小的龃龉。所以，这些作品是对"成规"的僭越与拒绝，正是从这个意义上说，他们表现了难得的历史反思精神和话语独立意识。

一　暴露与谴责——"破禁"式的书写

"主流"的叙事"成规"意图在于重建有关党、国家、革命正当性

的历史叙述，但是某些"伤痕、反思"小说却直接动摇、质疑了这一历史叙述的正当性，从而成为"新时期"之初具有暴露和谴责意味的作品，《飞天》与《调动》就是这样的作品。

《飞天》讲述的是一个农村姑娘飞天悲剧命运的故事。她先是因为母亲在20世纪60年代的大饥荒中饿死而被迫逃荒，被黄来寺的年轻职工海离子和老和尚收留。日久天长，海离子和飞天产生了爱情。一个偶然的机会，飞天遇到了来黄来寺参观的某军区谢政委，在他的"好心"劝说下，飞天到了军区部队当兵。谁料到谢政委竟垂涎于飞天的美貌，在一个雷雨之夜将她奸污了。飞天自觉无脸再见海离子，想复员又无路可走，软弱的她只得回到谢政委身边去。在与谢政委的长期同居中，飞天一度产生过对谢政委的好感，而最终，她又幡然醒悟到自己犯了不可饶恕的错误，于是，她断然离开了军区，重返黄来寺。而此时的她对人生已心灰意冷，不想接受海离子的爱。"文化大革命"开始后，飞天惨遭红卫兵的揪斗，精神失常，而此时，谢政委受到提拔而青云直上，他的汽车从疯了的飞天身边驶过，车上坐着的，是另一个娇艳的姑娘。

有论者认为，《飞天》的尖锐之处是暗示了一个造成人生悲剧的似乎广大无边的权力系统的存在。[①] 正是这个权力系统，埋葬了飞天的生命。同时，作者又拒绝了对这一权力系统作任何粉饰，这就使小说的控诉意图愈加刺目。这样的分析是有道理的。小说中的谢政委，既可以看作是一个道貌岸然、内心龌龊的伪君子，又可以看作是整个权力系统的代表和象征。飞天无论怎样挣扎、逃跑，最终总是逃不出他的手心，只能乖乖接受被占有、受蹂躏的命运。而小说中的"党员"、"干部"形象，又没有出现另外一个与之平衡的代表所谓"正义"的角色，这自然给人以有意将"党的领导"描述成"一团漆黑"的倾向。如果结合飞天人生的多次悲剧性遭遇来看这一倾向的话，我们会更加加深这一印象：60年代的饥荒是造成飞天家破人亡的原因；谢政委的渔色，是造成飞天人性毁灭的元凶；而"文化大革命"，又将飞天彻底打入地狱，最后疯癫。将这些贯穿起来，作者显然有意以一种决绝的激愤的态度，

---

① 程光炜：《文学的紧张——〈公开的情书〉、〈飞天〉与80年代"主流文学"》，《南方文坛》2006年第6期。

叙述了一个被权力践踏终至于毁灭的人生悲剧。小说拒绝了涂抹亮色与希望，更没有虚伪地提供关于拯救的修辞，"老干部"与"一小撮"坏人不再对立；"党的领导"也并非一贯正确；"人民"也被叙述成迷惘、困惑，不能主宰自我的形象，更不必说有什么"历史正义"；"忠诚"则被异化，变成为封建的人身依附关系……因此，政治极权、"十七年"以至"文化大革命"的政策、甚至在此期间的"党的领导"，都成为尴尬地站在被告席上的角色。《飞天》的这一尖锐的叙述自然引发了猛烈的批评。燕翰认为，《飞天》在真实性和倾向性问题上都犯了严重的错误：它既没有看到三年自然灾害中"在党的领导下，以坚定的意志和高度的组织纪律性战胜了困难"的"历史事实"，又看不到"文化大革命"中广大人民群众同林彪、"四人帮"所进行的"激烈搏斗"，社会主义大地同时显示出的"光明"。因此，这部作品是"对社会生活的歪曲"。在谢政委的形象塑造上，小说写成了"是社会造成了谢某的作恶，又是社会保护着作恶的谢某，并把两者的关系写成了因果关系"，"这样的描写，就使小说对谢某个人的批判，发展为对给予他权力和特殊地位的整个社会的揭露"，因此，小说在倾向上，"就不可避免地流露出某种悲观绝望的情绪"。[①] 显然，"主流"批评所搬用的武器，是意识形态的政治话语。在他们看来，《飞天》不仅拒绝以文学想象的虚拟性言说方式"转述"意识形态立场的"规范话语"，而且已经楔入了历史叙述的深层，触及到了意识形态的"底线"，它不再是什么文学问题，而是"政治立场"问题，所以对它的批评，重点不再是艺术手法问题，而是政治倾向问题。

与《飞天》的遭遇相似的是中篇小说《调动》。小说描述了在"文化大革命"结束后，曾受到不公正政治待遇的大学生李乔林为了调动工作而上下钻营的故事。李乔林为了逃脱政治苦海，回到故乡，想尽一切办法要调出远西县城。他抛弃了曾在苦难岁月中患难与共的女友韩小雯，为了"打通关系"，背着"二十响"（烟）与"手榴弹"（酒）四处行贿，甚至与当权者的老婆搞起了肉体交易。在所有的努力几乎都要

---

① 燕翰：《不要离开社会主义的坚实大地——评中篇小说〈飞天〉》，《解放军文艺》1980年第9期。

失败的时候，他铤而走险，"以恶抗恶"，以谎言和讹诈的方式逼迫县革委会主任牛朝杰就范，终于换来了自己日思夜想的一纸调令……《调动》描述的是在一个是非颠倒的时代发生的"人变成鬼"的故事。李乔林并非没有良知和正义感，但是他为了自己的生存而被迫不择手段，逐渐异化为毫无廉耻和道德可言的"鬼"，这样的写法明显表达了对毁灭人性与良知的"文化大革命"的批判和谴责。虽然作者那种过于急切地揭露黑幕、进行政治谴责的立场使作品有夸张、抹黑的嫌疑，但总体上还是反映出历史的真实性侧面。如果说《飞天》暴露了长期的"左倾"历史造成的灾难的话，那么《调动》则揭示了这一灾难的历史延续——它并不会因为"新时期"的到来而戛然而止，历史也不会因为话语方式的裂变而改变它的本来面貌。小说的"越界"之处正是这一点。这个故事所发生的时间，是在"文化大革命"之后，"新时期"已经开始的时候，而小说对远西官场上下污浊、贪腐横行、帮派林立、迫害成风的描写却明显表现出作者无意将"文化大革命"时代与"新时期"区分开来的倾向，这就引发了政治话语的批评。杨子敏的《读〈调动〉》中的这段话是有代表性的："在粉碎'四人帮'以来，党中央先后采取一系列重大措施，领导全国人民，不断解决着各种迫切的社会问题，逐步扫除着存在于党内外以及社会生活中的歪风邪气。尽管任务艰巨，彻底清除污垢尚需时日，但决心已定，工作已在进行，局面已开始改观，这也是无可否认的事实。如果说今日中国的黑暗事物同'四人帮'横行时期、同解放前的旧中国有所不同的话，那么区别之一就在于他们已开始面临被清除的命运，已丧失主宰历史的权力，人民和他们的斗争总归已进入了一个新的阶段。上述这些如果还不无道理，那么，我以为《调动》所涉及的特定环境，是缺乏文学作品所要求的典型性的。这是《调动》使人感到不真实的原因之一。"①

　　在"新时期"之初的主流意识形态批评话语中，"真实性、典型性"原则还是与历史立场紧紧联系在一起的，体现在具体的批评实践中，往往将文学形象、环境描写、想象方式等艺术问题"历史"化：文学被认为是对"历史"的直接书写，它们的关系是决定与被决定的

---

①　杨子敏：《读〈调动〉》，《文艺报》1980 年第 4 期。

关系；文学书写的正确与否，就看这一书写能否"正确反映"历史的"真实"，能否塑造为主流意识形态所首肯的"典型"而定。当然，这一"历史的真实"与"典型"是先定的，对它们的经典论述，要到报告、文件、决议等政治文本中去寻找。这种批评原则和方式是对"十七年"政治批评方式的继承和延续，但是这种将历史与文学合二为一又一分为二的"一体化"批评方式，却不如"十七年"批评所体现得那么"刚性"与直白，在文学与历史的意识形态链接上，"新时期"的文学批评找到了一系列"修辞"和"中介"，这就是上文所分析过的有关"人民"、"身份"、"忠诚"等主题的叙述模式。"主流批评"通过对这些主题的意识形态化的修辞性阐释，隐喻性地建立了有关历史的合法性叙述模式，同时也使自己多少获得了一定的话语"弹性空间"和回旋余地，避免了重复"十七年"要么歌功颂德，要么棍棒齐下的尴尬。但是《飞天》和《调动》却一意孤行地"破坏"了这一约定俗成的修辞方式，执意不讲述"规范化"的主题，这就逼迫主流批评不得不再次搬用"十七年"僵硬的话语方式，再一次强调历史与文学的"一体化"关系与等级关系，这是对"偏离"与"越界"的警告，而同时，也标定了话语讲述的边线和界标。

　　毋庸讳言，在《飞天》与《调动》中，作者的激愤之情和暴露欲望在这两篇作品中都明显地表露出来，反映在表达方式上，那就是具有强烈的情感宣泄倾向和谴责色彩，在某种程度上失去了分寸。可以说，正是这样的问题引发了对作品"真实性"和"倾向性"问题的质疑。但是如果辩证地看待这两部作品，我们必须承认，这种"谴责"和"暴露"正是表现了作家对灾难现实的正视与思考，正因为这样，这两部作品才揭发出了苦难的创痛酷烈及其可怕的历史性蔓延，所以说，作品的某种偏激和深刻是并存的。《飞天》与《调动》是对"主流"叙述修辞和话语成规的拒绝，是对掩饰苦难、闭合历史的意识形态化写作的偏离和突破，尽管这种突破尚显幼稚、不成熟，但作家的大胆与锐气还是可贵的。

二　伤痕与苦难的个人化呈现

　　《飞天》、《调动》等小说是以一种"正面冲撞"方式触动"新时期"写作的话语成规的，它们的暴露与谴责实际上要表达"我认为历史是怎样"的历史认知。从本质上看，它们都是一种对主流历史叙述的反向述说，是另一种宏大的本质化叙述，也正是因为这样，才招来"主流"政治话语的激烈批评。与它们相比较，另一些作品的书写角度却更加个人化，但也或多或少地提供了对苦难的真实观照，暴露出历史存在的真实。

宗璞的《我是谁》和《三生石》以一种女性特有的内心体验的方式赤裸裸地暴露了令人震惊的心灵孤独和创伤性体验。在这两部作品中，"孤独与隔离"成为小说叙述的中心，不论是梅菩提还是韦弥，都处于绝对的被隔离、疏远，与人群恍若隔世的生存状态中。在《我是谁》中，韦弥因为政治迫害与丈夫惨死而受到刺激，变成了疯子，在她的意念中，她变成了青面獠牙的怪物，浑身浸透了毒汁，又是一条艰难爬行的毒虫，使人避之唯恐不及。这种现代派的怪诞、变形手法，很明显是对自身身份"原罪"的恐怖化书写。知识分子在灾难岁月中因身份而获罪，这是几乎无法摆脱的"原罪"。在这一"原罪"的压迫下，知识分子被逐出了人群，成为失去了做人资格的人不人、鬼不鬼、虫不虫的东西，孤独、隔离的生存状态成为知识者的生存常态，对迫害的恐惧如影随形，成为摧残心灵、蹂躏生命的凶手。在《三生石》中，对政治创伤的书写虽然不及《我是谁》尖锐，但小说的黑暗色调和压抑感却更为浓重。小说不仅描写了接二连三的迫害与死亡，还安排了梅菩提罹患癌症，病入膏肓的情节，即使是小说中的爱情描写，也并没有给主人公提供拯救和希望。所以说，《三生石》几乎是拒绝了一切拯救希望的"黑色小说"，它将人所面临的苦难深渊、绝望心态毫不掩饰地暴露给读者看。小说中的个体成为绝对的孤独个体，国家、人民、政治信仰、爱情和亲情都不能给予她任何的帮助和解救，"苦难"成为个体精神不能摆脱的宿命。

《我是谁》和《三生石》无疑是对苦难的创伤性体验最为激烈的表达，它们的独异之处就是对社会化、政治化"诊断与拯救"修辞方式的拒绝，而这在《伤痕》、《班主任》等"伤痕、反思"小说的"经典"性作品中却是意义的落脚点与叙述的重心所在。《伤痕》在王晓华展示了自己的心灵伤痕之后，还不忘在主人公的内心独白中加上"我忘不了心上的伤痕是谁戳下的"这样暗示性的句子，历史归咎于谁，谁该为苦难负责的题旨昭然若揭；而王晓华与男友在擦干眼泪之后携手前行的情节更是暗示了"伤痕"已然痊愈，孤独个体又融入了人民之中，开始"新时期"的生活这样一个"光明"的未来。同样，在《班主任》中，"四人帮"成为对一切历史苦难负责的罪魁祸首，而小说结尾所描写的"春风送来花香，星星眨眼欢笑"的场景，则强烈地预示着历史"拨乱反正"的指日可待。《伤痕》与《班主任》式的"经典"书写，是一种小心翼翼的暴露，他们撬动了历史真相的一角，然而在刚刚暴露出伤痕累累的肌肤之时，便宣称自己"诊断"完毕并匆匆忙忙地开出了药方，许诺按方吃药便会药到病除。这种不彻底的"伤痕"叙述其实并没有暴露伤痕，而是将个体的"伤痕""公共化"、"政治化"，从而事实上拒绝了以个体立场诉说苦难的可能性。小说写作题旨所在，不是试图"敞开"苦难的真相，而是试图以政治拯救方式将苦难"闭合"。与之比较，《三生石》和《我是谁》拒绝了对苦难的社会化诊断，也便斩断了社会、国家、政治等力量对苦难个体予以施救的可能，这样，苦难和创伤成为纯粹个人化的心理感知和孤独体验，成为一种绝对的恐怖，成为毫无理性与缘由便强加于人性与生命之上的苦刑。可以说，这才是历史存在的本来面目。

对伤痕的个性化表现也在某些反映爱情的小说中得以体现。在这方面，张洁的《爱，是不能忘记的》可为代表。这篇小说描述了一位女作家钟雨与一位"老干部"之间柏拉图式的精神之恋。两个人在精神上相互契合，而因为道德的原因始终不能结合。最后，老干部死于"文化大革命"的迫害，而女主人公则始终保留着男主人公赠给她的一套《契诃夫小说选》作为永久的纪念。这篇小说有很明显的经不起推敲的情节。钟雨与那位老干部相处时间加在一起也超不过24小时，手也没有拉过一下，而他们相见的场合又大多是在开会的礼堂、会议室，他们的情感交流仅限于礼节性地寒暄。这样的"交流"竟能使两人之间产生至死不渝的强烈爱情，这不能不使人怀疑其现实可能性。比较合理的解释是，张洁其实在这篇小说中并不在乎是否能给读者叙述清楚感情的来龙去脉，她只是想要叙述一种不能为世人所理解、所见容的理想之爱，这个爱情悲剧具有"政治伤痕"故事的要素（老干部死于"文化大革命"迫害，而男主人公的死亡也便使两人之间的爱情戛然而止），但实际上，真正阻碍爱情实现的，是传统的婚姻爱情与道德观念。小说倾力叙述了女主人公所体味到的因个性难以释放、灵肉难求和谐、个体始终压抑而产生的积怨和郁愤。也正是这一叙述目的，使作者执意偏离了"现实主义"的写法，使作品成为一个"抽象化"的文本。《爱，是不能忘记的》对理想化爱情的追问其实是各个时代、各个民族都会产生出来的关于爱的"永恒与短暂"、"自由与道德"、"相遇与错过"等命题的永恒之问。所以，这篇小说对爱情问题的探讨，实际上有追问个体存在论意义上的"残缺"主题的意味。也就是说，在习俗与道德律令的约束下，在偶然条件的制约下，灵肉合一的爱情（也可以说是一种自由状态的人性发展）注定不可能实现。这造成了不能愈合的"人性之伤"，构成了生命存在意义上的"残缺"。正是对"残缺"主题的发掘和"人性之伤"略显夸张的宣泄，使《爱，是不能忘记的》这篇小说成为迥异于"伤痕、反思"小说"经典"写作方式的另类创作。

当然，批评家们似乎并不愿意将这篇小说的主题看成是表现"虚无缥缈"的"人性残缺"，他们更愿意发现的，是作品的"社会批判意义"。所以，一方面他们肯定这篇作品的独特性，另一方面，又试图将这种略显"偏离现实"倾向的独特性拉回到社会性言说的轨道上来。黄秋耘这样认为："这篇小说并不是一般的爱情故事，她所写的是人类在感情生活中难以弥补的缺陷，作者企图探讨和提出的，并不是恋爱观的问题，而是社会学的问题……等到什么时候，人们才有可能按照自己的理想和意愿安排生活呢？"① 显然，对个体生命的问题之追问，又落回到了"社会"的框框中来。就是张洁自己，也不愿承认这篇小说的"人性"主题。她自述道："这不是爱情小说，而是一篇探索社会学问题的小说。"② 作家、批评家对作品"社会学"意义的提取和强调，反映了"伤痕"时代"话语惯性"的存在，这种"惯性"习惯于从作品中发现宏大的社会主题，而同时也会多少

---

① 黄秋耘：《关于张洁作品的断想》，《文艺报》1980 年第 1 期。
② 《春天的信息——女作家近况一瞥》，《文艺报》1980 年第 5 期。

忽视个性化立场的存在。

　　《爱，是不能忘记的》另一个值得探讨之处，是张洁叙述这一"理想之爱不能实现"的主题时的叙述态度。我们会发现，小说似乎隔绝、回避了某种拯救力量的出现。小说的所有叙述均指向女主人公的内心，伤痛的体验成为唯一真实的存在。在这种略显夸张的自恋性描写中，我们所习见的依靠"政治话语"予以拯救的表达方式和叙述模式失去了它的有效性，它们不能解释这一伤痛体验的现实，也无法提供拯救的承诺。这样，"伤痕"相对于个体来说，便只是纯粹的个体性事件，它更多地指向个体自我的存在意义而不大可能升华出政治意义。这种单纯的叙述使《爱，是不能忘记的》不仅不同于《被爱情遗忘的角落》等一类探讨社会伦理、政治伦理影响爱情的"主流"爱情主题创作，也不同于前面所提到的宗谱的《三生石》等小说——在《三生石》等小说中，爱情所遭遇的伤痛与苦难是与政治问题联系在一起的，爱情之伤，人性之伤是政治之伤的延续，爱情的描写也是对整个社会隐喻性描写的一部分——而《爱，是不能忘记的》因为与政治的自觉疏离，也便使有关政治拯救的一系列话语修辞在小说中不见踪影，这可以说成就了小说另一种意义上的个人化书写。

三　拯救的拒绝与启蒙主体的出现

　　在"主流"话语的历史叙述中，有关"个体"与群体、个人与历史的关系的叙述常常是缝合在一起的，个体的受难往往是对"党"、"国家"和"人民"群体受难的典型表现，当然，以"党"、"国家"和"人民"名义所发出的"政治拯救"也便是从群体立场出发对个体立场的替代和抹平。但是，在"新时期"之初的小说中，却出现了这样几部特出之作，他们或是表达了对政治话语与思考方式的怀疑，或是着力肯定了具有启蒙思想特征的个人主体，或是完全偏离了"主流"的话语成规，表现出新的思想路向。表现虽然不同，但是这些作品的"个体性"立场却都是相同的。这几部作品是《波动》、《公开的情书》和《晚霞消失的时候》。

　　赵振开的《波动》写于"文化大革命"时期，定稿于1979年。小说以诗一样的笔触，展开了"文化大革命"中一代青年人痛苦、思索、怀疑、彷徨的内心世界。用批评者的话说，"孤独，忧虑，苦闷，痛苦，绝望，冷酷……在小说里并不是个别人的性格因素，而是贯穿作品的主调，是作者思想倾向的自然流露"①。《波动》的这种倾向被批评为"虚无主义"的表现，而实际上，小说的这一格调正是对"文化大革命"中思想信仰与道德伦理崩溃的社会现实的最好反映。

《波动》另一个被批评之处是小说通过人物之口发出的对"主流话语"的怀疑和拒绝。杨讯在登上北上的列车后，肖凌和林东平有过这样一段对话：

> 林东平："青年人在感情上的波动是一时的。"肖凌："林伯伯，您体验过这种一时吗？"
>
> 林东平："我们有过许多惨痛的经验。"肖凌："所以你拿这些经验来教训年轻人。告诉他们也注定失败，对吗？"
>
> 林东平："我不希望悲剧重演。"肖凌："悲剧永远不可能重演，而重演的只是某些悲剧的角色，他们相信自己在悲剧中的合法性。"

在肖凌（也可以说她代表了一代反思中的青年）看来，某些权威性的"主流话语"已然丧失了它们的合法性，而成为彻头彻尾的虚伪的言辞，成为压迫、剥夺思考者思想权利的手段。这一反叛性的思想甚至在触及"祖国"这一具有"无可争辩"的"神圣"意义的概念时，仍然表现出其尖锐性和深刻性："你说的是什么责任？是作为贡品被人宰割之后奉献上去的责任呢？还是什么？"肖凌的形象价值就在于她真正成为了一个具有独立思考能力的精神个体。这个精神个体首先觉悟到的是政治谎言的欺骗性，因而她拒绝了一切虚伪的拯救承诺。在她眼里，某些不证自明的概念和话语其实不过是掩人耳目的华丽外衣而已，而接受它们只能意味着自我意识的悲剧性沦丧，所以，她拒绝为虚假的政治神话献祭，拒绝将所谓群体的合法性凌驾于个体之上。肖凌的拒绝，是思考的结果，是个体意识觉醒的表现，也是精神探索进一步展开

---

① 易言：《评〈波动〉及其他》，《文艺报》1982年第4期。

的前提。我们看到，在似乎"绝望"与"虚无"的拒绝中，升起的是个体理性成熟的"希望的星光"。

如果说，《波动》主要展现了个体意识的觉醒和独立精神的萌发的话，那么，《公开的情书》则进一步展现了这一个体精神的自信和强大。《公开的情书》展现的是一直被视为"禁区"领域的个人爱情主题，所以，这篇小说题材本身就具有以个体性话语冲击群体性言说的味道。这正如一位学者所分析的那样：

解放后，评价生活的"意义"，指导青年如何看待个人问题（包括爱情和人生观、世界观，等等），一向是"社论"、"评论员文章"等权威文体的"专有领域"，是不容许其他社会群体尤其是个人问津的。显然，这正是《公开的情书》所要抨击、质疑的地方——对这些"手抄本"的小说来说，"私人文体"也许构成了对"公开文体"的历史对抗。然而，在"公开舆论"已经失信于民的年代，正是这些以"私人形式"所举起的思想火炬才能给生活在黑暗中的人们以勇气和信心。这大概也是小说在 1979 年一旦公开发表，立即会在广大青少年中激起强烈精神共鸣的主要社会原因。①

在《波动》中升起的理性之光，在《公开的情书》中进一步表现为个体对自我、对科学真理和文明的热烈向往和强烈自信。《公开的情书》是一个特殊体裁——书信体小说。情节很简单，但塑造出来的人物个性却鲜活真实，给人留下深刻的印象。主人公和"配角"一共才四位：真真，老久，老嘎和老邪门。美丽而个性开朗、豪爽的女孩子真真，在"文化大革命"中属于家庭出身不好的那一类，虽然从名牌大学毕业但被分配到一个偏远的高原山村做小学教师。老久是某工厂实验室的技术工人，没有受过什么政治迫害，为人桀骜，外表冷漠自负，但内心充满猛烈的激情。和别人不一样的是在那政治运动如火如荼的时候，他却挑灯夜读，学外语看黑格尔哲学，探讨存在主义。老嘎是老久的朋友，一位画家，和真真是朋友；想要献身艺术但在残酷的现实面前十分苦闷。通过他真真认识了老久。老邪门和老久、老嘎是大学同学，

---

① 程光炜：《文学的紧张——〈公开的情书〉、〈飞天〉与八十年代"主流文学"》，《南方文坛》2006 年第 6 期。

他们拥有共同的理想，志同道合。老嘎和老久同时都爱上了真纯至诚，对爱情、对人生充满了理想渴望的真真；在 43 封他们四人相互的通信之后，老久和真真结为爱人，老嘎祝福他们并同时登上了前行的旅程。老久勇敢地宣称："我们不害怕现实的严酷，也不企求获得几个不得人心的大人物的重用赏识，因为我们信赖的是科学的力量。追求真理，需要付出代价，那么我们情愿牺牲自己。"在老久们的理解中，真理不再是虚假的政治说辞和精心杜撰的谎言，而是"世界上我们同时代人在自然科学和社会科学各领域所取得的有历史意义的进展"，是"人类几千年积累的知识文明"。在"文化大革命"大规模毁灭知识和文明，使中国沦为一片文化沙漠的历史背景下，老久们对科学、理性、文明的信仰和坚持的勇气显得更加可贵。政治信仰的轰毁没有带来所谓"精神的堕落"，恰恰相反，它促成了个体理性的复活、思想的深化和希望的再生。如果说《波动》主要以激愤的方式表达了一代反思者对曾经信以为真的政治谎言的弃绝的话，那么《公开的情书》则以充满自信的姿态宣布了反思者精神的更生与复活。虽然这一复活者的历史乐观主义仍嫌浅薄，但我们在他们的身上看到了真正治愈历史创伤的希望。

康德在《何为启蒙》一文中曾对启蒙运动的精神实质作过经典概括："启蒙运动就是人类脱离自己所加之于自己的不成熟状态。不成熟状态就是不经别人的引导，就对运用自己的理智无能为力……要有勇气运用你自己的理智！这就是启蒙运动的口号。"（康德，1990）我们看到，在《公开的情书》中，实践启蒙立场的一代新人形象正在出现，"摆脱精神的不成熟状态"，"有勇气运用自己的理智"正在成为他们新的精神特质。而这，正是真正反思历史、治愈创伤的精神前提。

在《波动》和《公开的情书》中，以"伤痕"方式呈现的"苦难"仍然占据着相当的篇幅。在《公开的情书》中，无论是真真还是老久，都曾经经历过欺骗、背叛、出卖等精神上的折磨和痛苦，而这样的精神经历的直接结果，就是思想的空白和信仰的轰毁。真真自述道："原有的思想那么彻底地毁灭了，剩下的只是一片荒凉和不能忍受的精神空白。理想没有了，活着又有什么意思？成名成家吗？那是多无聊的把戏！友谊爱情吗？全是欺骗，最无耻的欺骗！我从小就接受的信仰，它在别人高举的皮鞭中被抽得粉碎。"在《波动》中，肖凌是一个几乎被剥夺一切的人，先是母亲不堪忍受迫害而跳楼自尽，接着她本人在学校里受到"专政"，隔离审查；之后，她为逃避学校的通缉逃亡在外；再后来，插队却不幸遭遇感情上的欺骗……真真、老久、肖凌的经历是一代青年痛苦生活的写照，也正是这种经历直接促成了他们的觉醒和反思。与张贤亮"自我标榜"和"自我暴露"式的"苦难反思"不同，老久与肖凌这一代青年把"苦难"当做了促使个体灵魂和反思精神产生的"催化剂"。"苦难"不再带来精神和肉体的双重萎缩，而恰恰会带来精神与生命的强健和完整。这可能会导致一种真正的健全精神个体的产生——他不再迷信谎言，更对一切似是而非的神圣教条保持着理性的批判；他呼唤着文明、真理、科学的再生；对尊重个体、高度文明的未来有着强烈的向往……这一个有着健全理性的精神个体形象虽然在这两篇小说中并没有能够很好地呈现，但是，主人公们强悍的否定性精神还是给我们留下了极为深刻的印象。这与张贤亮等"归来"作家们渲染"苦难"、博取同情形成了鲜明的对比，一个是"为自己立法"，在自我否定、自我精神毁灭之后试图去寻找"个体"的精神拯救之路；另一个则是在"主流"意识形态的规范内心安理得地展览自己的"伤痕"，在自以为是话语主体的错觉中重复意识形态话语的逻辑。无论是作家的精神境界的高低，还是历史意识的深浅，这两派作家都是有着明显差别的。

四　个体化书写的成就和限度——《晚霞消失的时候》

《晚霞消失的时候》与《波动》和《公开的情书》稍有不同，这部中篇小说对历史问题的思考有超越、溢出新时期话语规范甚至话语格局的倾向。这部小说从主题层面上看，并没有超出它发表年代所关注的历史"伤痕"主题，但是，在反思、探讨历史伤痛的罪因时，小说却将思索的方向延伸向宗教，以一种强烈的悔罪意识将常见的历史反思主题大大深化。

《晚霞消失的时候》是一篇在"新时期"之初引起广泛关注和激烈争议的小说。如果单从故事情节角度看，这篇作品并没有什么特殊之处，它叙述了主人公李淮平和南珊因为"文化大革命"时代的乖谬和命运的阴差阳错而最终未能相恋携手的一段爱情悲剧，属于"新时期"

之初比较常见的"伤痕"文学题材。但是如果从作品单薄的情节结构深入下去，我们就会发现，这篇似乎单薄的作品却蕴含着极为丰富的思想内涵。小说展开了对人性、信仰、历史、宗教等问题富有深意也极其大胆的探讨，这些思考无不触动了当时文学写作的"禁区"，许多极富个性的观点和看法是具有"离经叛道"意味的。《晚霞消失的时候》的"叛逆"表现引起了无数人的关注甚至共鸣，也使这篇小说不可避免地与当时的"主流"话语和意识形态以及与"主流"话语相伴而生的文学写作方式发生龃龉与碰撞。据作者回忆，这篇小说被当时的作协党组书记冯牧评价为"才华横溢，思想混乱"①，团中央、《十月》杂志曾为这篇作品召开过专题讨论会，引发了一场不小的争论，当时的著名理论家王若水也曾在《文汇报》上多次撰文，专门对这篇作品的思想倾向予以评述。可见当时这篇作品引起的震动之大。

如今，当我们已经与那个时代的历史语境拉开了一段距离时，我们再重读这篇作品会发现，《晚霞消失的时候》的"离经叛道"其实来自于它自觉的"个体化"书写立场，对个体命运、个人的精神际遇和人生价值的关注使这部作品明显与同时期的大多数作品"群体化叙述"的写作立场区别开来。因此，这部作品便具有了独特的表现角度和思考深度，它对历史、信仰、宗教等问题的探讨便具有了超出"主流"话语规范的可能。《晚霞》在当时引起的一系列批评表明，在一个群体话语占据话语权的时代，个体表达面临着叙述的困境。

《晚霞》的个体化书写与"主流"群体化书写之间的冲突与矛盾同时也反映出那个时代复杂纠缠的话语关系。所以，我们现在的重读可能不必在作品思想的孰是孰非这样的问题上太过纠缠，而更有兴趣去考察这样的问题：这篇小说个性化的话语表达是如何突破、背离了"主流"话语的叙述"规范"的？它的"个体化"的话语立场与当时的"主流"话语存在怎样的矛盾？而它又如何受到当时时代"问题语境"的牵制和规定，在话语论争之中成为话语阐释的"想象物"和"问题思维"的牺牲品的？从而，一部优秀作品是如何在文学主潮与话语论争的夹缝中成为"不合时宜"的边缘作品的？这一系列问题的解答或许

---

① 礼平：《写给我的年代——追忆〈晚霞消失的时候〉》，《青年文学》2002 年第 1 期。

能使我们更容易从"是非对错"的二元模式中解脱出来，通过对话语关系和话语实践的分析透视"新时期"之初话语格局与变动的历史轨迹，这正是分析此作品的意图之所在。

《晚霞消失的时候》的故事情节很简单：李淮平出身于革命高干家庭，在一次邂逅中，与前国民党高级将领楚轩吾的外孙女南珊互生爱慕，而双方对对方的出身并不了解。"文化大革命"中，李淮平率领一群红卫兵抄楚轩吾的家，又与南珊戏剧性"重逢"。在这次"抄家"过程中，李淮平经历了"情"与"理"的激烈斗争，虽然他最终横下心来砸烂了恋人的家，但从此内心便背负上了沉重的罪恶感。"上山下乡"开始后，李淮平与南珊又一次在车站的送行人群中偶遇，李淮平虽然已经认识到了自己犯下的罪恶，但强烈的羞耻感使他没有勇气向南珊坦白。15 年后，在泰山顶上，他们又一次不期而遇，李淮平向南珊坦诚了自己的愧疚，虽然他承诺要用一生的爱去弥补对南珊造成的伤害，却遭到了南珊的拒绝。

如果要理清《晚霞消失的时候》的基本故事情节的话，我们会发现，整个故事其实就是围绕着"命运"与"个体"的关系这一主题展开的，而"命运的荒谬、错位和捉弄"又是一条明显的线索。我们发现，小说中的几个主要人物：李淮平、南珊和楚轩吾，无一不是在时代与个人的错位和矛盾中，在荒谬的人生命运的捉弄下，品尝到生命的无奈与沦落的悲剧性人物。小说着力对人物的生命存在体验进行深入挖掘，在一个个"错位"的人物身上挖掘出生存的乖谬与无常，这种对个体生存存在主义式的思考构成了小说"个体化"叙述的一大特色。

《晚霞消失的时候》中命运最为荒谬的人物是楚轩吾。楚轩吾是一个战败了的国民党高官，在淮海战役的后期，自己并不情愿的情况下临危受命，出任国民党二十五军军长。此时的淮海战局对国民党来说早已是大势已去，国民党军兵败如山倒，楚轩吾也和部众一起身陷重围。摆在楚轩吾面前的只有两条路：或死或降。作为一名军人，战败投降是最令人感到羞耻的事；而面对解放军摧枯拉朽的攻击，顽抗又变得毫无意义。楚轩吾选择了投降，小说从他的视角这样描写投降时的情景：

　　　　冰封雪盖的淮海平原上，炮火在白雪下面翻出了黑色的土地。

远远近近到处是尸体，到处冒着硝烟。……我站在高坡顶端，摘下军帽丢在了地上。然后从身边掏出一条白巾，直立在呼啸的弹雨和凛冽的寒风中高高地举了起来。我只希望能在最后一刻被横飞的流弹打死。但是在这最后一刻我却必须向解放军宣布：我们投降……

这是充满了屈辱的无奈之举。其实，楚轩吾的这个穷途末路、凄惨孤单的"失败者"的形象也正是他此后整个人生形象的缩影。如果纵观整个小说的话，小说中楚轩吾的形象是一个不断被夹在历史漩涡和个人命运的夹缝里，完全与时代、历史、理想"错位"的一个荒诞的"失败者"形象：他投身国民革命，一心报效祖国却不期然卷入国共党争和内战，最后战败投降；他真诚地执著地追求自己的三民主义理想却最后被判定为"历史的罪人"；弃暗投明后，他真诚地服膺、钦佩共产党的政策，认真地"改造"自己却仍然不能被饶恕，在风烛残年仍要不断地为自己的"罪名"忏悔……这一切荒诞又无常的人生遭际使楚轩吾背上了无法摆脱的沉重的罪孽感，而他自己也只能反复表白："国民党，曾经是我的过去。是的，那使我蹉跎年华，虚掷半生。我应当对它痛加悔悟！"

不仅是楚轩吾，作为楚轩吾外孙女的南珊和具有历史的"主人"和"审判者"身份的李淮平，也和楚轩吾一样，人生面临着难解的迷惘与困惑，身上背负着沉重的罪恶感。南珊是因为爷爷的历史身份问题而始终被社会歧视，甚至从小就必须忍受小伙伴们的嘲弄和侮辱，在"文化大革命"中，她又必须忍受一次又一次的抄家和批斗，面对凌辱和打击，她早已习以为常。虽然小说中并没有正面、细致地描写她忍辱负重时的心理，我们也不难想象一个"历史反革命"的子女在蒙受羞辱时的惶惑和恐惧。对南珊而言，生命其实从一开始就是有罪的，而自己则必须为此去赎罪，而赎罪之路似乎是杳无尽头的。李淮平的迷惘与困惑不同于南珊，因为身份的不同，他相对于楚轩吾祖孙俩而言似乎是历史的"主人"和"审判者"。但是，当狂热而野蛮的政治激情与人性的温情相遇，革命伦理与爱情产生矛盾时，李淮平在二者之间也难以取舍了。本来，李淮平坚信自己是历史的正义一方，革命真理是无往而不胜的，但是，当他面对着真诚坦荡的楚轩吾和自己倾心爱恋的南珊时，当他必须挥起暴力的拳头，砸烂这两个无辜者的家时，"正义"和"革命"瞬间变得冷酷和野蛮。李淮平砸烂了恋人的家，其实他心中曾经坚不可摧的"革命伦理"也在良心的谴责和压力下轰然倒塌了，尚未泯灭的人道真情使他从此再也不能心安理得，追悔和自责使他背上了沉重的罪恶感。如果说，楚轩吾是在翻云覆雨的政治风云里身不由己地成了时代大潮的牺牲品的话，那么李淮平同样是这样的牺牲品，只不过，他的牺牲更加无意义；抛却党争，楚轩吾还能够为国家出力，他的"赎罪"尚能落到实处，而李淮平却永远找不到"赎罪"的路，不论是自己还是恋人或者是如泰山长老那样的长者，最终都没有给他指出"拯救"的路径，给予"救赎"的承诺。

通过以上的分析，我们似乎看到了《晚霞消失的时候》中人物性格与命运的某种相似性，几个主要人物都陷入了这样循环往复的命运漩涡之中：荒诞命运的捉弄—罪感的沉重负荷—寻求解脱而不能—遥遥无期的"赎罪"。这样的相似命运使小说中的人物不论是居于哪个位置，拥有何种身份，其实都挣扎在痛苦的深渊之中。《晚霞消失的时候》中的人物无一是幸运的，在这篇作品中，我们找不到一个可以穿透历史的层层迷雾，为我们指出一条光明之路的"导师"式的人物，也找不到怀有雄心壮志、挽狂澜于既倒的"英雄"；反而，渺茫的前途、即逝的青春、沧桑浮沉的命运都带给我们深深的感慨和怅惘的愁绪。《晚霞消失的时候》在揭示、探究人的荒诞生存境遇方面的独特表现以及整体上"灰色调"的写法和"反英雄"的倾向使小说多少具有一种存在主义的意味。小说表面上在不断地反思着历史，而实际上，透过层层的历史雾霭，我们看到的却是在荒诞命运中挣扎的个体，听到的是一个个孤苦灵魂的呻吟。

《晚霞消失的时候》的"灰色调"和"反英雄"的倾向是与当时"伤痕"小说时代的"主流"写作迥然不同的。在"新时期"之初的主流写作中，我们不难发现这样的现象："英雄"人物的出现以及"英雄"的反思和抗争行动往往成为小说叙述的重心，往往也是小说中最为浓墨重彩之处。《班主任》、《神圣的使命》、《许茂和他的女儿们》、《天云山传奇》等等一大批"伤痕"文学的代表作品都是如此。在这些作品中，英雄人物在小说中的形象无不是坚定正确、富于理性、百折不回、与人民群众心连心的，在与"林彪"、"四人帮"及其爪牙的搏斗中无不起到为人民指引方向、破除迷障、给群众以信心的作用，他们成为党的光辉形象的代言人，暗示着历史与民族的希望，实践着"拨乱反正"的正确路线。在这些人物的身上，我们看不到源于个人因素的凄切和哀伤，反而会很容易地找到重塑历史、改造社会的信心和责任感。《班主任》中的张俊石、《神圣的使命》中的王公伯、《许茂和他的女儿们》中的颜少春、《天云山传奇》中的罗群，莫不如此，这样的"英雄"名单我们还可以长长地开列下去。而"英雄"形象的出现往往也不是孤立的，与之相辅相成的经常是身处历史灾难之中还能够明辨是非、立场坚定的"人民"形象，"英雄"指引着"人民"，"人民"也支持着"英雄"，他们的配合和反抗暗示着"历史正义"的绵绵不绝，承诺了"黑暗终将过去、光明终将到来"的历史结果的必然实现。

这种"英雄叙述"模式和"历史正义"承诺构成了一种约定俗成的小说叙述"规则"，这是符合主流意识形态需要的；反过来，在这种规则约束下所形成的文学审查和评论机制又鼓励着符合"规则"的小说创作的发展。正如有的学者指出的那样，"新时期"之初的文学评奖制度以及在此制度中形成的文学书写规范实际上体现出了主流意识形态的文艺导向倾向（孟繁华、程光炜，2004）。因此，"英雄模式"、"乐观主义"、"路线斗争"、"拯救承诺"等"伤痕"时代小说的"叙述规范"就得以确定下来。

但《晚霞消失的时候》的"反英雄"写法却与"主流"大相径庭，小说中没有一个张俊石式的"英雄"；它既没有给出"历史的承诺"，也没有展示"光明的未来"；甚至，在"文化大革命"结束后的"新时期"，主人公李淮平也没有卸下历史的重担，那纠缠在他心头的历史罪恶感也并没有减轻，哪怕一分。李淮平和南珊在泰山顶上的重逢并没有解决"罪与罚"的问题，他们的无奈而别反而使小说的惆怅和沧桑感愈加浓重……凡此种种，都说明了《晚霞消失的时候》似乎在有意无意地回避着"主流"创作的"规定套路"，这是为什么呢？

《晚霞消失的时候》之所以迥异于"主流"创作，是因为这篇小说的创作目的不像《芙蓉镇》等小说那样"寓政治风云于风情民族图画"（古华，1985），而纯粹在于个人化的"诉情"，也就是说，书写个体的精神与情感历程、反映个体心灵的困惑和矛盾、思考信仰的价值与意义始终是作品关注的核心命题。正如在作品开头，作者所表白的那样：

> 谁都有自己的经历。这些经历弥漫在生活的岁月中，常常被自己看得杂乱无章而又平淡无奇。但是，岁月流逝，当你在多少年后又回过头来看这些已经淡漠的往事时，你也许会突然发现，你早已在自己的人生中留下了一篇动人心弦的故事。
>
> 难道不是这样吗？多少人都是这样写出了，或者希望写出关于他们自己的小说。……

这样的表白使我们不难看出，在作者的理解中，小说写作的目的就是在于书写自我生命体验，讲述自我个体的精神历程。这样的叙述立场使小说明显地向"自叙传"小说传统靠拢，也赋予了作品明显的个体抒情的特色。正是这样的"自叙传"、"个体化"立场，使小说完全不同于那些宣讲或"转述"意识形态"主流"话语的小说，它似乎并不关心"历史"与"未来"，更无意于给出"群体拯救"的承诺，它反而更关注人的个体灵魂的拯救和安置，为个体命运的乖张沉浮而欷歔不止，为曾经犯下的历史错误不断忏悔。因此，《晚霞消失的时候》可以说是一部自觉地实践"个体化"立场的个性化创作，它与"主流"创作拉开了一段距离，也就没有陷入"主流"写作的窠臼。

《晚霞消失的时候》在历史和宗教问题上的描写和表现在当时招致大量批评，显然，这是两个"敏感"的主题。历史问题之所以"敏感"，是因为有关国共战争的一段历史已早有"定论"；宗教问题的敏感性则在于，长期以来的社会意识形态和主流舆论都把宗教视为只对腐朽的统治阶级有利的"劳动人民的精神鸦片"，宗教的积极意义被一概否定。所以如果脱离开"权威结论"重新审视历史与宗教的话，那必然要冒突破意识形态禁区的危险。而正是在这两个极端"敏感"的领域，《晚霞消失的时候》以自己个体化的立场和角度切入进去，展开了深入的探讨。

《晚霞消失的时候》重审历史的推动力来源于人道伦理与"革命伦理"的冲突。在李淮平审问楚轩吾的情节中，集中暴露了这一冲突的尖锐性。在李淮平看来，战争代表的是历史正义的实现，是一种正义的道德对另一种非正义的道德的讨伐和胜利。然而，那应该是十恶不赦的"历史罪人"的楚轩吾却恰恰是光明磊落的，他对信仰、对民族一片真诚，无愧于心。反而，"文化大革命"时期太多的假借正义之手行阴谋之实的所谓"革命行为"却暴露了人性丑恶的一面。这就使李淮平产生了对"革命伦理"和所谓"历史正义"的质疑——道德并非只属于那些拥有"历史正义"的人，实际上可能恰恰相反。这种质疑深化到对"人"的问题的思考中，就表现为为"历史罪人"的尊严辩护："难道在一个曾经犯过历史错误而后又深深自责忏悔过的人那里，就不该有自尊了吗？"

　　如果说，在"革命伦理"之外重申"人"的价值这还是"伤痕"时代小说所共有的人道主义主题的话，《晚霞消失的时候》表现出的对战争和历史的批判和反思则是深刻而独到的。这种批判和反思使作品弥漫着一种深沉而又矛盾的历史痛苦感和沧桑感。小说通过南珊之口对"文明和野蛮"问题发出了这样的诘问："几千年来，人类为了建立起一个理想的文明而艰苦奋斗，然而，野蛮的事业却与文明齐头并进。人们在各种各样无穷无尽的斗争和冲突中，为了民族，为了国家，为了宗教，为了阶级，为了部族，为了党派，甚至仅仅为了村社而互相残杀。他们毫不痛惜地摧毁古老的大厦，似乎只是为了给新建的屋宇开辟一块地基。这一切，是好还是坏？是是还是非？这样反反复复的动力究竟是什么？这个过程的意义又究竟何在？"这样的思考深度显然大大超越了当时的"主流"批评话语所设定的历史反思的界限和深度。作者的思考已不再局限于"伤痕"文学时代所常见的有关历史结论、"政治路线"的孰是孰非等问题，而是上升到了"人与历史的复杂关系"的哲学思考的高度。可以说，这样的思考看似抽象、与现实无涉，实则隐含着对百年中国尤其是当代以来人道灾难的深刻洞察和反思。如果把楚轩吾在车站送别南珊时的一段肺腑之言作为对"文明与野蛮"问题的一种回答的话，我们会更加明了作品所隐含的历史批判的意味："……有一种迹象，就是你们那样狂热地投身于自己毫不了解的事业，未免太轻率了。……辛亥革命以来，有许多热血青年都是这样投身于各种各样的政治潮流中去的，结果却是国家在半个世纪中陷入不断的战乱。"这里，我们不难窥见作品透露出的对历史理性的思考、对所谓"道德理想国"的质疑和对人的信仰狂热的警惕。当然，《晚霞消失的时候》的历史反思态度也是复杂而矛盾的，作品并没有否认"文明"，也就是"历史进化"的价值，但同时又对"文明"、"进化"进程中所付出的个体的沉重代价怀有深深的痛惜之情。作品似乎无意于说明什么"结论"，但它根基于"个体"立场发出的对历史的深刻诘问却具有发人深省的思想穿透力，它对人与历史尖锐矛盾的揭示使作品别具悠长的历史沧桑感。

《晚霞消失的时候》的这种表现，当然是被"主流"批评视为"大逆不道"的。郭志刚在肯定了作品具有"一定历史认识价值"之后，批评作品"得出的关于社会历史和人生信仰等问题的答案，却是错误的"。"究其原因，是作者对一般历史和社会现象进行观察的时候，离开了马克思主义的阶级观点，用抽象的善恶观念代替了阶级观念，……在描述历史事件的时候，又陷入了唯心主义。"[①] 而于建则针对"历史是非"问题进一步批评道，如果按照作品的表现和理解看待战争的话，战争"不仅是偶然的，没有任何意义的，而且根本无所谓进步与反动、正义与非正义的区别"，这当然是不能接受的。[②] 显然，有关"阶级观念"、"唯物主义"和"进步与反动"等问题，在"主流"批评看来，仍是历史叙述和批评的主题，历史的"可以理解"正是建立于个人对"历史主流"的无条件服膺的基础之上；而《晚霞消失的时候》的不可理解之处恰恰在于它根本无视这些牢不可破的"历史观念"的权威性和正当性，它绕过了历史叙述的约定俗成的路子和框架，而直接讨论什么"文明与野蛮"的"抽象"哲学命题，并似乎暗示了"历史"相对于个体的"不可知"和"野蛮"，这是非常危险的。

其实，《晚霞消失的时候》对历史的深深的怀疑态度中还隐含着另一个令人不安的逻辑推论：历史的翻天覆地并没有带来正义的实现和人性的伸张，而是恰恰相反，因此，支撑这一历史进程的种种学说和主张便都是可疑的。如果这种态度落实到个人的精神信仰和"人生观"问题上，

---

① 郭志刚：《让光明升起来》，《中国青年报》1982 年 4 月 15 日。
② 于建：《人生价值的探索》，《读书》1981 年第 8 期。

这将导致个体对曾经"神圣"的政治信仰的彻底颠覆和对"主流"意识形态的彻底远离。《晚霞消失的时候》从对历史的怀疑进一步发展到个体信仰的"偏离",从对国民党将领的同情发展到"宗教倾向"的表现,正是走出了这样的逻辑。

《晚霞消失的时候》在"宗教倾向"上触动"禁区"的表现,主要是它从正面肯定了宗教的积极意义。南珊在"上山下乡"的火车上向楚轩吾坦承,自己之所以在惊涛骇浪般的政治风暴中能够保持平静、宽容、自尊的人生态度,是因为她接受了上帝的扶助和基督教的信仰。她满怀深情地赞美了宗教力量的"伟大而神秘",感谢了上帝的"仁慈的扶助"。显然,宗教在这里已不再是所谓"精神的鸦片",反而成为人的精神信靠的对象,它赋予了人以健康的人格和柔韧的生活态度,使人在混乱的时代还能保有最后的一片精神净土。小说借李淮平之口对宗教发出了这样的感叹:"在这一切的中心,还有着这样一座整个人间,乃至整个宇宙都不能容纳的金碧辉煌的世界!"

《晚霞消失的时候》不仅对宗教进行了赞美和肯定,而且还通过"泰山长老"之口,发出了对宗教问题的一番见解:"宗教一事,本为人心所设,信之则有,不信则无,完全在于虔诚,古人早就说了:我心即是我佛。可见宗教以道德为本,其实与科学并不相干,只是后人无知,偏要用尘世的经验去证明与推翻天国的存在,才引出这无数争论,万种是非!……"一方面肯定宗教的救赎作用,另一方面又对科学与理性的责难加以反击,《晚霞消失的时候》这种为宗教的合法性张目的做法是对长期以来"定论"的僭越,可谓大胆。

《晚霞消失的时候》在宗教问题上的刻意"越界"无疑也是作品个体化精神立场的一种体现。作品显然在探讨这样的一个命题:在旧意识形态话语已然崩溃的时代背景下,在精神走投无路之后,个体应该如何选择精神价值?应该选择怎样的精神价值?通过南珊的选择,小说显然肯定了精神个体自我选择的合理性,肯定了个体走向其他有价值的思想资源寻求信靠的合理性。

当然,作品这样的思想倾向是与长期以来的"主流"思想完全相悖的。因此,虽然"主流"批评家也承认,南珊的选择是"可信的,合乎逻辑的"。但她的思想同时也是误入歧途的:"这个时期成长起来

的青年，……不管是垮掉的还是思考的，他们的心灵都带着十年动乱的
创伤，失去了精神的支柱，不过前者沉沦下去了，后者还在寻求、探
索。探索也有不同的结果：有的重新发现了，认识了马克思主义，这样
他们就成为'大有希望的一代'（我相信这样的青年会越来越多）；有
的却由于想在别的哲学中找到安身立命之所而陷入迷途。"①

　　"主流"批评在宗教问题上之所以激烈抨击《晚霞》，也与"新时
期"之初特殊的时代氛围有关。在"文化大革命"结束之后，"革命"
的神圣光环随着"文化大革命"实践的破产而骤然消退，与之相伴而
生的意识形态也自然被置于怀疑之地；而此时，"主流"话语有关"现
代化"的承诺还只是纸上谈兵；因此，信仰缺失的焦虑就自然成为意
识形态担忧的问题。自50年代以来一直在文学作品中进行的有关"革
命伦理"的训导和教诲如何在"新时期"仍能得到合理的继承？这成
为"主流"话语关心的命题，此时对这一命题的讨论也就自然变得分
外敏感和尖锐。另一方面，"新时期"之初，社会思想风起云涌，"主
流"的意识形态话语再也无法主宰个体对精神价值问题的个性思考和
个体抉择，但"主流"话语试图统摄话语格局的意愿还在，于是在某
些有激进倾向的个体思想言说和"主流"意识形态话语之间，不时地
会爆发龃龉和碰撞。

　　《晚霞消失的时候》正是在这样一个敏感时期进入主流批评视野的
作品，但它的个人化立场和个体精神寻求却没能给主流话语以任何支
持，反而质疑、偏离了主流的叙述，这就令"主流"批评不快。因此，
"主流"批评之所以否定"南珊的哲学"，其实目的不在于否定一个多
少具有特殊性的个体的精神选择，而是要纠正在青年一代中蔓延的对
"主流"话语丧失信仰、各行其是的危险倾向。"主流"批评对南珊个
案的这种反应，其实反映出自身的精神焦虑。在"人生观"探讨的背
后，实际上隐含着话语冲突的因素。正因为如此，《晚霞》此时似乎
"不合时宜"的表现就遭到了一些似乎是"上纲上线"式的严厉批判。
有人认为，它否定"历史唯物主义对于人类历史和现实社会问题的观
察，宣传一种精致的宗教唯心主义、神秘的信仰主义"，"这种思想倾

---

① 若水：《南珊的哲学》，《文汇报》1983年9月27—28日。

向，反映了当前我国一部分青年人对于马克思主义信念的动摇"。① 有人满怀警惕地断言，作品对"正在进行人生探索或由于某种挫折而发生迷惘的青年心灵的侵蚀更加严重"。② 这其实都反映出"主流"话语的紧张和焦虑。

《晚霞》这篇小说如果从发表的时间（1981）看，它已经处于"伤痕"文学的晚期和"改革"文学的初期，这样的出现时间使它面临着尴尬的窘境，因而使它面临着两个方面的压力：一方面，主流文学批评和意识形态已经不再把历史反思的作品当成是反映时代本质的创作，反而对过于深入思考的作品有抵触情绪；另一方面，改革文学迅速兴盛，成为文坛主流，因此重复上一个时代的文学思考无疑是会被认为太过落后的。《晚霞消失的时候》的这种不前不后自然使它成为了一部不尴不尬、"不合时宜"的作品。

20 世纪 80 年代初，"伤痕"文学的发展势头已然减退，在官方批评家的历史叙述中，"伤痕"时代已经过去："如果说，前几年有些作品比较集中地写了过去，写了伤痕，更侧重于通过艺术手段总结历史经验与教训的话，那么，这一两年的文学则较多地写了今天，写了新人，写了变革，写了变革中的新景象和新问题。可以说，文学已经开始在继续弥合'伤痕'的同时，开始踏上了再前进的新路，走进了更多地表现生机蓬勃的变革生活的新天地。"（冯牧，1982）显然，主流批评倾向把题材敏感、批判力量强大的"伤痕"文学作一了结，不愿意在历史问题上纠缠。而此时《晚霞消失的时候》的出现显然有悖于主流的期望。在"伤痕"文学之后出现的"改革"文学，因为呼应了"现代化"的时代主题而成为新时期新时代的主流创作。在迅速地解脱了历史的包袱之后，呼唤现代化似乎与艰难的思想信仰问题再也扯不上边，对"现代化"的信心和期待已完全压过了对历史和信仰问题的探讨和反思，新的历史乐观主义成为新时代的主流情绪。而《晚霞消失的时候》的沉重色彩又显然和这一情绪背道而驰。一方面是"伤痕"文学的渐行渐远，另一方面是"改革文学""向前看"的乐观情绪，两种趋

---

① 卢之超：《一个不可忽视的战斗任务》，《光明日报》1982 年 6 月 13 日。
② 刘燕光：《战斗唯物主义还是宗教信仰主义》，《光明日报》1982 年 6 月 3 日。

势似乎都呼应着意识形态话语的召唤，文学叙述始终与"主流"话语配合默契。在这样的总体文学环境下，刻意坚持个体立场的《晚霞消失的时候》的写作显得孤高而不合群，它既不合"主流"的立场和规范，又与当下的时代格格不入，这就使它面临着尴尬的"边缘化"命运。它的尖锐和争议性也使主流批评倾向于将其揭示的问题淡化。所以，我们看到，作品先是在一个年轻的杂志《十月》上发表，而当争论发生后，作品没有被安排到更高级别的刊物上发表，而是放到《作品与争鸣》这样的低一级的刊物发表，作品显然被处理成了揭示了问题，但"方向"不对的"争鸣作品"，而不被看成是"体现正确方向"的优秀作品，这所有的安排都说明了主流批评的倾向。

《晚霞消失的时候》的"不合时宜"还来自于知识分子思考问题的方式与时代心理的错位。在"文化大革命"后的一段时间里，"文化大革命"历史的沉重性似乎使人们再也不愿去面对精神信仰问题，曾经荒谬的狂热的政治信仰使中国人蒙受了巨大的灾难，这使人对一切所谓"信仰"都有理由保持警惕。"信仰"往往被看成是扔掉的历史包袱和政治笑话。此时，再严肃地探讨"信仰问题"无疑是吃力不讨好的。而正是这个时候，《晚霞消失的时候》以严肃的姿态苦苦询问信仰的价值和意义，以忏悔的姿态坦承历史的因袭，又拒绝以主流话语的方式认同"主流"信仰，可以说是完全与时代语境格格不入。作品以一种近乎执拗的个人化方式提醒着我们"历史重负"和"个体信仰"问题的严重性，显然并不能打动很多已然厌倦了谈"信仰"的广大读者。因此，《晚霞消失的时候》虽然也感动了许多读者，触动甚至激怒了许多"主流"批评家，但是因为它孤高独特的个性姿态和思考问题的过于"知识分子化"，它就注定成为一个阳春白雪、曲高和寡式的作品而显得"不合时宜"。

另外，应该指出的是，《晚霞消失的时候》的错位而出不仅仅是与时代文学主潮不合时宜，它的独特思想内涵也与"新时期"之初思想争论的"问题意识"出现了错位。在"新时期"之初的批评语境中，文学创作中有关"人性"、"人道主义"和历史反思的内容都或多或少地与作家的历史态度问题联系起来，"如何看待当代历史、革命历史"这是一个意识形态"方向"的问题。《人啊，人!》、《离离原上草》、

《苦恋》等作品引发的意识形态批评表明，"主流"批评的问题意识往往集中在"作品是否符合意识形态规范叙述"等方面，而当时知识界普遍的"反叛"冲动也往往加剧了与意识形态批评话语的紧张，这在无形中造成了一个二元对立的话语格局。这使很多作品在评价时都面临着一种尴尬的窘境：要么是"歌德"，否则便"缺德"。这显然是僵硬、简单的意识形态批评造成的结果。这种意识形态化的"问题意识"自然要使某些内涵丰富的作品面临被误解、被简化的命运。《晚霞消失的时候》就是如此，这部作品卷入了一系列的争论之中，在争论中就自然成为各方话语力量角逐的由头和引子，成为表白话语立场最趁手的阐释对象和工具，因此，作品也就被赋予了超出其本身的政治意义和内涵。作品被扣上所谓"怀疑社会主义"的帽子，成为为历史"翻案"的作品，这不过是反映出当时的话语冲突和思想界的矛盾而已，在这种情况下，作品真正的价值和内涵也就隐而不彰了。《晚霞消失的时候》是一个迷惘困顿的个体自我思考的结晶和自我诉情的产物。作品的独到之处在于始终坚持的个体化立场和个体本位的价值思考，这赋予作品独特的透视角度和深刻眼光，令人耳目一新。但在争论中，这样的特色显然是被忽略的，主流批评关心的显然是"作品是否符合规范叙述"的问题，是思想是否回到"正确立场"上来的问题。说到底，这还是一种群体化话语的"规范意识"。这样的问题意识使批评和反批评经常纠缠在"是否合格"上面，而对作品的真正价值视而不见，这无疑是令人遗憾的。这种情况也不妨看作是一种命运的"错位"和"不合时宜"吧。

第三节　"现实主义"的不同理解：等级
"规范"与话语"突破"

在"新时期"之初，对"苦难"主题的不同文学表现往往引发出不同话语立场的文学批评对"现实主义"问题的探讨和争论。有的批评家依据"社会主义现实主义"的批评原则，往往对某些表现"伤痕"和"苦难"的作品提出质疑和批评；而某些持启蒙立场的批评家则力图突破主流话语的"现实主义""规范"，恢复"五四"批

判现实主义的传统。这表明，围绕着"苦难"主题所引发的有关
"现实主义"的论争实际上暴露了话语分歧、矛盾的存在，主流意识
形态的话语"规范"和启蒙话语的话语"突破"正是这种矛盾的具
体表现。

"新时期"之初的文坛，有一个引人注目的现象，就是当时的"主
流"批评家中，许多人都是作协、文联的领导人，冯牧、张光年、陈
荒煤这些批评家们的身份具有"两栖性"，他们既是意识形态的领导
者，又是文艺批评的参与者；既是官方思想与政策的阐释者和规划者，
又是参与具体文学批评的批评家队伍中的一员。他们特殊的身份使得他
们的文学批评不论在理论方法上，还是在具体结论上，都具有"示范"
作用和"权威"性质。这使"新时期"之初的文学批评具有强烈的呼
应主流意识形态、为其摇旗呐喊的特点，在某种程度上，文学批评本身
成为"主流"意识形态话语重建中必不可少的一部分。除了这些"官
方批评家"之外，我们还可以注意到，党的各级领导人对文艺问题十
分重视，他们通过讲话、座谈等方式也时不时地发表对文艺问题的看
法，有鼓励也有温和的规劝以及严厉的批评，这构成了十分强大的
"规范"性力量，它往往从宏观上、方向上指导、约束着文艺的走向。
所以，它与"官方批评家"的批评话语一道，构成了反映主流政治立
场与看法的批评话语。

"主流"批评话语的理论特点极其鲜明，在立场和批评模式上，他
们立足于马克思主义历史观和文学观，对文学作出社会文化批评，本质
上，这是一种意识形态社会学的批评范式。在具体操作上，他们操持的
批评理论是19世纪以来发展起来的在革命文艺中渐趋成熟的现实主义
理论方法。"反映现实"、"典型化"的理论成为这一批评话语常用的批
评手段与方法。现实主义批评方法与意识形态社会学的批评观念的结合
使"主流"的现实主义批评实际上体现、反映出了主流意识形态的立
场和观点，当然，这样也就与"新时期"的历史叙述问题产生了紧密
的关系。可以这样说，主流意识形态话语对"现实主义"问题的一系
列理解，包括对"历史真实"的理解、对现实主义的历史传统问题、
现实主义话语的意识形态功能性以及对话语的"权威性"能指地位的
认识等等都反映了主流意识形态话语及其批评对"十七年"文学与历

史观念的继承，体现出了主流意识形态对自身历史合法性和话语合法性的关注。

但是，主流意识形态话语的这一努力却一直受到启蒙话语强有力的质疑和挑战。我们可以发现，在现实主义的历史传统问题上，启蒙话语力图恢复"五四"启蒙主义的现实主义传统，这与主流意识形态话语只是把"恢复现实主义"看作"回归十七年"的立场形成了很大的矛盾和冲突，主流意识形态所肯定、所构建的一系列"权威"话语实际上正在受到质疑，启蒙话语在某种程度上正在僭越、突破主流意识形态话语所规限的话语"成规"，这是"新时期"话语重建中值得注意的一个重要现象。

一　"主流"批评的"等级化"原则

长期以来，"等级化"叙事一直是中国当代文学的一个特征。无论是在题材上、人物形象上，还是文学观念上，都人为地划分出不同的等级，有所谓重大题材和非重大题材的高下之分、工农兵英雄形象与知识分子形象的等级序列、歌颂和暴露的主题意义的不同。这些区分都构成了不同的等级，成为评判作品价值高下的尺度。其实在这些文学等级化叙述的背后，存在着历史叙述的观念支承：革命的、当代的、指向未来美好远景的叙述方式要胜于表现过去的、资本主义与封建主义时代的文学叙述；对无产阶级这一未来历史的主体的表现要胜于对知识分子、资产阶级这些"没落"阶级的表现。这样的观念实际上暗示了历史与文学的等级关系：文学叙述应该复制历史叙述，"文从史出"应该是潜在的叙述规则。这样，历史叙述就成为文学叙述的"潜文本"，文学构成了与历史的"转喻"关系。

在"新时期"之初的主流意识形态文学观中，这一等级化的叙述规则仍然存在。在它看来，"新时期"历史阶段最重要的特征是"现代化"，所以，文学的首要功能是要为现代化建设鼓与呼，要做改革的旗手。在这样的历史定位下，叙述当下的改革时代的生活以及"现代化"主题就成为最重要的题材领域。当然，叙述历史伤痕的"恢复"，人民认同"党的领导"的主题也是很重要的。相比较而言，那些表现了"阴暗面"、"历史问题"、"消极情绪"的作品则因为没有反映历史进步的"倾向性"问题而受到批评。

胡耀邦在《在剧本创作座谈会上的讲话》中，分析了"写阴暗面"、"真实性和倾向性"、"干预生活"、"创作题材"等一系列问题，他尤其强调了文学创作题材应该向现实靠拢：

> 反映当前全国各族人民如何同心同德搞"四化"，这是最值得大写特写的题材。文艺作品要指导生活，就要走在生活的前头去。应该反映全国各民族的工人、农民、战士、知识分子、干部、青年、妇女，加上港澳同胞和海外侨胞，为四个现代化英勇献身的情景和场面，以及他们的内心世界的活动。……因此，要重视搞反映"四化"建设、向"四化"英勇进军的作品。（胡耀邦，1988）

与胡耀邦较为温和、委婉的"规劝"方式不同的是，胡乔木对"伤痕"创作"过多"的现象采取了直接警告的方式：

> 揭露和批判阴暗面，目的是为了纠正，要有正确的立场和观点，使人们增强信心和力量，防止消极影响。关于反右派、"反右倾"和十年动乱的揭露性作品，几年来已经发表不少。过去几年这类题材的作品的大量出现是必然的。绝大多数作家写这些作品也是出于对历史、对人民的责任感，出于革命的热情。这些作品总的说来，是有益的……应该向文艺界的同志指出，这些题材，今后当然还可以写，但是希望少写一些。因为这类题材的作品如果出得太多，就会产生消极作用。……我们党从打倒"四人帮"以来，经过差不多五年的时间，才对"文化大革命"和新中国成立以来历史上的一些其他问题作了科学的总结，目的就是为了和过去的错误告别，以便全党和全国人民从此同心同德的建设现代化的社会主义国家。我们也希望全国的作家艺术家能把创作活动的重点转到当前的建设新生活的斗争中来。……我们有义务向作家们表示这样一种愿望，希望他们在描绘这些历史事件的时候，能使读者、听众和观众获得信心、希望和力量，有义务希望报刊、出版社编辑部和电影

制片厂、剧团等单位选用这些作品的时候采取比较高的标准。（胡乔木，1988）

实际上，"主流"话语对现实题材创作的关注是与"苦难书写"有可能产生的意识形态负面影响的担忧联系在一起的。"伤痕、反思"文学对所谓"阴暗面"的表现，有相当强烈的政治控诉力量，"主流"意识形态对"伤痕、反思"文学的发展始终持一种审慎的欢迎态度，既希望文学的历史反思能够推动思想解放运动的发展，又担心这种政治控诉会偏离"社会主义"的方向，因此，他们希望这一敏感的创作潮流能够保持在一个适度的水平上。反映在题材问题上，就表现为对"苦难"与"暴露"题材评价上"不高不低"的态度，既肯定它的历史作用，又把它放在低于"现实题材"的等级之上。

在主流意识形态文学批评看来，不同类型的作品因其题材不同，评价"等级"是不同的。比较而言，反映"改革"主题和现实问题的作品更受到首肯，如《乔厂长上任记》、《沉重的翅膀》等小说；历史反思性的作品次之，如《天云山传奇》、《剪辑错了故事》、《啊!》等；而单纯的"伤痕"控诉性的作品则被认为是不合时宜的。与这一等级评价相适应，有关"典型性"和"真实性"的评价尺度也产生了相应的等级。那些具有鲜明的社会责任感、表现了社会的光明面而不是黑暗面、给人以"力量"、体现了"正确"倾向性的作品，往往被认为是具有"典型性"、"真实性"的现实主义创作，如《班主任》、《芙蓉镇》等；而那些反思过于深入或者表现"伤痕"倾向过浓的作品，往往因为所谓"影响消极"而被评定为存在着很大的"真实性"的问题。这一部分创作包括引起普遍争议的《飞天》、《调动》、《在社会的档案里》等一些作品，它们引发了不少的批评和指责。至于那些色调灰暗、沉重的悲剧性作品，或者是表现了"文化大革命"时代过于残酷血腥的真实生活的作品，则被批评为具有"倾向性"的错误，或者是表现了"自然主义"的庸俗创作观、失去了"真实性"而受到严厉的批评。这部分作品中最著名的是电影文学剧本《苦恋》。剧本写了画家凌晨光一生的遭遇。在旧中国，少年凌晨光虽家境贫寒，但很有才华，得到不少人的器重。青年时，被国民党抓壮丁，被船家女绿娘搭救，彼此相爱。后来，凌晨光因反对国民党被特务追捕，逃到国外。在美洲的某个国家，他成为著名的画家，绿娘也来到美洲，有情人终成眷属。祖国解放后，凌晨光夫妇返回祖国。在轮船驶入祖国领海看到五星红旗之时，他们的女儿降生了，并取名为"星星"。回到祖国享受了短暂的快乐时光后，十年"文化大革命"浩劫来临，凌晨光一家的命运堕入谷底：全家人被赶到没有窗户的昏暗斗室。在凌晨光生日那天，他被打得遍体鳞伤。女儿星星觉得在这个国家已经不能容身了，决定和男朋友到国外去。凌晨光表示反对，女儿反问父亲："您爱这个国家，苦苦地恋着这个国家……可这个国家爱您吗？"凌晨光无法回答。此后，凌晨光被迫逃亡，成为一个靠生鱼、老鼠粮生活的荒原野人。剧终时，雪停天晴，凌晨光的生命之火已经燃尽，他用最后一点力量，在雪地里爬出"一个硕大无比的问号"。从剧本发表的 1979 年 9 月到 1981 年 10 月，围绕这部电影持续了两年的争论，并在文坛上激起了一场轩然大波。这部作品表现了对爱国主义、人道主义问题的深入思考，然而，因为其悲剧性的表现而被主流意识形态话语看作是表现了"共产党不好，社会主义制度不好"（邓小平，1988）的主题而受到了严厉的批判，它的作者后来也因此作了检讨。在批判《苦恋》的"错误倾向"时，对作品的意识形态偏离的批评经常与对作品的"现实主义偏离"倾向的批评联系在一起，指责作品的"失真"和"虚构"往往成为进行进一步的意识形态批评的依据。如下面的一段话就具有代表性："他们不代表无产者的利益，而代表人的本质的利益，即一般人的利益，这种人不属于任何阶级，根本不存在于现实界，而是存在于云雾弥漫的哲学幻想的太空。""《苦恋》讴歌的人就是这样的，它并不代表生活在社会主义中国的广大人民的根本利益和要求，不过是作者按资产阶级人文主义的概念虚构出来的，超脱中国社会现实的，用来责难党和社会主义的工具而已。"[①] 主流意识形态话语的这种批评逻辑在"新时期"之初的文学批评中是常见的，对作品的真实性的质疑往往进一步上升为意识形态的否定，而对作品的批判和指责就是顺理成章的了。

---

① 《四项基本原则不容违反——评电影文学剧本〈苦恋〉》，《解放军报》1981 年 4 月 20 日。

主流意识形态批评的"等级化"批评尺度在主流批评家的批评用语中我们都可以发现相应的痕迹，在评价不同的作品时，批评家的口吻会有明显的不同，或高度赞扬，或持保留性的、有分寸的肯定，或者旗帜鲜明地给予批评。冯牧在评价蒋子龙的《乔厂长上任记》等小说时是这样给予高度赞扬的："我们看到：在许多富有才华和丰富的生活经历的优秀作家的笔下一个又一个血肉丰满的人物形象，络绎不绝地走进了我们文学创作的画廊。他们当中有的堪称是我们时代的先驱者、实干家和革命闯将的典型形象。"而在评价"伤痕"文学时又换了一副语气："短篇小说《伤痕》并不是一篇在艺术上很成熟、很完善的作品。它的可贵，在于它是第一个用艺术形象概括地反映出人们思想意识上的严重性，并且呼吁疗治创伤的重要性的作品。它代表人民发出了使人警醒的第一声呼唤，因而，它是值得重视的。"而针对那些对苦难进行"暴露"的作品，他这样批评道："但也有少数同志认为，凡是他所看到的一切真实的事物都是可以写进作品的文学题材。他忘记了：人民需要的是'真、善、美'的文学，一切真实的事物并不一定就是最正确的和最美好的事物。他也忘记了：创作虽然无禁区，作家却必须有自己的观点。根据作家的观点，他必然要对他看到的一切真实的事物有所分析，有所判断，有所选择。那种认为真实性就是一切的人，最终是有可能划不清现实主义和自然主义之间的界限的。"（冯牧，1988）

可以看出，"新时期"之初的主流意识形态文学批评仍然坚持着"十七年"文学批评所确立的某些基本原则：文学叙述必须体现出历史的"等级观"，必须体现出某种"厚今薄古"的倾向；文学叙述依附于历史，某些历史的"定论"也便成为文学叙述的"真实性"内容，成为文学叙述不可随意篡改与超越的叙述"边界"。当然，对这些"真实历史"的叙述是需要采取某种隐喻性修辞的，有关"身份"、"忠诚"、"人民"等主题的叙述往往成为解释、再现"真实历史"的必要手段，有关这部分内容的论述本文已作过较为详细的分析，这里不再赘述。主流意识形态话语所构建的这一系列"原则"和叙述方式构成了某种不言自明的话语"成规"，这些"成规"成为约束、囿限文学叙述的"权威"尺度。

二　对"现实主义"的不同理解

不可否认，"现实主义"的恢复和发展是"新时期文学"最初阶段最重要的创作特征及思潮走向。随着"思想解放"运动的开展以及文艺政策的相对放宽，文学创作的桎梏和禁区纷纷被打破，"文化大革命"文学中的政治中心论、"三突出"原则、"一个阶级一个典型"等所谓创作"天条"都随着政治神话的破灭而被扔进了历史的垃圾堆。"解冻"后的文学创作日趋活跃，一大批反映历史真实、反思历史迷误、呼唤人性复归的现实主义作品如雨后春笋般涌现。创作和批评互相呼应、互相促进、共同推进，构成了蔚为壮观的现实主义潮流。可以说，对"新时期文学""现实主义回归"的认同，已成为广泛接受的共识。但是，我们可以发现，在这一"回归共识"的背后，在持启蒙立场的文艺批评家与"主流"意识形态批评之间对"现实主义传统"这一概念内涵的理解是不一样的，所以，有必要追问的是，"现实主义回归"，究竟回归何处？我们可以注意到，在"主流"话语致力于重建等级化叙述的过程中，"现实主义"批评话语构成了"主流"批评的理论支点。"真实性"、"典型性"动辄被意识形态话语所充塞，成为僵硬的政治表达式。这种将"现实主义"人为限定在意识形态范围内言说的状况与"十七年"对"社会主义现实主义"的阐释情况是极其相似的，它反映了"主流"话语的裹足不前、故步自封的状态。但是，"新时期"思想解放运动的开展，使"现实主义"问题的理解产生了一系列的突破，尤其在"回归现实主义传统"问题上，启蒙话语要求回归"五四"的呼声已成为共识，理论上的"破禁"也势不可当。这样，在主流话语和启蒙话语之间，就产生了话语"能指"集中而"所指"滑动的情况，在似乎统一的认同表象下，两种话语产生了分歧和龃龉。

代表"主流"政治意识形态立场的批评家对现实主义的传统问题的解释偏于保守，他们明显重视40年代延安文艺以来的革命文艺传统对现实主义的主导作用，首先是强调恢复"十七年"文艺路线。在周扬看来，"新时期"现实主义文学传统的"回归"，只能是革命文艺传统的"回归"，尤其是《讲话》发表以来的当代革命文艺传统的"回归", 这是现实主义的"主流"。对此, 他有非常明确的表述：

> 毛泽东思想, 包括文艺思想, 从来是, 现在也仍然是指导我们文艺工作前进的指针。林彪、"四人帮"出于篡党夺权的需要, 为所欲为地阉割、篡改和践踏毛泽东同志的文艺方向, 抛弃它的精髓即它所揭示的普遍真理和根本原则, 抓住只言片语, 把只在一定的条件下和一定范围内才使用的个别论点, 加以绝对化, 当成愚弄人的符咒和打人的棍子。这种极端恶劣的情况, 绝不能允许继续存在了。……如何正确地对待毛泽东思想, 是思想路线中的一个重大原则问题。

他认为, "新时期"文学最初阶段的复苏与成就, 也是因为恢复了正确的毛泽东文艺路线的结果：

> 粉碎"四人帮"三年来, 特别是最近一两年来, 文艺界拨乱反正, 批判了林彪、"四人帮"的"文艺黑线专政论"及其他种种谬论, 党中央和毛泽东同志所制定的文艺方针重新得到正确的解释和认真的实行, 我们的社会主义文艺开始复苏和前进。(周扬, 1988)

在持主流意识形态立场的文艺领导者和批评家看来, 随着思想解放运动的发展, 原来日益僵化的"文化大革命"理论已难以涵盖和指导新的文学创作和文学批评, 文艺政策的重新调整已是势所必然。此时他们采取的策略是有选择地恢复五六十年代"现实主义传统", 试图扭转长期以来"文化大革命"极端化文艺思潮的迷误。同时, 也不割断"新时期"与"十七年"和整个20世纪革命文艺传统之间的联系, 把"新时期"定位为是对革命文艺的继承和发展, 这样, 文学历史叙述的突破性和连续性就能较好地保持在平衡之中, 有效地避免了僵化和动荡两方面倾向的发生。可以说, 这种策略是稳妥的。

但是, 由于思想解放潮流的推动, "现实主义回归"的进展大大超出了预期。"文化大革命"结束后, 随着人道主义的复兴, 从"文化大革命"蒙昧主义的迷雾之中走出来, 恢复启蒙的传统, 成为一股不可阻挡的思想潮流。所以, 文艺界对恢复胡风等人的现实主义理论持积极欢迎的态度并不意味着批评家们对主流意识形态文艺策略的认同，在他们看来，恢复现实主义蕴涵着对"五四"启蒙思想传统的肯定，意味着文学在经过了漫长的"中世纪"的黑暗之后，又一次点燃了"启蒙"精神的火炬，回到了文学是"人学"的原点上，意味着文学回到"写真实"、"反瞒和骗"的"五四"现实主义传统中。因此，他们对现实主义传统问题的探讨，就有了不同程度的"思想破禁"的味道。

　　最早对五六十年代的现实主义理论寻求"翻案"的代表作品是吕林的《关于文学艺术的真实性问题——为〈现实主义——广阔的道路〉的基本观点辩护》① 之后，张维安的《现实主义——艺术反映现实的客观法则——〈现实主义——广阔的道路〉一文的启示》② 也表达了近似的观点，他们较为全面、客观地评价了秦兆阳 50 年代中期提出的现实主义理论，重新肯定了"文学是人学"、"现实主义深化"等观点。他们的突破引发了对现实主义问题的热烈讨论。张维安提出了文学中存在两种现实主义，即"狭义现实主义"和"广义现实主义"之分的观点，他认为，比较而言，"狭义现实主义"因为排他性而存在着诸多问题。③ 邹平则主张以现实主义精神统领多样的创作方法，并且认为，就社会主义文学实质而言，已经不是以两种创作方法为标志的文学体系了，而是以多样的创作方法统一于现实主义精神的崭新的体系。只有从文学精神层次的概念上来理解现实主义，才能正确地认识创作多样性，才能从创作方法统一化的理论中跳出来。④ 而比这些作者们更为大胆也引起更多关注和争论的是黄宗伟，他的《论社会主义的批判现实主义》⑤ 和《提倡社会主义创作方法的多样化》⑥ 明确提出"社会主义的批判现实主义"口号，并把它作为"既是一种文学思潮，又是一种创作方法"加以提倡。他认为，"社会主义的批判现实主义""主要通过揭露批判革

　　① 　吕林：《关于文学艺术的真实性问题——为〈现实主义——广阔的道路〉的基本观点辩护》，《社会科学战线》1980 年第 2 期。

　　② 　张维安：《现实主义——艺术反映现实的客观法则——〈现实主义——广阔的道路〉一文的启示》，《十月》1980 年第 8 期。

　　③ 　张维安：《现实主义——艺术反映现实的客观法则》，《十月》1980 年第 3 期。

　　④ 　邹平：《现实主义精神和多样的创作方法》，《文学评论》1982 年第 5 期。

　　⑤ 　黄宗伟：《论社会主义的批判现实主义》，《湘江文艺》1980 年第 4 期。

　　⑥ 　黄宗伟：《提倡社会主义创作方法的多样化》，《广州文艺》1980 年第 4 期。

命进程和人民内部存在的问题去反映现实，并在真实的具体描写中体现出社会主义的思想"。

从这些作者的立场上看，他们都普遍认同"现实主义"的"回归"，但对"现实主义"究竟"回归"到何处却有着自己的理解。吕林等人无疑是要回到胡风等人的现实主义理论中去；而张维安、邹平却有将现实主义传统扩大化而不限于革命文艺的意图；至于黄宗伟，则干脆将起点放在了批判现实主义时期。他们的探索有明显偏离甚至冲破"主流"预设的倾向，因此招来了很多批评。但不可否认的是，他们富有勇气的探索开启了关于"现实主义"深层问题讨论的新局面。

之后，文艺界在对"人道主义"、"人性论"、"真实性和典型性"等问题的不断探讨中，现实主义传统的起点从五六十年代延伸到了"五四"，又延伸到了中国古代现实主义文学；从苏俄革命现实主义文学的探讨又"下行"到了19世纪批判现实主义文学；在理论上，由最初阶段的"翻案"逐渐深入到对马克思主义经典文艺理论的重新解读，直到深入探讨了马克思主义文艺理论与19世纪批判现实主义文学、启蒙精神的血肉联系。在这一系列的深入过程中，"现实主义"文学传统的"资源"在不断扩大，文学批评空间越来越开阔；而同时，早期马克思主义的"人学"概念，它与启蒙主义的深刻联系也越辩越明。对"现实主义"文学传统的探讨演变成了一个文学理论深入和思想启蒙双向并进的过程。

通过以上简单的梳理我们可以看到，对"新时期"现实主义的"恢复"以及"传统继承"问题，一开始就存在着不同的理解和预期，这就导致了两种倾向不可避免地发生龃龉和碰撞。而主流的"现实主义"观正是在"新时期"诸多"现实主义"观念的冲击下，显现出尴尬和不适应，它既无法认同现实，主动从僵硬的意识形态立场后退；又无法突破自己，在理论上取得突破。因此，主流意识形态批评话语就在"新时期"之初的"现实主义回归"大潮中处于尴尬的上下不着的境地。而那些代表着主流批评立场的文艺的领导者们，也只能凭借意识形态话语权的优势地位发表对"现实主义"问题的理解和批评。

周扬在一个创作座谈会上批评道："现在有人讲恢复'五四'新文学的现实主义传统，要回到'五四'，这给人一种印象，似乎只有'五四'时期的文学才是现实主义的，至于后来的什么左翼文学、革命文学、以至全国解放后产生的许多激动人心的革命的现实主义的作品，似乎都不是现实主义的，至少不是那么现实主义的，这种说法是不恰当的。又有人称我国近三四年来的一些揭露社会阴暗面的作品为'新现实主义'，似乎不在此例的作品都不是现实主义或至多只能称之为'旧现实主义'，这也是不恰当的。"他坚决地表态道："总之，我们今天的文艺不能退回到'五四'时代去。我们今天要坚持现实主义的创作道路，要和时代相结合，要有社会主义时代的特征。"（周扬，1994）

冯牧对"社会主义的批判现实主义"问题也发表了这样的看法："批判现实主义的一个重要特征，就是对于现存的社会制度基本上持怀疑或否定态度。所以批判现实主义这个概念和我们的社会主义文学是联系不上的，想把它和社会主义机械地连在一起，成为所谓'社会主义的批判现实主义'，显然是不恰当的。"[1] 冯牧在这里首先作了一个理论预设，即把"批判"等同于"对于现存的社会制度基本上持怀疑或否定态度"，从而轻易就把"批判现实主义"划定为"反社会主义"，这样僵硬而简单的"立场化"批评显然还沿袭着"文化大革命"批评的方式，是难以服人的。

对"现实主义"传统问题的争论使我们再次看到了"主流"意识形态批评的话语曲线。首先，文与史的叙述统一性和对应性一直是"主流"批评的历史理解的基础，在革命历史叙述序列中，革命文艺因对社会主义新时代的叙述而在当代历史叙述等级中居于优越的最高等级，这已是"定论"。这就使主流批评家们难以接受所谓"旧时代"的"现实主义"，如批判现实主义，也难以接受将"五四"现实主义传统放在高于革命文艺现实主义传统的"正宗"地位上。可以说，毛泽东的《新民主主义论》、《在延安文艺座谈会上的讲话》等经典著作所确立的当代文学权威历史叙述方式还是这批批评家和意识形态领导者的思想"圣经"，他们无论如何不能越雷池一步。这样，他们就与"新时期"的新锐观点形成了尖锐的矛盾。

其次，主流话语对"现实主义"理论本身只满足于重复"十七年"

---

① 冯牧：《关于当前文艺创作和文艺思想的片段意见》，《作品》1980 年第 4 期。

的经典论述，这使这一话语形式失去了其阐释能力。意识形态的突破使附着在这一理论上的诸多政治神圣性消失殆尽，而主流话语偏要抓住其不放，既不愿顺从理论界的趋势自我调整，又不愿放弃这一"权威能指"，这使"现实主义"成为各说各话，无法确定其共同认同意义的"漂浮的能指"。同时，"现实主义"话语也面临着自身分裂的困境：要么认同启蒙话语，不断扩大其边界，将其变成可以涵盖诸多话语表达意愿的"无边的现实主义"，——这也等于否定了其意识形态性；要么维持其确定的意识形态话语本色——这意味着完全失去对现实文学创作的阐释能力。无论怎样，都是主流话语所难以接受的。

　　"现实主义"的困境不是这一理论本身所带来的。它反映了意识形态话语僵硬的历史观念与新的时代语境的不协调。人为地限定"现实主义"的意识形态内涵，又强行认定它的"权威能指"地位必然使它无法面对"新时期"变幻的时代思潮，从而使它成为一个飘浮而虚幻的"权威能指"，最终丧失了阐释的功能。这一阐释困境也反映了历史叙述问题上的话语分歧的客观存在。原来的文史等级以及在这一等级观制约下的文学史叙述观念在启蒙话语那里都被另一种叙述格局打破，文学作为一种独立的历史叙述脱离了与现代革命、政治革命的历史关系，成为另一个历史主体。主流话语与启蒙话语之间这样的观念分歧在"新时期"之初就一直存在着，只不过启蒙话语在意识形态的压力下，不得不借用"现实主义"这一权威表达式表现其隐讳的立场，而到后来，对"现实主义"话语规限的突破就成为启蒙话语为展现自身必然要做的工作，这便导致了与"主流"的立场分歧和话语矛盾。

第三章　人道主义的话语冲突

第一节　"态度的同一性"背后的分歧

"启蒙"话语与"主流"意识形态话语在批判、否定"文化大革命"时所运用的"话语表述",体现出相当程度上的一致,他们都把"文化大革命"看作是"极左政治的恶性发展",都把"文化大革命"中的个人崇拜和政治神话定义为"现代迷信"和"宗教教义式的新蒙昧主义",都把"文化大革命"看成是中国现代化历史进程的中断。两种话语在批判话语上的一致实际上体现出他们共同的"现代性"历史观:"文化大革命"是现代性进程的中断,所以才要将其抛弃;而"新时期"正是这一中断后现代性历史的重新开始。因此,"新时期"乃至"新时期文学"都应该是对既往历史的扬弃和超越。但是这种似乎"同一"的认知只不过是一种"态度的同一性",事实上,主流话语与启蒙话语一直在建构着不同形态的历史叙述。我们还是回到文学的历史叙述问题上来。同样是"否定过去,展望未来",主流话语和启蒙话语在有关"人的文学"与"人民文学"问题上,体现出分歧和不同,主流话语力图将"新时期"编织进"人民文艺"的历史叙述中来,从而保持话语中传统的连续性与合法性,而启蒙话语则力图凸现"人"的独立性历史进程。

在主流意识形态看来,"新时期文学"是对"人民文艺"的恢复和发展。"文化大革命"的错误之处,正在于以"阴谋文艺"取代了"人民文艺",这是对"一贯正确"的文艺路线的偏离和歪曲。在主流意识形态文艺批评家和领导者周扬那里,一直将马克思主义在中国的转换、接受和本土化,作为当代文艺发展的中心叙述线索,他将"五四"运动,1942年的延安整风运动,粉碎"四人帮"后的"思想解放"贯穿起来称之为"三次伟大的思想解放运动"。而在这三次运动中,"人民文艺"的发生、壮大和蔚为主流,是与思想解放的潮流同时而生的。

1928 年的"革命文学"以及其后的左翼文学运动标志着"人民文艺"的诞生；1942 年毛泽东的《讲话》的发表，则是"人民文艺"取得文艺"主流"地位的标志性事件；其后，"人民文艺"成为当代文学的"正宗"和领导者，正式取代了"五四"文学的地位。这种情况，在经历了"文化大革命"的反复之后，又在新时期之初的思想解放潮流的推动下重新得到了恢复。周扬的这一叙述，是在"思想解放"的前提下试图保持"革命文艺"、"人民文艺"历史叙述主体地位的一种调试和妥协。在新时期有关"人性"、"人道主义"、"人的主体性"讨论越过"主流"的话语规范，可能对"主流"以"革命"话语为基础建构的历史叙述的合法性产生威胁的情况下，周扬力图在话语叙述形式问题上，重申"主流"的立场：那就是"人民"话语的历史合法性、其"中心话语"的位置不可动摇。

当然，在启蒙话语看来，所谓"人民文艺"其实正经历了一个分化与裂解的过程。"文化大革命"文艺打着"人民"的神圣幌子，干的却是反人性的勾当，所以，"新时期"的思想解放，其实正是"人"的概念从"人民"的群体概念中析出、独立的过程。文学追求重返自身的过程也正是"人的文学"主体性逐渐浮现，渐成主流的过程。这种立场在许多作家关于创作主体性与反映"自我"、"人性"的诸多论述中都得以体现。王蒙在第四次文代会上大声疾呼："我们要出于自己的创作个性，出于自己的灵魂，抒发作家的真情实感。"[①] 刘兆林则直言坦陈："我想来想去，觉得文学还是人学。人的心理学，人的关系学，人的生存学，人的感情学……我喜欢人，不喜欢神。"（刘兆林，1989）叶文玲说："我认为，写小说，必须心中先有'人'，……只要有了人，没有情节可以有情节。""写人，写人的悲欢，人的命运，这是文学创作的唯一道路。……实践告诉我：要想写真正的作品，就应该这样，也必须这样。"（叶文玲，1984）高晓声也这样说道："我认为文学是人学，应该全面地理解人，反映人，主张文学干预人的灵魂……"（高晓声，1989）

所以，主流意识形态话语和启蒙话语尽管在话语表述上甚至历史认

---

① 王蒙：《我们的责任》，《文艺报》1979 年第 11—12 期合刊。

知方式上体现出一致和呼应，但在历史叙述的内容，也即中心话语的内涵与指向问题上，却有着极大的分歧。启蒙话语重在发现人、表现人，为"人"作"正传"，目的在于恢复"人"的主体性；而主流意识形态话语在面对这一"人道主义的高潮"时千方百计将其纳入"主流"的话语体系中来，其目的正是压制、否定"人"的话语的主体性。周扬曾批评道："人们谈得比较多的是人性论，人道主义等问题。我觉得有一种误解，以为共产党人、革命者不能讲人道，不能讲重视人。其实毛泽东同志早就讲过，人是一切事物中最宝贵的。人的价值，人的尊严，不应当被轻视、贬低，应当被重视、尊重，而人的价值和尊严都不是抽象的，不能离开历史的、阶级的分析。"① 他的批评的言外之意是：人道主义并不是什么新东西，其实它早已包括在"革命人道主义"的概念之中了，正因为如此，就没有必要单独把它加以强调，更没有必要把它看成是独立于"主流"话语的另一种话语。周扬的逻辑典型地体现了主流意识形态的操作策略和观点立场。

启蒙话语与主流意识形态话语这种表面上"话语表述"相近而内在含义不同的"态度的同一性"是造成两种话语在"新时期"之初的几年里不断发生龃龉和碰撞的主要原因。这在"新时期"之初有关"人性"、"人道主义"、"异化"等问题的论争中表现得十分明显。在有关"马克思主义与人性论、人道主义的关系"、"异化"等问题的理解和阐释上，启蒙话语和意识形态话语都自觉地运用马克思主义的理论逻辑和理论语言表述自己的观点，在表述方式上体现出鲜明的集中性和一致性，但是，两种话语的真实指向却大为不同。"人性"、"人道主义"、"异化"等问题的论争实际上表明了在"思想解放"取得初步成效之后，启蒙话语与意识形态话语之间对思想走向和文学创作的"共识"的破裂。这一破裂是早晚要发生的，因为在"新时期"一开始，这种分歧就潜藏在两种话语似乎"一致"的立场内部，当"思想解放"推进到更深层次的时候，分歧的显露就是势所必然的了。

---

① 周扬：《一要坚持，二要发展》，《人民日报》1982 年 6 月 23 日。

第二节　关于"人性"、"人道主义"的论争

20 世纪 70 年代末 80 年代初，有关"人性"、"人道主义"问题的论争在文艺及理论界产生了广泛而深刻的影响，有的学者曾作过这样的统计："从 1979 年到 1980 年，全国 20 多家报刊共发表关于'人道主义讨论'的文章 80 余篇，截止到 1983 年 4 月，相关文章超过了 600 多篇。这些文章涉及的问题，在范围和深度上，都超过了五六十年代。"①"人性"、"人道主义"问题的论争是"新时期文学"开始以来第一个引起广泛关注的思想文化论争。在论争中，主流意识形态话语和启蒙话语暴露出它们之间话语立场上的矛盾和分歧，但同时，在分歧中又表现出话语资源和思维方式的纠缠和重叠，这样复杂的矛盾关系说明了在"新时期"之初那个话语重建、过渡的年代新旧话语界限的模糊，也说明了启蒙话语在意识形态话语的压力下既寻求自我表达又被迫"借力"于主流话语方式的微妙处境。尽管如此，启蒙话语还是依靠对马克思主义经典著作的"再解读"获得了某种自我言说的空间和机会，虽然在此后政治力量的干预下，"人道主义"讨论被迫中断，但这次论争所引发的对"人"的问题的深入思考还是为 80 年代中的"主体性"思潮奠定了坚实的基础。所以，在时过境迁之后，考察这次思想文化论争仍有着一定意义。

1979 年，朱光潜在《关于人性、人道主义、人情味和共同美感》一文中引人注目地重提了"人性论"、"人情味"和"共同美感"等这些在 50—60 年代论争中被政治话语压制下去的老问题。在文中，他将人性与阶级性、共性与特殊性视为矛盾对立的双方，肯定了"人性"的存在。他说："古希腊有句流行的文艺信条，说'艺术摹仿自然'，这个'自然'主要就指'人性'。西方从古希腊一直到现在还有一句流行的信条，说文艺作品的价值高低取决于它摹仿（表现、反映）自然是否真实。我想不出一个伟大作家或理论家曾经否定过这两个基本信

---

① 程光炜：《"人道主义"讨论：一个未完成的文学预案——重返 80 年代文学史之四》，《南方文坛》2005 年第 5 期。有关文章详细索引可参考余世谦、李玉珍等编纂的《新时期文艺学论争资料》，复旦大学出版社 1988 年版。

条，或否定这两个信条的出发点‘人性论’。"① 在当时，他的这一言论显然是有"破禁"和"翻案"性质的，可能是为了避免显得太尖锐，他在论述自己的观点时，采用了传统的做法：依据马克思主义经典著作给自己的理论以支持。他说："人道主义在西方是历史的产物，在不同的时代具有不同的内容，却有一个总的核心思想，就是尊重人的尊严，把人放在高于一切的地位……马克思不但没有否定过人道主义，而且把人道主义与自然主义的统一看做真正共产主义的表现。" "马克思《1844 年经济学—哲学手稿》整部书的论述，都是从人性论出发的，马克思正是从人性论出发来论证无产阶级革命的必要性和必然性，论证要使人的本质力量得到充分的自由发展，就必须消除私有制。"朱光潜的这一理论观点很快得到很多人的响应，许多论者从马克思主义出发，尤其是围绕着如何理解马克思的《1844 年经济学—哲学手稿》这一问题发表了诸多呼应、支持性的观点。汝信干脆地指出，从根本上看，人就是马克思主义的出发点，"如果我们把马克思早期的著作和他成熟期的著作作一比较，就可以看出，人的问题始终是马克思主义的中心"。② 王若水认为："马克思和费尔巴哈都把人放在最高的地位，不承认在人之上还有一个更高的人的本质。但是，费尔巴哈只反对意识形态领域的虚幻的超人的力量，而马克思进而反对把人贬低为非人的现实的社会关系。马克思之所以能得出这个革命的结论，是因为他抓住了现实的人，社会的人。马克思仅仅是同历史唯心论彻底决裂，而丝毫不是同人道主义决裂。"③

朱光潜、王若水、汝信等人的观点很明显触动了主流意识形态话语的神经，在某些秉承主流立场的批评者看来，这是用人性论、人道主义来"改造"马克思主义，将"经典理论"的逻辑颠倒了。许永佑认为："那种把‘人类自然本性’的‘人性论’看做马克思基本理论的出发点和归宿的观点，不仅违背了马克思在《手稿》的书中从资本与劳动的对立出发分析问题的立场，而且把马克思主义将社会主义从空想变成科

---

① 朱光潜：《关于人性、人道主义、人情味和共同关感》，《文艺研究》1979 年第 3 期。
② 汝信：《人道主义就是修正主义吗？——对人道主义的再认识》，《人民日报》1980 年 8 月 15 日。
③ 王若水：《为人道主义辩护》，《文汇报》1983 年 1 月 17 日。

学的理论这一伟大的历史变革全抹煞了。"他指出，朱光潜对马克思的
"经典理论"存有误解，所以，"朱光潜同志用具有唯心主义内涵的哲
学术语'人性论'取代了马克思的人性观"。① 王善忠认为："在阶级
没有消灭之前，个人从属于一定阶级的现象仍然存在，在这种情况下，
怎么能抽象地说什么'人是马克思主义的出发点'呢?"②

　　很明显，他们的这些批评带有以"权威"的政治理解的方式压制、
否定人道主义话语的倾向。虽然如此，有关"人道主义"、"人性论"
等问题的探讨还是热烈地开展起来，而由此所引发的论争也更加广泛，
如果加以总结的话，除了上面提到的关于"马克思主义的理论是不是
从人性论出发的"这一问题之纷争的焦点还围绕着另一些问题展开。

　　首先，如何理解马克思主义与人道主义的历史关系问题。以汝信等
人为代表的一方主张把人道主义分为狭义和广义两种，"狭义的人道主
义指的是欧洲文艺复兴时期新兴资产阶级反封建、反宗教神学的一种思
想解放和文化运动；广义人道主义则泛指一般主张维护人的尊严（权
利和自由，重视人的价值，要求人能得到充分的自由发展，等等）的
思想和观点"。而马克思，"对资本主义社会里人的处境和地位的深刻
分析，以及对未来共产主义的展望，都贯彻着一种把人的价值放在第一
位的人道主义精神"③。长期以来，将"人道主义"定性为"资产阶级
思想"一直是不容置疑的权威结论，而正因为如此，人道主义就与马
克思主义完全"绝缘"，也不具有意识形态合法性。汝信等人对"人道
主义"的重新划分实际上体现了启蒙话语的一种策略倾向，那就是试
图淡化、回避"定性问题"，将"人道主义"普适性的思想内涵加以突·
出；同时，用论证这一普适性的人道主义与马克思主义的一致性来支持
人道主义的合法性。这种倾向自然不能逃过敏锐的批评者的眼光。邢贲
思认为："马克思主义和人道主义是两种根本不同的思想体系，那种所
谓人道主义有广义狭义之分的观点是想抹煞它是资产阶级意识形态的事
实。"④ 陆梅林也持这种观点："人道主义和马克思主义是两种截然不同

　　① 许永佑：《两种对立的人性观——与朱光潜同志商榷》，《文艺研究》1980 年第 3 期。
　　② 王善忠：《社会主义文学与人道主义问题》，《文学评论》1984 年第 1 期。
　　③ 汝信：《人道主义就是修正主义吗?》，《人民日报》1980 年 8 月 15 日。
　　④ 邢贲思：《怎样识别人道主义》，《百科知识》1980 年第 1 期。

的思想体系，不能把马克思主义人道主义化。"（陆梅林，1987）

　　争论的焦点之二是所谓"异化"问题。这是一个异常敏感的话题，引发的观点碰撞也最激烈。这个问题的争论同样是围绕着如何理解《手稿》展开的，对《手稿》中体现的马克思前后期思想的不同解释成为争辩双方立论的出发点。汝信认为，《手稿》已经毫无疑问地证明了资本主义社会存在"异化"现象，而"异化"也正是青年马克思所关注的问题焦点。对于马克思前后期思想的评价问题，他不赞同"青年马克思还没有摆脱费尔巴哈的影响而成为一个'马克思主义者'，因此《1844 年经济学—哲学手稿》中关于人的问题和人道主义的提法并不是马克思主义的，而是费尔巴哈人本主义哲学的残余"这种观点，他认为，马克思前后期思想有着内在的延续性和联系，看不到这些实际上是把青年马克思同成熟时期的马克思对立起来。[①] 王若水对汝信的观点给予了支持，他认为，马克思并没有从根本上否定人道主义，而是把人道主义发展到一个新的阶段。在《共产党宣言》中，就曾经批判资产阶级"把人的尊严变成了交换价值"，在资本主义社会中，工人"只是劳动工具"。在老年马克思的代表作《资本论》中，"他发展了早年的'劳动异化'思想，提出了剩余价值学说"。"他揭示了存在于资本主义社会的'商品拜物教'和物的力量对人的统治。"[②]

　　与王若水和汝信形成尖锐对立的是陆梅林和邢贲思。陆梅林认为，虽然马克思的思想有过曲折发展，曾经受到诸如费尔巴哈人本主义的影响，但是马克思却最终超越了费尔巴哈，形成了自己的历史唯物主义和阶级论思想。他批评道："少数同志，却在文章中抽掉了马克思主义的阶级基础，从根本倾向上把马克思主义说成是'人的解放学说'、'全人类的解放学说'。这种抽象的人道主义议论模糊了马克思主义的实质。"（陆梅林，1987）邢贲思针对王若水的观点批评道，那种把马克思主义人道主义化的思想无视马克思和人道主义在历史观上的根本对立，而这种观点主要是受到西方马克思主义的某些影响。他批评说，"这就是西方资产阶级企图通过这种途径，抹煞马克思主义同资产阶级

　　[①]　汝信：《人道主义就是修正主义吗？——对人道主义的再认识》，《人民日报》1980 年 8 月 15 日。

　　[②]　王若水：《为人道主义辩护》，《文汇报》1983 年 1 月 17 日。

意识形态之间的根本差别，阉割马克思主义的革命的灵魂"。所以，"应当把这种学术上的自由讨论同盲目追随在西方的潮流后面重复把马克思主义人道主义化的论调严格地区别开来"。①

其实，汝信、王若水通过"异化"问题的讨论积极为"人道主义"张目还是"醉翁之意不在酒"，表面上看，他们是在探讨马克思主义的新的理解，但实际上，理论的廓清和开拓是为启蒙话语现实言说和历史叙述的合法性铺路。"人"的立场是启蒙话语历史理解和现实言说的立足点，是批判"文化大革命"和展开"新时期"想象的话语前提，而"人学"话语却长期以来处于不合法的历史地位上。汝信、王若水对马克思主义经典著作的"再解读"正是为了找到意识形态话语内部的某些"缓冲区"和"交界处"，从而为"人"的话语找到合法的寄居之所，为启蒙话语赋予一种模棱两可的合法性。而一旦启蒙话语的合法性得到确立，它的进一步展开和壮大也就是势所必然的了。从这个意义上说，陆梅林等人批评他们"模糊实质"、"抹煞界限"甚至斥之为"阉割灵魂"、"修正主义"也并非毫无道理。

当然，我们还必须注意到问题的另一个方面。在人道主义的论争中，推动启蒙话语确立其话语合法性的并非只是启蒙知识分子。在"人道主义"的支持者中，被意识形态话语所认可的具有较高政治身份的人并不在少数，他们代表了"主流"话语内部所谓"开明"一派的思想倾向和观点，他们真诚地希望能通过"人道主义"的讨论为已经显现出动摇的主流意识形态话语寻找到新的话语生长点。在这方面，他们与启蒙知识分子的努力不谋而合。所以，"人道主义"问题的讨论之所以能如此声势浩大，也是诸种话语"共振"和"合力"的结果。

汝信等人对"人道主义"、"异化"问题的探讨实际上已经将一个尖锐的命题摆在人们面前：如何理解社会主义的"异化"现象？这个命题再向下延伸就将接触到如何看待社会主义文艺甚至如何评价社会主义及其历史的问题了，这显然触碰到了主流意识形态话语的"底线"。历史经验表明，这种情况是非常有可能使文艺的问题又一次发生"性质"变化的。周扬的讲话正是这个转变的触发点。

---

① 邢贲思：《关于人道主义的若干问题》，《世界历史》1987 年第 5 期

1983 年，在纪念马克思逝世 100 周年学术报告会上，周扬作了《关于马克思主义的几个理论问题的探讨》的报告。在报告中，周扬表明了对"人道主义"与马克思主义关系问题的基本态度："我不赞成把马克思主义纳入人道主义的体系之中，不赞成把马克思主义全部归结为人道主义；但是，我们应当承认，马克思主义是包含着人道主义的。当然，这是马克思主义的人道主义。"如果说，这一表态还停留在"主流"话语的范畴之内，尚显"稳妥"的话，那么，下面的论述则多少有些"偏离"的意味："在'文化大革命'前的十七年，我们对人道主义与人性问题的研究，以及对有关文艺作品的评价，曾经走过一段弯路。……那个时候，人性、人道主义，往往作为批判的对象。在一段很长的时间内，我们一直把人道主义一概当做修正主义批判，认为人道主义与马克思主义绝不相容。这种批判有很大的片面性，有些甚至是错误的。"针对"异化"问题，他强调说："那种认为马克思在后期抛弃了'异化'概念的说法，是没有根据的。"所以，应该接受"异化"这个词，没必要"大惊小怪"。他指出，"异化的根源并不在社会主义制度，而在我们的体制上和其他方面的问题"。虽然他认为社会主义的"异化"，同资本主义的"异化""根本不同"，但他同时也承认，"掌握马克思关于'异化'的思想，对于推动和指导当前的改革，具有重大的意义"。

平心而论，周扬对"人道主义"、"异化"等问题的论述既表现了难能可贵的反思和探索精神又不可避免地表现出某种局限性。受自身"身份"和思想的限制，周扬还不可能完全站在启蒙话语的立场上说话，他对"人道主义"作出的"社会主义"的政治性限定，也表明了他一贯的思想立场。其实，周扬的这一番言论，尤其是有关"异化"问题的言论可能造成的后果并不在于理论本身的突破，而是在于这一"表态"暗示了在主流意识形态话语的内部，存在着希望将"历史反思"深入下去的思想倾向，而这一倾向与启蒙话语的历史要求又恰好契合；所以，它们是有可能汇集成一股强大的思想潮流的。但是我们知道，这种思潮在某些人看来，却是可能威胁到意识形态历史叙述"底线"的危险倾向。所以，周扬的讲话在这些人看来正是表明了这种"越界"的危险已经迫在眉睫了，于是，他的讲话也便成了政治意识形态"整顿"的触发点。

　　1984 年第 2 期的《红旗》杂志，发表了胡乔木批评周扬的一篇长文：《关于人道主义和异化问题》。在文章中，胡乔木明确区分了两种不同的"人道主义"，他指出，一种"人道主义"是作为世界观和历史观的"人道主义"，另一种则是作为伦理原则和道德规范的"人道主义"，他直截了当地论断道："作为世界观和历史观的人道主义，同马克思主义的历史唯物主义是根本对立的。"针对"人、人性论是不是马克思主义理论的出发点"问题，他也明确地表态道："人是马克思主义的出发点是一个典型的混淆马克思主义同资产阶级人道主义，历史唯物主义与历史唯心主义界限的命题。"针对"异化"问题，胡乔木说："有些同志说，异化就是主体在发展的过程中，由于自己的活动而产生出自己的对立面，然后这个对立面又作为一种外在的异己的力量而转过来反对和支配主体本身。他们脱离开具体的历史条件，把异化这种反映资本主义特定社会关系的历史的暂时的形式，变成了永恒的、可以无所不包的抽象公式。然后，又把它运用于分析社会主义，从而提出社会主义的异化问题。他们就是用这种方法把社会主义同资本主义社会混为一谈。""在谈论社会主义异化的文章中，有的实际上已经根据这个概念的逻辑，引出了结论，说社会主义的政治、经济、思想领域处处都在异化，说产生这些异化的根本原因不在别处，恰恰就在社会主义制度本身。"最后，他得出结论说，宣传人道主义世界观、历史观和社会主义异化论的思潮，不是一般的学术理论问题，而是关系到是否坚持马克思主义的基本原理和能否正确认识社会主义实践的有重大现实政治意义的学术理论问题。"在这个问题上的带有根本性质的错误观点，不仅会引起思想理论的混乱，而且会产生消极的政治后果。"

　　胡乔木的这番话无疑是对试图浮现自身的启蒙话语的警示，也是对像周扬一样没有处理好"立场"问题的党内某些人的批评，正是他的这篇有总结、定性性质的文章，使"人道主义"、"异化"问题的论争戛然而止，画上了匆匆忙忙、潦潦草草的句号。可以说，在历史的紧要之时，政治又一次扮演了"终结者"的角色。

　　虽然有关"人道主义"、"异化"问题的讨论最后被迫不了了之，但是它遗留下来的几个问题还是值得我们思考。其一，我们可以发现，在讨论中，启蒙话语被迫借用了主流意识形态话语所认可的合法性话语资源，通过"再解读"的方式获得自己言说的权力和机会，这一方面表明了启蒙话语企图通过话语的可阐释性和模糊性达到自身言说的目的，但另一方面也表明了启蒙话语在主流意识形态话语的压迫下被迫变形的小心和无奈。这种情况也说明了启蒙话语在"新时期"之初尚显柔弱的现实。其二，思维方式的局限。在争论"何为正典"的过程中，争论双方的偏激之处和"本质化"的思维方式都是显而易见的，这其实妨碍了思想的深入展开。而论争中不可避免的意气用事又进一步使真正的问题没能得到更有效的探索和解答。所以，这次论争的引人注目之处在于，它标志着启蒙话语的浮现和壮大；但启蒙话语并没有来得及真正展开自己的学理性思考，这不能不说是一个遗憾。其三，参与、推进"人道主义"问题讨论的相当一部分人还是与主流意识形态之间存在着密切的关系的，尽管他们力图推动历史反思的深入进行，努力打开意识形态的"禁区"，但正如前面分析过的那样，本质上，他们代表了"主流"话语内部所谓"开明"一派的思想倾向和观点，他们希望通过"人道主义"的讨论为已经显现出动摇的主流意识形态话语寻找新的话语生长点。因此，他们对"人道主义"、"异化"等问题的理解还是局限在某种特定的话语格局之内，他们的"突破"也就具有了先天的局限性。这当然也影响了争论的质量和水平。

尽管留下了诸多遗憾，但这次论争对"新时期"的话语重建来说，仍然具有重要的意义。这次论争某种程度上成为话语重建的"分水岭"。在此之前，启蒙话语还在努力寻找自我表述的机会和恰当的形式，还在主流意识形态话语的缝隙处寄生；而在此之后，启蒙话语开始显现自身，在话语立场与话语方式上逐渐与主流意识形态话语分离，从而逐渐形成了自己的话语特色，这可能是这一未完成的论争所造成的最大影响吧！

第三节　对"人"的主题的反思、表现及争论

对"人"的主题的探讨不仅仅表现在理论界。事实上，文学创作中所表现的"人道主义"主题和"人学"倾向是引起更多人关注的，

某种程度上，正是文学创作对"人"的主题的关注和表现才触发、推动了"人道主义"问题的理论探讨，所以，对它的分析和梳理是非常有必要的。

从哪个角度去理解"人"、表现"人"，一直是"新时期"启蒙话语及其文学叙述着力探讨的中心话题。从政治意识形态的视角看来，"文化大革命"的种种非人道的暴行仅仅是一次群体性的"失误"所造成的后果，是因为政治路线的"偏离"和历史的"断裂"所造成的悲剧。因此，政治意识形态话语的"文化大革命"叙述总是从政治的角度大而化之地对这一悲剧加以谴责和批判，而同时又往往提供一个"政治拯救"的途径：平反昭雪，拨乱反正，落实政策，恢复名誉，老干部复出，等等。似乎历史在左右震荡、正反颠倒之后，历史的一切都可以完全正常，推倒重来。这一简便而简单的处理历史问题的态度并不能真正解决历史问题，也遮盖了现实与过去的联系。所以，这种"空白化""文化大革命"的做法自然在启蒙话语的文学叙事中受到质疑。"文化大革命"是一次"人"的空前毁灭，是"人性"畸变之后蒙昧主义的恶性流行，"文化大革命"的发生是有着深刻的人性背景的一次邪恶总爆发，而不是区区几个"跳梁小丑"所能导演出的历史悲剧——这种从"人"的角度审视"文化大革命"历史的做法，在"新时期"之初的创作中成为历史理解的主流，它强有力地反思、批判了那一段并不能在记忆中抹去的沉痛历史，为我们展示了那段历史的复杂与多重性。

一　对人的"异化"的书写

人的"异化"是"新时期"之初小说中的中心主题之一，宗璞的《我是谁》就是这一主题的典型代表。女主人公韦弥和她的丈夫孟文起因为知识分子身份而在"文化大革命"中遭到批斗。他们被剃了"阴阳头"，在轰轰烈烈的革命口号中被人驱赶、鞭打、侮辱，甚至连五六岁的孩子也能喊出"打倒韦弥！"的口号。孟文起经受不住这样的精神折磨而悬梁自尽。正是在韦弥看到丈夫尸体的时候，一个念头在她的头脑里产生了：我是谁？是"牛鬼蛇神"？"黑帮的红狗"？"青面獠牙的魔怪"？"大毒虫"？这些加在知识分子身上的恶毒诅咒像骷髅、蛇蝎、虫豸一样在挖人、推人、咬人。"他们想拆散、推翻这一'人'字，再在人的光辉上践踏、爬行……"这些疯狂的念头使韦弥的精神崩溃了，她以自杀结束了自己的生命。

在《我是谁》中，人的价值和尊严受到任意侮辱和践踏，而更可怕的是这种侮辱的"正义性"，对人的权利的蔑视和伤害在权力话语的保障下竟然成为合法的"革命"，于是人不再是"人"，而异化为"虫"和工具，在权力话语的命名体系内，只有"虫"的生存和工具化生存的权利，而没有"人"的空间。《我是谁》以隐喻的方式，对人的异化进行了令人震惊的书写，它不仅写出了知识群体的普遍异化感，也写出了广大盲信、狂热的群众的异化。"人民"不再是神圣的群体，他们或是为了攫取"革命"的殊荣而落井下石，或是为个人私利而变卖良心，或是仅仅因为盲从而成为可怕的杀人机器……在普遍的人格畸变中，他们蜕化成了刽子手和助纣为虐的工具，成为一种可怕的自我毁灭的力量。

这样的"革命群氓"的形象，在"新时期"的小说中比比皆是。刘克《飞天》中的惠月珠因为海离子不爱她而反目成仇，诬陷海离子画黑画，虐待她，她在"革命"话语中寻找到了"施虐"的快感和"主人"似的满足；《高女人和她的矮丈夫》中的裁缝老婆，为了博取利益而表现积极，直到升任治保主任，成为革命的"干将"；《土壤》中的魏大雄，为了自己的"革命前程"，不惜弄虚作假，陷害忠良，恩将仇报，不择手段；而《淡淡的晨雾》中的郭立枢，被"文化大革命"的政治运动改造成政治的"投机动物"，在亲生父亲平反后，他为了自己的利益竟然构陷材料，企图将其打倒，简直到了丧尽天良的地步。这样有名有姓的小说形象简直举不胜举，而更多的无名的"群氓"在小说中更是多见。《三生石》、《芙蓉镇》、《将军吟》等作品细致描写了"群众斗争"的场面，将其中"人"的残忍、暴虐和群众的冷漠、麻木令人震惊地表现出来。这些作品令人信服地表明了"文化大革命"反人性、反文明、反人类的法西斯主义本质，而其中人性的普遍退化以及"兽化"更是令人悲哀。

"新时期"之初对"人的异化"灾难的描写不只停留在对政治事件、人性冲突描写的表层，许多小说的创作将笔触深入人性、心理的深层，进一步解释了"文化大革命"反人性的本质。这一书写方式首先表现在揭露"内伤"这一主题上。《伤痕》、《班主任》等是这一揭露内伤主题的典型作品。《伤痕》描写了主人公王晓华与母亲之间因政治而产生的骨肉亲情的悲惨分离。虔信"左"的一套政治话语的王晓华知道了自己母亲的"叛徒""身份"，为表明自己的"政治立场"，决定与母亲彻底决裂。然而她并不能因为这样的"决裂"而划清与"叛徒"的历史界限，她的割断亲情的行为也从未给自己赎回"革命"的身份，在"文化大革命"中她一样被打入另册，遭受政治歧视。经过这些曲折与磨难，当政治局势的剧变终于使王晓华幡然醒悟时，她的母亲早已离开了人世。回到母亲身边的王晓华只能在母亲的亡灵前忏悔和哭诉。王晓华的人性异化并非仅仅因为现实利益的压力，而是因为她彻底相信、毫不怀疑"左"的那一套政治说教，把它当成精神圣经顶礼膜拜，甚至在母亲平反的消息传来时，她对恢复与母亲的关系仍旧心怀犹豫，因为"叛徒"在她的眼中就是穷凶极恶、不可饶恕的人间败类，是不配作为"人"的。正因为她满脑子里仍旧装着这种畸形冷酷的、反人性的等级观、身份观，才阻碍了她人性良知的恢复，而等到意识到自己的大错想加以弥补时，却永远不可能了。王晓华的悲剧典型地反映一种心灵"内伤"的存在，正是这种"内伤"使人性蒙蔽，使良知被放逐，使道德沦丧，人被异化为冷酷、自私，毫无理性与爱的"斗争工具"，如果有感情的话，那也是仇恨。

《班主任》虽然在发表时间上比《伤痕》要早，但在表现"内伤"方面较之《伤痕》却要更深一步。它成功地塑造了宋宝琦和谢慧敏两个典型。如果说宋宝琦代表的是千万"文化大革命"中青春被荒废、学业被耽误，同时又被"文化大革命""阶级斗争"意识形态进行思想灌输而成为"喝狼奶长大"的野蛮的一代的话；那么谢慧敏则是代表了虔信"文化大革命"道德说教，从思想到行为完全丧失了一个"人"的鲜活与生命的蒙昧的一代。宋宝琦透露出无知中的蛮横，而谢慧敏则表现出虔信中的可笑。两个畸形儿，同样是"文化大革命"历史的牺牲品，如果将它们两个合二为一的话，正代表了千百万被政治毒素毒害的年轻一代的灵魂整体。

在《班主任》之后，刘心武接连发表了《爱情的位置》、《穿米黄

色大衣的青年》、《醒来吧，弟弟》等小说，这些作品从不同侧面反映
了一代青年精神世界的畸形和空虚，这些作品中的主人公或者毫无信
仰，玩世不恭；或者卑琐庸俗，不求上进；或者贪图享乐，沉沦物欲；
虽面目不同，但精神质地的"空白"却是一致的。刘心武的这些小说
的审美意义不大，它们的价值在于提出了青年一代灵魂急需重建的
"问题"——在"文化大革命"造成了千百万伤痕累累，空虚庸俗，甚
至冷酷自私的心灵之后，时代如何医治这些已然"异化"为"非人"
的人？

　　"新时期"之初的小说，在表现"人的异化"主题的时候，并没有
忘记以理想主义的方式展现人性的美丽与人的尊严，这体现了作家的一
种道德良知，一种对黑暗现实谋求超越的努力倾向。这一主题的表现尤
其集中在爱情小说和表现了爱情主题的小说创作中。爱情，成为拯救人
性，为人的精神与尊严、自由与人格保留最后一份领地的神圣之所。

　　《抱玉岩》、《墓场与鲜花》是最早的这类作品。两篇小说的情节结
构相似，都描写主人公历经"文化大革命"磨难"有情人终成眷属"
的故事。小说作者意图表现这样的主题：爱情可以经历波折，甚至被政
治加以割断，但是只要双方人性尚存良知，心灵向往着美好，再大的困
难也不会成为爱情的阻碍。对于这一主题更偏重于理想化表达的，是
《爱，是不能忘记的》和《公开的情书》。前者讲述了一位女作家钟雨
与一位老干部之间心灵契合然而在现实中终难实现的精神之恋。钟雨与
男主人公之间并无实质性的交往，然而他们却神交已久，对精神世界的
共同追求使他们心灵相契，成为了精神恋人。然而，现实的巨大差距和
政治上的灾难终于使这一对恋人生死分离，他们幽冥隔绝，虽心灵相许
然而无缘聚合。但女主人公执著地守护着这份爱情，为此，她终身未
嫁。《爱，是不能忘记的》对这一精神之恋的表现是理想化的，这种理
想化的爱情观其实蕴含着对"伤痕"的抚平和超越。在这篇小说中，
心灵痛苦的宣泄和表达与理想化爱情的表现成为双峰并峙的隐形结构，
伤痕反衬出理想爱情的高贵，爱情被赋予了超越"伤痕"历史的功能。
《公开的情书》在爱情问题上的表现同样如此。老久与真真的爱情也洋
溢着理想主义的精神色彩，在老久、真真与老嘎之间，存在着相互竞争
的恋爱关系，但是小说并没有将描写庸俗化，通过三人之间的书信，小

说展示了一种完全属"灵"的爱情观——那就是没有庸俗、势力的物质算计与患得患失的心理，只有对更为高尚、更为丰富的精神世界的追求，这是爱情唯一的目的和理由。如果说《爱，是不能忘记的》更着重于表达理想主义爱情观对现实挤压的反抗的话，《公开的情书》则直接展示了这种理想主义爱情美丽得令人惊讶的光彩。小说的时代背景同样是在"文化大革命"，主人公们的身份是被"遗弃"到山中的"知青"，但他们并没有自暴自弃，他们仍然相信人性的美好、理想的必要、历史的正义、爱的光辉，他们对历史与现实、人生与爱情的态度和思考展示了不同于王晓华、谢慧敏等人的另一种精神质地，它们的存在表明了人性良知和美好人格的存在，因此，为普遍"异化"的"新时期"人物画廊投注下灿烂的人性之光。

　　总体看来，"新时期"之初的小说在表现"文化大革命"历史的时候，偏重以"人学"、"人道主义"、"人性"的观点审视那一段历史。"人的异化与毁灭"成为人道主义对历史的宣判与清算。虽然许多作品在表现人性失落的同时也表现了人性之美，但这毕竟不是主流，理想主义的姿态恰恰从反面印证了人性的普遍缺失与作家对美好人性的焦灼期盼。"回归人学"不论其姿态如何，都说明了启蒙话语在文学中的复活，它为"新时期"的话语格局增加了极其重要的一支力量，也影响了新时期主流叙事的走向。"人的恢复"、"人道主义潮流"、"文学是人学"等等观念，成为"新时期"历史叙述以及文学史叙述所公认的主流叙述话语，成为概括那一时代的思想走向与文学形态的话语共识，这是启蒙话语的历史贡献。

二　群体蒙昧的历史思考

　　在上文的论述中，我们已经能从"人性异化"的图景中看到蒙昧主义的影子。事实上，一大批新时期作家的创作，在批判人性异化的同时，往往把思考的中心放在群体蒙昧问题的反思上。这与对"文化大革命"为什么能够长期进行，并造成大范围破坏的历史原因的思考紧密相关。如果以主流政治的解释看"文化大革命"，区区几个开历史倒车的跳梁小丑是不能使全民族都陷入时间如此之长、破坏如此之广的历史灾难的。"文化大革命"的"现代神话"必定是得到了大多数民众的呼应甚至支持，才会使其流毒不尽，危害国家的，这就追索到了蒙昧主义的源头。迷信盲从、愚昧无知既是这个疯狂时代与社会的表征，又是其产生的根源，蒙昧与迷信互相助长，恶性循环，使社会生活弥漫着恐怖、怪诞与阴暗的气氛，使整个国家成为"准宗教"国家，人人都在虔信着"革命语录"，人人又都在无可名状的恐惧中生活，这种蒙昧的"群众"及其思想心理状态，是使政治强权和迷信神话得以横行的基础。

"新时期"之初的小说，对这一蒙昧主义问题进行了不同侧面的反思和批判。首先，再现"文化大革命"的群体迷狂，表现对这一群体非理性"精神失常"的批判成为小说的一个中心主题。《将军吟》多次描写到狂热的群众斗争场面。尤其是第八章"公审大会"更是将"文化大革命"中令人恐怖的群体性疯狂场面如实地表现出来。"文化大革命"的群众革命究其本质是一种假革命之名的群众暴政，而"神圣"的政治话语与权力结构却赋予了它的合法性，使其具有了道德正义色彩，由此，种种反人性的"革命正义"就可以以"历史的正当性"为借口，肆意横行。而另一方面，政权力量又以愚民政策的推行使其建构的"现代神话"合法化，并获得了大多数民众的认同。两相结合，自然造成"文化大革命"大量群体性的暴力行为的蔓延。与《将军吟》的表现角度相似的，是《枫》与《重逢》。《枫》的主人公李黔钢和卢丹枫本是一对恋人，但因为政见不同，在"文化大革命"爆发时他们各自归属于势不两立的两派之中。他们都是两派势力的中心骨干，显然，政治立场的坚定要优先于个人感情，于是政治的仇恨瓦解了爱情的温存，两个人的关系急转直下，到了水火不容的地步。《枫》的个人悲剧代表了那个时代普遍的群体性悲剧，迷信与愚昧遮蔽了人性的良知和真情，使"仇恨"成为人生存的第一原则，这种蒙昧支配下的"斗争"毫无意义，它使小说主人公的死成为为虚假理想的献祭与牺牲，既轻飘失重，又浅薄可笑。《重逢》里的叶辉也是像李黔钢、卢丹枫一样的人物。他为表现自己的所谓"大无畏"精神，刺死了同样"无畏"的一名学生，使一名工人致残，结果锒铛入狱。在武斗中，他曾经充满豪气地说："为了保卫毛主席的革命路线，我们革命造反派头可断，血可流！"可见，"革命"的虚假说辞已经占领了这样一个年轻人的心灵，使他盲从、迷信、狂热而且野蛮。归根到底，蒙昧主义是这一代青年产生集体性狂热的根本原因，蒙昧使他们不辨是非，混淆善恶，从而也就只能跟在极权的背后，做盲从的工具和奴隶。

对蒙昧主义的反思不仅局限在对集体癫狂与非理性问题的表现上，有许多作家将视角切进日常生活之中，对婚姻家庭问题中的封建蒙昧主义遗留给予针砭和透视。在这方面，张弦的《被爱情遗忘的角落》、《挣不断的红丝线》可为代表。

张弦的作品更重视人物心理特征的发掘，注重表现蒙昧主义的封建习俗和文化对人的精神与情感的扭曲与异化。《被爱情遗忘的角落》里写到了存妮与小豹子的爱情悲剧。"文化大革命"期间，某偏僻山村贫穷落后。村民沈山旺的大女儿存妮与同村青年小豹子因相爱而发生关系，被视为犯罪。两人双双被捉，存妮含冤自杀，小豹子则以"强奸、致死人命"罪入狱。存妮的不幸伤害了妹妹荒妹的心灵，她把爱情看成是可耻的事，因而不敢接近男青年。"四人帮"被粉碎后，荒妹的童年好友许荣树从部队复员回家。荣树决心改变山村的落后面貌，向极"左"思潮和旧习惯势力展开斗争。荒妹由此敬重他，并对他产生了恋情，但姐姐的悲剧始终像阴影笼罩在她的心头。不久，荒妹的母亲为偿还存妮死前欠下的一笔债款，准备取得彩礼，嫁走荒妹。荒妹愤然责备母亲"把女儿当东西卖"，深深刺痛了母亲。当年她也这样指责过自己的母亲，并勇敢地反对买卖婚姻，与沈山旺自由恋爱而结了婚，而如今她又要把买卖婚姻强加到女儿头上，连她也搞不清楚为什么。时代变化的春风，终于吹到了这个被遗忘的角落，荒妹大胆接受了荣树的爱情，满怀喜悦地迎接新的生活。虽然小说是以光明的结局结束的，但留给我们的思考却是沉重的。荒妹的乖僻是封建蒙昧主义造成的恶果，蒙昧主义盛行的农村，青年男女之间的正常爱情不是被歧视，就是被扼杀，他们或者被冠以"大逆不道"的恶名，爱情遭受扼杀，或者以"买卖婚姻"的方式作一了结。荒妹的心灵扭曲正是这一封建蒙昧主义文化挤压下的结果，它典型地反映了挣扎于人性与封建习俗之间的扭曲心灵。另一篇作品《挣不断的红丝线》则引人深思地把对婚姻中的封建遗留问题的思考引向深入。小说的女主人公傅玉洁嫁给了有着罗曼蒂克气质的知识分子苏骏，然而苏骏在三番五次的"运动"的打击下，成了一个卑微怯懦、胆小如鼠的人，已经毫无当年的自尊心和气概。傅玉洁最后和苏骏离了婚，嫁给了一直对她的美貌心存觊觎的齐副师长。小说这样描写傅玉洁的心理："往日的浪漫主义的情调早已被岁月的风沙剥蚀净尽。她已经支撑得够久的了，她感到无限的疲倦。"而到了齐副师长的住处，洗了个热水澡后，她又有了这样的感悟："啊，这浴室，这客厅，这幽静的小楼和她不知道怎么开门的轿车……所有这一切，不都原可以同样属于她的吗？只要当年点头，哪怕像汪婉芬那样勉强地含泪地点头！然而她没有，她拒绝了。多么幼稚，多么可笑，多么傻！她选择了一条以自己的想象所铺设的鲜花满地，坦荡无垠的大道，追求、期待、振作、失望、挣扎……一步一步，她发现她的脚下只不过是平凡又平凡，没有丝毫罗曼蒂克奇迹的坎坷小径而已。除了深深的疲惫，她什么也没有得到……"小说主人公的选择如果从现实利益的角度去考虑的话，无疑是合理的。谁都有权利追求更美好、更幸福、更为物质充裕、精神自由的人生。但是从另一个角度看，傅玉洁的选择又不啻是对自我个性的泯灭，对爱情理想的背叛。在权力的挤压与诱惑下，傅玉洁乖乖地束手就擒，回归到封建极权所安排好的家庭伦理秩序里，过起了"夫荣妻贵、衣食无忧"的生活，这一妥协与"归顺"令人无奈又发人深省地表明：封建主义的家庭关系实际上也是整个封建权力体系中的一部分，一些看似道德与文化领域内的封建遗留问题，它们之所以难以净尽，正是因为背后有着权力体系的支持；而女性如果缺乏真正的启蒙主义、人性解放的自觉意识，没有形成坚强的人格精神的话，那么像傅玉洁式的精神沦亡的结果，就将一代代传下去，她们在与极权体制的对抗中必然要经不住打击，"出走"之后，必然"回来"。《挣不断的红丝线》在某种程度上呼应着鲁迅《伤逝》的主题，"娜拉出走之后怎么办"的疑问仍徘徊在作品中，它冷峻地指出了启蒙主义破除封建秩序所面临的巨大困难，为启蒙主义的思考添上深沉的一笔。

对封建蒙昧主义的思考最为深入的，是一批蕴含着"自我反思"倾向的作品。这些作品将批判的矛头指向作为"文化大革命"历史错误受害者的老干部和知识分子，从而某种程度上摆脱了那种"诉苦"、"申冤"式的自我申辩方式，揭示了受害者的内在性格与"文化大革命""左倾"历史的一定程度上的关联，从而在更深的层面上完成了启蒙主义的反思。张弦的《记忆》是表现"老干部"自我反思的代表性作品。宣传部长秦慕平在"四清运动"中把电影放映员方丽茹打成了"反革命分子"。因为她把毛主席接待外国友人的影片放倒了。而富有讽刺意味的是，秦慕平后来因为用印有毛主席照片的报纸包鞋，也被定为"现行反革命"。这一冤案的折磨使他终于静下心来反思对方丽茹的不公平，并进而推己及人产生了深深的自责，他说："如果说，今日的痼疾已到了难以针砭的地步，那么，当初的癣疥之患，不就发生于你秦慕平这块基本健康的肌肤之上吗？"秦慕平的反思，说明了封建蒙昧主义和现代迷信产生的复杂性，其实，没有谁应该单独出来为这一历史的"误会"负责，更没有什么人能撇清干系，置身事外，反思的应该是我们民族的每个人；我们是怎样自觉不自觉地做了封建蒙昧主义的奴隶和帮凶，又是怎样遗忘了人性的良知的呢？这个痛苦的历史正是我们应该永志不忘的"记忆"。

"老干部"的反思带有鲜明的自我警示意味，与之比较，对知识分子性格的反思，就显得沉重起来。不可否认，在"文化大革命"荒诞、悖谬的现实境遇和政治情形下，知识分子正常、合理的人性被践踏和剥夺必然促成人性的异化和扭曲，但是，知识分子自身的软弱性甚至人性的阴暗面也是促成自身异化与扭曲的帮凶，外部的极权政治的压力与内在的精神缺陷两者存在相辅相成、互为因果的逻辑关联。因此，新时期"伤痕、反思"文学在反思群体蒙昧的同时，也在某种程度上表现了对知识分子自身人性的扭曲、异化以及其他负面人性的恶性膨胀的自省。一方面，残酷、专制、恐怖的政治气氛和窒息、血腥、死亡的"革命"环境，必然会迫使作为人的知识分子改变正常的性格和人格特征：冯骥才《啊！》里的吴仲义，仅仅因为无意丢失一封信害怕受到政治迫害就变得神经质、胆怯起来，而他终于没能经受得住政工组长贾大真的"逼供信"而堕落成陷害他人以求自保的懦夫；竹林《生活的路》中的谭娟娟在悲凄的现实境遇和严酷的政治环境中失却热情、理想而变成了怯懦、软弱的被扭曲了的人。在这两个人物身上，人性的扭曲主要是因为外力政治压迫所造成的，但不能否认，他们的软弱和妥协也是造成悲剧的主要因素。另一方面，畸形的政治和"革命"氛围为扭曲、异化的人性特别是人性中的恶性因子的恣肆、爆发创造了条件，营造了环

境。在"文化大革命"的历史灾难中，人性当中的兽性元素都打着
"革命"的旗号取得了大行其道、合理合法的地位。许多知识分子，也
把持不住道德底线，背离了起码的人文精神，表现出扭曲、变异的负面
人性。冯骥才《铺花的歧路》中"出于革命热情投入'文化大革命'
殴打一位女教师"的白慧所展示的，根本就是人性中的兽性；张贤亮
《绿化树》、《男人的一半是女人》中的章永璘在政治蒙难、食物缺乏、
性爱饥渴的境遇中表现出的也是扭曲、变形了的赤裸裸的动物本能。不
管是性格、人格特征的变异，还是负面人性的暴露，其实都只会使知识
分子们进一步沦于更加悲惨的处境。

　　启蒙话语对人的"异化"和蒙昧主义的批判虽然仍有其局限，但
毋庸置疑的是，对"人"的问题的反思有力地促进了对"文化大革命"
反思的深入，表现了启蒙所能达到的思考深度。同时，它也标志着文学
创作中对"人"的重新发现和"人学"立场的回归。这一创作的潮流
变化与理论界有关"人性"、"人道主义"的探讨一起，构成了波澜壮
阔的"人的发现与回归"的大潮。正如有的学者所概括的那样："人的
重新发现，是新时期文学潮流的头一个，也是最重要的特点，它反映了
文学变革的内容和发展趋势。人的重新发现，人的尊严、人的价值、人
的权利、人性、人情、人道主义，在遭受长期压抑摧残和践踏以后，在
差不多已经从理论家的视野中和艺术家的创作中消失以后，又重新被提
起，被发现，不仅活跃在艺术家笔底，而且成为理论界探讨的重要课
题。"① 这样的评价可以说是恰如其分的。

三　对小说创作中"人道主义"问题的争论

　　启蒙话语对"人道主义"问题的文学思考也伴随着与主流意识形
态话语的争论。"新时期"之初的文坛，曾经因为几部表现人道主义
主题的小说产生过一些大大小小的争论，这几部作品是：戴厚英的
《人啊，人!》、雨煤的《啊，人……》、张笑天的《离离原上草》和
江雷的《女俘》。这些作品或是表现了人性对"革命"、"阶级"主题
的偏离，或是表现了人性的复苏，它们都或多或少地表现出人道主义

---

① 何西来：《人的重新发现——论新时期的文学潮流》，《红岩》1980 年第 3 期。

话语对主流叙事规则的"溢出"和突破，因而受到了代表主流意识形态话语的某些批评家的批判。对于这些作品的论争表明，启蒙话语对"人"的主题的表现以及由这种表现所引申出的对历史的思考已经与意识形态话语的历史立场和话语"边界"形成了某种矛盾和冲突，也正是因为这种矛盾和冲突，启蒙话语才显现出了它的历史思考的独特性和深刻性。

张笑天的《离离原上草》和汪雷的《女俘》这两部小说努力修正新中国成立后特别是"文化大革命"时期确立的对于革命和人性关系的理解模式，《离离原上草》和《女俘》的作者都试图要为"革命"输入"人道主义"的内容，证明革命也应该讲良心、道德、人性，他们强调自己的人道主义是"革命"的人道主义。如果说传统的革命叙事是通过"无产阶级/资产阶级"、"社会主义/资本主义"等二元对立的概念，把社会生活的方方面面整合进简单化的革命文本中，那么，这两部作品似乎就是要打破这种简单机械的革命话语模式，增加革命话语的人性维度以便突出其"复杂性"。

《离离原上草》讲述了发生在国民党军官申公秋、女革命者苏岩与一位普通农村妇女杜玉凤之间的戏剧性故事，通过三十几年间他们彼此感情关系的变化，赞颂了超越阶级、政治的"善良"、"同情"等人类之爱。中篇小说《女俘》是一篇战争题材的小说，但事实上，军人身份、战争环境，其实是作家们有意虚托的环境背景，作家真正的用意，是人性的张扬，借助战争的炮火硝烟，敌对双方的阶级仇恨，作家表现了人性的巨大力量和情感要求的不可扼制。小说中的主要人物是两位女性：一个是国民党的机要军官，敌人，俘虏；一个是革命战士，是押送女俘的军人。在这一点上她们是绝对对立，无法通融的，但她们有共同的"人"的身份，这就是"母亲"。当"我"把女俘当做一个母亲，看到她的儿子和她们纯粹的母子之情时，逐渐心慈手软，滋生了强烈的同情之心，这是一种人性的认同和感化。而且最后，正是女俘及时的通报才使昏倒在途中的"我"得救，当"我"从昏迷中醒来得知经过时，"热泪涌上我的眼眶，但这不是悲伤的泪，而是骄傲与感激的泪"。在这里，"感激"的是人的良心，"骄傲"的是人性最终超越和战胜了一切。《女浮》同《离离原上草》相近，都表达了相近的"人间感情战胜阶级仇恨"的主题。

在从"十七年"到"文化大革命"的有关"阶级/革命"的经典叙事中，"革命"是无产阶级对资产阶级的暴力斗争。毛泽东说过，革命是暴动，是一个阶级推翻另一个阶级的暴力行动。这种阶级之间的血腥暴力革命当然不能讲普世的人道主义。受此规约，文学领域的革命叙事总是在阶级斗争的框架中理解和阐释革命，革命和人性、社会主义与人道主义变得势不两立。革命者身上不能有常人的那种人性和人情，以及由此带来的复杂性和丰富性，而至于表现人性对阶级性的"违反"和"超越"，那更是大逆不道的事。所以，《女浮》同《离离原上草》无疑是以自己对于革命和人性关系的"修正"表现了对主流历史叙述的怀疑和僭越，这自然遭到很多批评。有的批评家针对《离离原上草》在人性问题上所表现出的倾向批评说：为什么要把被俘的国民党军长申公秋与年轻的解放军女战士苏岩在后来的"历史动乱"中的"和解"，以及之后的"化仇敌为友爱"看成是发现了"做'人'的真谛"了呢？他认为，这是作者的"历史感"出现了严重问题。他进一步得出结论说，"不尊重历史，势必失去历史：而离开了历史环境，离开了人的社会实践，就根本谈不上对人性的具体考察，当然也难以塑造真实的有血有肉的个性"。① 可以看出，这种批评所强调的人道主义精神，被明确界定在理性的、人与历史的"必然的联系"范畴，因此，那种"混淆"、"颠倒"了历史理性和人性的表述就被视为代表了一种正确的社会文化思潮，是必须予以警惕的。我们可以看出，评论者的立论方式是先行确立一种理论标准，形成一种判断，然后针对作品展开批评。在这一过程中，先验的不能被论证与怀疑的历史观成为具有否定乃至"压服"力量的"权威话语"。

面对这一"权威话语"的压力，张笑天在他的《永远不忘社会主义作家的职责——关于〈离离原上草〉的自我批评》的"检讨"中，承认自己的错误在于"把阶级斗争的历史写成了人性实现、人性胜利的历史"，在于其所塑造的正面人物形象杜玉凤"成为抽象的人性、博爱、良知的化身，成为一种可以代替、抹杀阶级对立的、超然

---

① 王春元：《人性论和创作思想》，《文艺报》1983 年第 12 期。

物外的、爱神般的力量，这就贬低和歪曲了我党领导的阶级斗争，包括它的最高形式——人民战争的历史作用"。① 他的这一经历和"表态"表明了人道主义话语在"新时期"之初所面临的话语压力和困难局面。

与《离离原上草》等作品稍有不同的是，《人啊，人!》和《啊，人……》对人性的描写更关注人性本身合理性的张扬、呼唤它的历史性的恢复。《人啊，人!》的震撼人心之处在于，它完整地再现了一代知识分子的人性、良知和自我意识的压抑、扭曲、丧失与复苏的过程。女主人公孙悦曾经虔诚地把世俗神灵的意志作为自己的意志，一方面刻意地扼杀自己的感性生命，扭曲自己的个性；另一方面丧失了个体自由思想的精神立场，轻易地放弃了个人的主体意识。惨痛的命运终于使她发现了自己，她通过自我的反思重新找到了自己。孙悦的"人性复归"其实正是作家本人精神情感历程的真实写照，正像戴厚英在小说"后记"中所自述的那样："我认识到，我一直在以喜剧的形式扮演一个悲剧的角色：一个已经被剥夺了思想自由却又自以为是最自由的人；一个把精神的枷锁当做美丽的项圈去炫耀的人；一个活了大半辈子还没有认识自己、找到自己的人。我走出角色，发现了自己。原来，我是一个有血有肉、有爱有憎，有七情六欲和思维能力的人。我应该有自己的人的价值，而不应该被贬抑为'驯服的工具'。"② 雨煤在其作品《啊，人……》中正面描写了贫女出身的地主小老婆肖淑兰和少爷罗顺昌的一段超越阶级、有悖伦理的爱情，小说中的人物大胆地说出："只要我喜欢，你喜欢，那就由不得旁人了!"以对本能欲望的肯定和张扬挑战极"左"政治思潮和封建伦理道德。在人性刚刚从黑暗年代中挣扎走出之时，《啊，人……》吹响了石破天惊的尖锐号角，作出了大胆而可贵的尝试。当时有人指斥，"小说所突出地加以歌颂、又被人称之为'比阶级性永恒的''人性'，主要就是这样的一种色欲"③。其实，作家正是

---

①　张笑天：《永远不忘社会主义作家的职责——关于〈离离原上草〉的自我批评》，《人民日报》1984年1月9日。

②　戴厚英：《人啊，人!》，花城出版社1982年版，第353页。

③　张履狱：《"人性"在向什么"挑战"》，《新时期争鸣作品丛书·感情危机》，时代文艺出版社1986年版。

以坦诚热烈的"色欲"描写突入性爱禁区，对压抑本能欲望的极"左"思潮的哲学基础——"禁欲主义"进行了彻底否定，从而树立其启蒙价值的。

《人啊，人！》在对"反右"斗争进行反思的时候以人性视角进行了历史的反思，这在某种程度上偏离了主流意识形态话语对"人性"的所谓"社会性"和"历史性"本质的认定，这就使某些敏感的"主流"批评家认为，这部小说的创作是以"抽象人性"代替了"社会性"和"历史性"。有人批评道："从小说对我国漫长的社会主义生活的描写中，我们也看不到什么阶级斗争的反映。"（张炯，1986）在《略谈〈人啊，人！〉的得与失》这篇批评文章中，批评者将小说所表现的"革命人道主义"与马克思主义进行了对立性的比较，对作品提出了尖锐的批评："作为对极左路线的反动，曾经被资产阶级思想家惯用的把阶级性和人性对立起来、把人性和人们的现实社会关系割裂开来、人性抽象化、神圣化的理论也复苏了。《人啊，人！》这部作品就是以书写抽象的'人性'为标榜，以争'人道主义'的生存权为宗旨的。……《人啊，人！》的作者作为一种济世良方提出来的人道主义，并不是什么新鲜的理论。作者力图使我们相信，'马克思主义包容人道主义，是最彻底、最革命人道主义'。但是，马克思主义，作为无产阶级革命的理论和资产阶级人道主义有质的区别。马克思主义能包容无产阶级的革命人道主义，而决不包容资产阶级人道主义，更不能以抽象人道主义代替马克思主义。"作者还进一步批评《人啊，人！》表现了对当前社会生活的某种失望情绪，这是因为只看到了历史灾难的存在而没有注意到"希望"的前景："尽管今天历史的疮痍还随处可见，但新的变化也遍地涌现，希望的前景已经出现在地平线上。要说主流，这就是我国政治生活的主流。但是在《人啊，人！》这部作品中却看不到这一决定历史进程的主流，从人物的行动中也感受不到哪怕是间接的这一时代的脉搏。"[①] 面对这样"扫荡"式的批评，作家选择了坚持。在《人啊，人！》的"后记"中，戴厚英表白道："就我读过不多的几本马克思、恩格斯的著作看，我认为马克思主义与人道主义是相通和一致的。即使

---

① 乔山、俞起：《略谈〈人啊，人！〉的得与失》，《文艺报》1982 年第 5 期。

从经典中找不到理论根据，我也不愿意压抑自己心灵的呼声了。该批判就批判吧，它总是我自己的思想感情，又是自觉自愿地自我表现，咎由自取，罚而无怨。"①

　　人道主义话语在创作上的表现及其与主流意识形态话语所发生的论争表明，启蒙话语的"人性"、"人道主义"文学表现在历史叙述与现实言说上与主流意识形态话语之间存在着深刻的矛盾和分歧，尽管启蒙话语还必须借用主流意识形态话语的表述方式，但是从主流意识形态话语对诸多作品的激烈批评来看，启蒙话语的历史表述和关于"人性"的呼吁还是相当程度上触碰到了主流的叙述规范和"边界"，这从反面说明了启蒙话语自身的尖锐性和深刻性。从实际情况看，对这些作品的批判甚至否定并没有起到压服、限制"人道主义"启蒙话语的作用，反而促进了启蒙话语的自觉和进一步的生成，应该说，这也反映了历史主潮进程的必然性。

---

① 戴厚英：《人啊，人！》，花城出版社 1982 年版，第 354 页。

第四章 作家创作中的话语认同及矛盾

第一节 话语的合法性与认同问题

一 主流意识形态建构的"合法性"话语

"文化大革命"对中国社会长期的毁灭性破坏和激进的"左倾"政治推行的封建法西斯统治使政治不满和社会矛盾急剧攀升，这种不满和矛盾导致了对"文化大革命"意识形态话语的怀疑和拒绝，显然，摆在"新时期"之初主流意识形态话语面前的一个紧要的任务就是重建"新时期"的话语体系，以应对因为旧的话语体系的崩溃所产生的话语危机。主流意识形态话语的重建主要包含着两个方面的重要问题，其一是历史理解问题，也就是如何处理历史的连续性与断裂性问题。这一问题是整个话语重建的基础性问题，它集中地表现为如何叙述"文化大革命"在整个当代历史中的地位问题。"文化大革命"以其令人恐怖的形式毁灭了中国社会，也同时葬送了它自己的历史合法性。"文化大革命"结束后，要求彻底否定"文化大革命"、反思"文化大革命"的声音也顺理成章地成为社会的主流。然而，"文化大革命"与当代革命历史的不言而喻的连续性使得对它的"彻底否定"必然要牵涉对整个当代史的重新评价以至革命历史合法性问题的讨论，由此引出的有可能对意识形态甚至政治制度的怀疑和否定是主流意识形态所难以接受的。那么，如何平衡历史叙述的这一难题呢？在前面的分析中我已经指出，在有关"文化大革命"的历史叙述中，主流意识形态话语采取了一种"断裂性"和"空白化"的叙述方式，把"文化大革命"作为一段断裂性的、无意义的历史时间加以"空白化"，而革命历史的正当性及其在"新时期"的合理延伸便不再受到这一"空白"历史的威胁而得以维系。"断裂性"是叙述"文化大革命"与"十七年"、"新时期"与"文化大革命"之间的关系的首要原则，历史叙述似乎截然分开，不再连续，但是正是这样的断裂型叙述使有关进步的历史神话仍然保持着它的神圣性和合法性，从而事实上维系了革命历史的连续性。

第二个问题是如何重建话语资源、确认话语传统，进而确定"新时期"的话语体系的问题。在这方面，文学叙述所面临的主要问题是如何处理"十七年"话语传统与"新时期"话语关系的问题。我们可以发现，在"叙事资源"的选取上，"新时期"的文学写作尤其是在最初的两三年里，还在相当程度上无法摆脱"十七年"文学叙事方式和意义结构的纠缠，在第三章里分析过的在小说中大量出现的"正邪对立、二元划分"的叙述模式，以及"英雄主义"的叙述格调，还有强调"人民"形象的民粹主义倾向，以及对"现实主义"创作理念的回归，其实都表现出对"十七年"文艺叙事资源、思想资源的依赖。而这种依赖除了作家无意识的因素之外，又是与主流意识形态的自觉引导和话语规训分不开的。在主流意识形态话语看来，所谓"拨乱反正"，"正"不在别处，"正"在"十七年"文学中。这种对"正典"的回复和强调，内含着对何者为合法的叙事资源的认定，换句话说，叙事资源某种程度上等同于合法性话语，对它们的认定与规范同时意味着对文学叙述自身的合法性的确认。这种现象的背后折射出主流意识形态话语对话语权的控制——主流意识形态话语通过对"十七年"文学合法化地位的强调试图将"新时期"文学定位在意识形态话语主导下的"十七年"文学写作模式中。

叙事资源的"合法性"认定也通过小说的修辞方式得以体现。在上文的分析中，我们不难发现，一切有关善与恶、压迫与反抗、伤痛与补救的话语修辞其实都指向同一个"拯救"的承诺。正如孟悦所言："新时期文学非但不是对'痼疾'的'诊断'，倒像是某种未经'诊断'的健康'允诺'。"（孟悦，1991）"拯救"的意向，是贯穿于"伤痕、反思"小说的核心意向，不论小说暴露了何种惨无人道的历史事实，展示了如何令人绝望的生存场景，在作品中，总是蕴含着"拯救"的意图。当然，这种"拯救"的意向是与"身份修辞"联系在一起的，"老干部/党员"这一政治象征性的身份符号总能在拯救发生的一刻出现，从而保证了"拯救者""政治身份"的正确。这种话语修辞其实反映了主流意识形态的焦虑，反映了合法性动摇后的不安，于是，主流意识形态话语总是在任何可能触及到有关历史真相的叙述场合，在历史"开裂"之处，填补上"拯救者"形象，他们直接代表了人民的"正义力量"对饱受创伤的主人公进行抚慰，对出现巨大裂缝的价值体系予以缝合、抹平，于是，旧的合法性论证便依然以正当的面目出现。

通过上面对主流意识形态话语的分析我们可以发现，主流意识形态对这两个问题的处理实际上是与"合法性"问题紧紧联系在一起的，主流意识形态话语的历史定位及其文学叙述其目的在于提供一套合法的历史理解模式和意义修辞，这正是主流意识形态话语重建的推动力和落脚点。所以，我们在观察"新时期"之初的文学时，总是能够发现"合法性"问题往往成为为话语与历史叙述树立界标与确立规范的"立法者"，无论话语采取什么样的隐喻、转义等修辞方式，无论叙述的主体和主题有多么的不同，其最终的意义指向，总是落实到"合法性"问题上来。

二　"合法性规范"与话语认同

主流意识形态对"合法性"话语的界定带来了一个不容忽视的问题，那就是作家在面对主流意识形态话语的"合法性"规范时，他们将采取怎样的"话语认同"的态度？我们看到，有的时候，作家会对合法性"规范"表现出自觉不自觉的认同态度，而有的时候则明显表现出偏离。

在"右派"小说作者的创作中，普遍存在着"人民"等群体话语对自我个体话语绝对占优势的情况，这是与话语合法性问题紧紧联系在一起的。在"新时期"的特殊语境下，"革命"与"阶级"这样的"十七年"话语已经尴尬地失去了他们不言而喻的"神圣"性，而成为与"阴谋"、"迫害"、"浩劫"等否定性评价站在一起的同义词，他们失去了本来具有的合法性。比较而言，"人民"话语因为某种程度上的文化属性与"自在"特征而具有了偏离激进政治话语的可能，它的内涵的不确定性，为容纳多种话语内涵提供了方便的条件，因此，"人民"话语就成为"新时期"之初建构合法性认同的一个基础性话语形式。当然，在"新时期"，"人民"之所以在数量上被定义为"全国人民的绝大多数"，在阶级属性上之所以刻意模糊，在文化构成上之所以特意强调"人民"与传统文化之间的联系这也都是出于主流意识形态扩大合法性认同基础的目的。"人民"成为了一个"空筐"，在那里，遭受历史抛弃的作家和知青们可以倾诉他们对"母亲"的深情，找寻自己政治身份和文化身份的合法性；暴露历史伤痕的作家们可以在依然立场坚定、政治清醒的"人民"的身上，看到历史伤痕治愈的希望；而政治主流话语在反复陈说自己与"人民"的血肉联系中，确认自己的政治领导者合法地位。这样，在"人民"这一话语形式的认同上，"新时期"的各个不同的作家流派和群体就表现出相当程度上的一致性，从而这样的书写也便在某种程度上符合了主流意识形态的"合法性规范"。

与"人民"话语相似的是"国家"概念。"新时期"主流意识形态话语为建构新的认同基础而主动从"阶级/革命"的立场上后撤，以民族国家的认同取代"阶级/革命"的认同，这成为"新时期"主流意识形态话语自我调整的重要特点。在对"人民"和"国家/民族"的叙述中，主流意识形态话语将这些核心概念赋予意识形态内涵的倾向仍然是不变的，这表现在文学的历史叙述上，出现了一系列有关"身份"的转喻性叙述。在这些叙述中，对"国家"、"人民"的"忠诚"叙述和"拯救"叙述往往成为表面上的故事的主题，而在叙述的深层，党与政治意识形态往往成为"国家"和"人民"的代言人，从而有关"忠诚"和"拯救"的叙述就转化为政治话语的转喻形式。但是，"国家/民族"这一话语形式从来都寄托着复杂、深厚的情感内涵，尤其在"文化大革命"结束后的"新时期"，期望民族奋起、国家重新开始现代化的历史进程又是全民族共同的心声，因此，对这一话语的认同有其不言而喻的合理性。所以，尽管作家面临着意识形态的"规范"，他们对这一"规范"也未必全部赞同，但他们对"国家/民族"这一话语形式的总体上的认同还是一致的。

作家对"合法性规范"的认同在作品中会有明显的表现。比如刚才提到的"身份修辞"，它构成了一种叙述上的权力关系，压迫着以其他身份出现的叙述者被迫进行话语的改装。在《班主任》那里，张俊石作为一个知识分子形象他并不握有历史拯救者的主体地位，因此有关他的"拯救"叙述总是要引向更神圣的叙述主体出现。这些叙述主体是毛泽东思想、马列主义。在被拯救的对象和事实上的拯救神圣主体之间，知识分子只是起到了一个桥梁和中介的作用，它是"代言人"，而不是真正的英雄。与《班主任》相似的一批作品，比如《蝴蝶》、《月食》、《犯人李铜钟的故事》等等都有着关于类似的身份政治的叙述。在这些作品中，话语改装的痕迹十分明显，我们可以清晰地看出作家对意识形态的表义逻辑的趋附。

而在某些具有"偏离"倾向的作品中，对"合法性"话语和"规范"的拒绝往往也十分明显。这些作品或是坚持个体化的立场，不愿意以群体的立场抹平、代替个体的思考；或是执意不讲述"规范"的历史定义，以深刻的反思"破坏"了主流意识形态的历史叙述整体性。这些作品于是受到了主流批评的质疑和责难。在这些批评中，"身份"偏离往往成为对作品进行抨击的直接依据。《晚霞消失的时候》一个争论不休的命题是关于历史的真实性问题，而其中关于楚轩吾是否是出于作者的想象而被过度美化也成为真实性问题的焦点。对这部作品的批评实际上蕴含着"身份政治"书写的原则问题："身份"在其政治隐喻层面是与历史叙述的合法性紧紧联系在一起的，不合法的身份叙述直接威胁到了意识形态话语历史叙述的主体性，而"真实性"正是意识形态话语否定这种不合法叙述所惯用的真理逻辑。

作家对"合法性规范"的认同还存在着不可忽视的复杂性的一面。在对"人民"话语的认同之中，包含着知青和"右派"作家对荫蔽过、保护过他们的广大群众的至深感情，作家们对"人民"与国家的深情叙述也蕴含着对饱经磨难的祖国的赤子之心，这是有整个20世纪文学叙述传统的影响在里面的。而有关"忠诚"与"拯救"的叙述，除了意识形态的意义要素之外，又寄托着作家期望民族奋起、摆脱积贫积弱现状的热切渴望。这种渴望在某种程度上又表达了对"现代化"的呼唤。所以，作家对某些"合法"的话语的运用实际上不全是主流意识形态话语规训的结果，其内在的合理性和复杂性是存在的。就是同一个群体内的作家，往往在某些似乎相似的主题指向上也表现出不同的侧重点，体现出差异和不同。比如同样的"忠诚"主题，丛维熙和张贤亮就有显著的不同。前者借助"忠诚"表达了受迫害的"右派"作家对戕害他的政治伦理的接受和肯定，暗含着对作为"革命知识分子"的自我身份纯洁性的表白；而后者则更多表现出与"筋肉劳动者"情感的认同。而在"知青"作家和"右派"作家之间，对"人民"的表现更是有明显区别，这在下文中会有详细的论述。所以，总体上看，"新时期"之初的作家虽然在话语资源的选取上受到了诸多限制，在运用"合法"的话语资源时，其创作不可避免地受到了主流意识形态话语的挤压和影响，但是在具体作家那里，情况又有很多的不同，这使"新时期"作家创作呈现出多样和复杂。

第二节　对历史主体的自我书写
——"右派"作家创作中的话语认同与矛盾

　　"新时期"之初的文坛，创作上非常有影响力的一个作家群体是被称之为"右派"作家的创作群体。20 世纪 70—80 年代之交的"伤痕、反思"小说的创作之所以能形成颇有影响的潮流，很大程度上要归功于这个创作群体的推动。在"文化大革命"结束之后的一段时间，"新时期"文坛曾经出现了短暂的空白，而"右派"作家的"归来"正弥补了这令人尴尬的空白，他们以自己的倾诉和反思推动了"伤痕、反思"小说的发展和壮大，因此，他们成为当时文学主潮的构建者。从某种意义上说，这派作家对自身历史问题的理解与反思，决定了当时文学历史反思所能达到的深度和广度，而他们的局限，也标定了文学话语所能企及的界限。所以，研究这个创作群体的历史意识与小说创作中的话语组织具有典型意义，尤其是对这个群体在历史叙述中所共用的话语资源、话语模式的分析，更能使我们看到"话语"的历史沉积和意识形态合法性要求对文学话语的强势钳制。当然，在不同的作家那里，话语组织与话语认同的倾向存在着差异和不同，表现在不同作家在运用被主流意识形态话语所肯定的"合法性话语"时，表现出不同的心意指向，有有意识的趋附，也有无意识的认同，而某些作家，如张贤亮更是表现出内在的话语矛盾。这些现象提示我们，在"归来"之后，似乎已恢复历史主体地位的"右派"们在如何书写自我问题上，其实也表现出复杂和困顿。

在"新时期"之初的"右派"作家笔下，有一个有意思的现象，那就是"归乡"主题的反复出现。"归乡"的主人公身份往往是已被平反的老干部或者是"反右"斗争中被错划的"右派"，他们为了某一个目的而在"新时期"的某段时间内重返自己的流放地。在那里，他们或是与人民重拾昔日的血缘亲情，或是试图寻找往昔的历史记忆，最后，他们都重新找到了精神力量而后又重返城市。我们所熟悉的王蒙、张贤亮、丛维熙、李国文等作家都几乎不约而同地创作出"归乡"主题的作品。《蝴蝶》讲述的是张思远副部长重返山村寻访老友的故事；《雪落黄河静无声》则在主人公返回流放地的途中展开故事的叙述；《绿化树》小说的结尾特意安排了章永璘几十年后回乡寻找马缨花的情节；《月食》讲述了伊汝为了寻找与人民的血肉联系，千里迢迢返回乡村的故事……如果要把"归乡"做一个宽泛的理解，仅着眼于"空间的返回"的话，那么这一主题所涵盖的作品数目将进一步扩大：《天云山传奇》、《犯人李铜钟的故事》、《冬天里的春天》、《灵与肉》、《春之声》……一大批作品都包含着"返回"的意向和情节结构。"归乡"的目的是什么？"返回"所要寻找的又有何价值？寻找这一主题的答案只有回到历史情境中，结合创作主体的精神际遇和历史感知，我们才能予以回答。

一　"归乡者"的身份与"归乡"叙述模式

作为在"反右"运动和"文化大革命"中曾长期遭受不公正对待的一批人，"右派"作家在重返文坛之后，那种苦尽甘来、劫后余生的惊喜感和庆幸感无疑是强烈的。就像流沙河在《归来》当中所吟唱的那样："我回来了，我回来了，我活着从远方回来了，远得像冥王星的距离，仿佛来自太阳系的边缘。"王蒙说道："党重新把笔交给了我，我重新被确认为光荣的，却是责任沉重，道路艰辛的共产党人……我的灵魂和人格复归于统一，这叫做复活于文坛。"[①]"右派"作家在"回归"之后，所面临的问题就是如何确立自己在"新时期"话语格局中的地位。我们看到，在相当多的"右派"作家的"归乡"小说创作中，

---

① 王蒙：《我在寻找什么》，《文艺报》1980 年第 10 期。

把"归来者"重新塑造成历史的主体，表现自己的历史主人翁意识往往成为作品的鲜明特点，而这些历史主人翁往往提供了多种有效的"拯救"历史的方法。

"归乡"小说中的主人公，其身份往往是"老干部"，对这一特征表现最典型的作品就是王蒙的《蝴蝶》。小说的主人公张思远在参加革命时是一个所谓的"革命知识分子"，虽然在农村流放的时候被人称做"老张头"，但是他后来被任命为副部长，摇身一变为党的高级干部。某种程度上，张思远具有"革命知识分子"和"老干部"的双重身份，而通过小说的叙述，我们不难发现，"老干部"的身份，其实是张思远更为认同的。从他的内心活动中，从他对过去自己政治活动的反思和检讨中，我们不难发现张思远有一种"英雄落难"式的自我认定，而当他重回权力中心之后，他在"归乡"中的种种表现，总是透露出一种"自我优越感和强大感"（曾镇南，1987），这是与权力拥有者身份的自我感知分不开的。小说描写道，张思远在官复原职、离开山村时，"好像丢了魂儿"，为了重新寻找他的丢失了的"魂儿"，他旧地重游，但是，他也明白，"回到昨天是不可能的。他的余生是为了明天。必须抢救明天"。当他离开山村之后"他觉得有那么多人在注视他、支持他、期待他、鞭策他。明天他更忙"。所以说，张思远的"归乡"在表面上叙述"人民"和"老干部"之间亲情欢聚的主题之下，实际在叙述"老干部"这一历史主体对自我历史主体性的明确感知和确立。小说也通过其他人物的言行巩固了张思远的自我感知。在分别之际，秋文对张思远说："别忘记我们，心上要有我们，这就什么都有了。谢谢您……""我只希望您多为人民做好事，不做坏事……您们做好事，老百姓是不会不记下的。"

与《蝴蝶》相似的是李国文的《月食》。在这篇小说中，"重返岗位"的主人公伊汝回到革命老区的山村，重新寻找一种久违了的与人民的亲情。而人民，虽然经历了长期的政治动乱的折磨，仍然生活在困苦之中，却对主人公——某种程度上可以被看作曾背离了人民意愿和要求的领导者——表现出不离不弃、始终不渝的深情。这在妞妞独自操持残破的家，静静等待伊汝回来的情节中体现得特别强烈。这一情节暗示了"人民"对"老干部"的肯定和期待，也喻示了这样的历史逻辑：

历史虽已残破，但"老干部"的"回归"却正是修补这一残破历史的必要步骤。很明显，主人公的历史主人翁地位是不言而喻的。

　　"归乡"小说选择"老干部"作为叙述主体是暗含深意的。其一，以"老干部"作为小说讲述、反思历史的主体，这符合主流意识形态的倾向性和对"身份"的要求，显然，这一叙述是保险的。在"新时期"之初，党中央提出"团结一致向前看"的方针，目的在于弥合"文化大革命"所造成的内部分裂，重建认同，有利于搁置对"文化大革命"的深入追问。这个"团结"既包括那些经过"平反昭雪"而得以复出的老干部、"右派"知识分子，也包括曾经在"文化大革命"中一度跟风，犯过错误的一大批党员干部和"红卫兵"知青群体。但显然，这个庞大的群体中比较适合出面弥合历史伤痕的就是"老干部"。他们的身份最适宜表白对过往历史的批判和反思，而同时又不必忌讳与"文化大革命"的牵连。同时，"老干部"具有"革命"的历史背景，相对于其他群体，他们更具有"合法性"。所以，面对历史的伤痕，不允许表白和控诉是不可能的，这一心理的创伤也只有通过谴责与控诉的过程，才有可能愈合；而选择合适的"批判主体"在控诉之后对"革命"历史完成接续和肯定，则可能提供解救历史之疾的良药。在前文对"身份政治"的分析中，我们已经明白，老干部对"文化大革命"的批判，限定在"历史迷误"和"路线偏离"的轨道上，他们所提供的历史解药，也是"拨乱反正"、"平反昭雪"，一定程度上回归到过去的政治路线上去，这不会对整个体制的合法性造成损害。所以，由"老干部"这一群体进行历史反思，这在主流意识形态看来是恰当的。所以，此时"右派"作家"归乡"小说对"老干部"的主体叙述，就相当程度上符合了主流意识形态的口味，这也就使这一模式成为一种可以放行的、"合法"的历史言说。

　　其二，我们不能不注意到这样的历史情况："右派"作家中有许多的人其实是具有清醒、自觉的政治归属意识的，所以，在作品中表现"老干部"的主体性是与他们的"政治认同"倾向有关系的。换句话说，一些"右派"作家对党是怀有强烈的认同感的，所以表现党的路线恢复、老干部复出并没有什么可奇怪。张贤亮在给李国文的信中，在谈到自己的身份时说到："一个党员作家，还可以说他首先是一个党员，比如你。我呢，至今还没有修养到你这样的程度，我总不能认为自己应该首先意识到自己是个群众，然后才是一个作家。"（张贤亮，1995）而刘绍棠的著名的"娘打儿子论"更表明了他的认同甚至已到了无条件的地步："党是我的亲娘，是党把我生养哺育成人，虽然母亲错怪了我，打肿了我的屁股，把我赶出了家门，我是感到委屈的；但是，母亲又把我找回来，搂在怀里，承认了错误，做儿子的只能感恩不尽，今后更加孝敬母亲。难道可以怀恨在心，逼着母亲给自己下跪，啐母亲的脸吗？那是忤逆不孝，天理不容！"（刘绍棠，1985）所以，某些"右派"作家对"老干部"是有着"同是天涯沦落人"的同情的，虽然很多"右派"作家未必赞同某些"老干部"仅仅反思"文化大革命"而拒绝反思"十七年"的立场，但"文化大革命"受迫害的共同遭遇还是使很多"右派"作家倾向于把"复出"的"老干部"看作是"同一条船"上的。所以，叙述"老干部"的"复出"和对历史的反思，实际上正是委婉表达了"右派"作家自己的历史主体认知和政治立场。

"归乡"小说中常常出现的两种叙事模式，其一是"平反昭雪"模式，其二是"重温过去"模式。前一种模式的代表如《内奸》和《天云山传奇》，后一种模式的代表如《月食》和《蝴蝶》，这两种模式有相同之处但也有区别之点。《内奸》和《天云山传奇》的"回归"叙事是与历史翻案紧紧联系在一起的，"归乡"的目的很明确，就是重写历史，将颠倒的历史翻转过来。在这一叙述模式中，往往刻意经营了忠奸、黑白的二元对立，奸佞小人的无耻钻营和政治投机，往往被指控为历史冤案的肇事根源。吴遥和田有信正是这样被指控的历史罪人。这一简单化的罪恶推断目的在于指认"左倾"历史的荒谬性，这样，这段历史虽然不堪回首，却很容易被推翻与否定；现实操作中，我们只需要将被无耻小人颠倒的历史翻转，将被压抑的历史复活，那么一段看似难以逾越，难以解释的历史就重新建立起连续性来。"归乡"小说中的"平反昭雪"模式正是如此，主人公怀着对历史的忠诚，对必然"恢复"历史的执著，赶往悲剧的案发现场，郑重宣布了历史的真相，从而成功地"复活"了历史。

"重温过去"模式显得较为隐讳，它往往是以主人公回归人民怀抱，重温革命传统与理想信念方式叙述历史的断而复连的。《月食》中的伊汝，《蝴蝶》中的张思远莫不如此。伊汝怀念的是作为小八路的他与爱他养他的劳动人民之间的亲情与爱情；张思远则惦念着寻找曾经与群众血脉相亲的另一个自我。他们的归乡，是精神意义上的回归与自我确认，构成连续性的，是他们对革命的精神回忆与"群众"对"革命理想"的忠诚信念之间的呼应；他们要恢复、要续写的"历史"，是"革命一体"的亲情。正像《月食》在结尾富有深意的一段文字所描写的那样："到了七点一刻，虽然有点儿彩遮住，月亮开始摆脱那些黑影，发出了一点光彩，正好照在心心那一对既像姐姐，又像伊汝的眼睛上。"……心心躁动着喊了起来："过去啦！过去啦！月亮又亮亮堂堂地照着我们呢！""月亮"显然喻指着历史本体，它的残而复圆，晦而复明喻指历史的波折反复。月光照着三人身上的描写显然比喻那一度中断然而又建立起连续的历史，伊汝与姐姐的身份象征是多重的，他们既象征着"新时期"与"革命"的历史的重新续接，又暗示了党与"人民"关系的修复、"革命"伦理与忠诚信念亲情式的呼应；而心心，正是"未来"的象征，暗示着这一修复后的历史的延伸。这段描写中的这缕月光可以说是功德圆满，照彻古今。

　　无疑，"右派"作家的"归乡"小说表明了作家对历史的信心和对自我历史地位的暗暗期许。叙述主体是回归历史主潮之中的弄潮儿，是权力的拥有者，是历史是非的评判者，是历史前途的保证人，他们不忘革命过去，犹怀革命理想，与群众心连心；他们对国家的前途充满希望，正是他们将引领着我们的民族走向未来。

二　"忠诚"表白

　　在"右派"作家的小说创作中，对"忠诚"主题的叙述一直是作品的核心。在这些小说中，主人公被置放在一个历史"受难者"的位置上，经受种种非人道的折磨，而他们却又对国家、民族、人民和党始终坚信不疑、忠贞不渝。典型的作品如王蒙的《布礼》、张贤亮的《灵与肉》以及丛维熙的《雪落黄河静无声》等。这三篇小说的主人公都是"右派"知识分子，长期的痛苦流放生活不仅没有使他们产生对国家、对党、对人民的怀疑，反倒加强了他们的归属感和忠诚意识。在小说《布礼》中，王蒙借人物之口，表达了对纠正历史错误、为"右派"正名的党的由衷感激："多么好的国家！多么好的党！即使谎言和诬陷成山，我们党的愚公们可以一铁锹一铁锹地把这山挖光。即使污水和冤屈如海，我们党的精卫们可以一块石一块石地把这海填平。"对于曾有的历史悲剧，王蒙借小说中的人物凌雪之口，用相似的"娘打儿子"逻辑加以解释："也许，这只是一场误会，一场暂时的怒气。党是我们的亲母亲，但是亲娘也会打孩子，但孩子从来也不记恨母亲。打完了，气会消的，会搂上孩子哭一场的。也许，这只是一种特殊的教育方式，为了引起你的警惕，引起你的重视。给一个大震动，然后你会更好地改造自己……"《灵与肉》中的许灵均通过"痛苦而欢欣的平凡的劳动"，把自己"变成了一个名副其实的劳动者"，"对命运的委屈情绪也随之消失，而代之以生命和自然的热爱"。当海外归来的父亲要将他带走，去国外继承一大笔遗产时，许灵钧断然拒绝了他，回到他的"梦寐不忘"的第二故乡。而《雪落黄河静无声》中的范汉儒对国家、民族的忠贞表现得非常直接。正像他自己表白的那样："我认为不论男人女人都有贞操，一个炎黄儿女最大的贞操，莫过于对民族和国家的忠诚。基于这个不可动摇的信念，我在漫长的苦难岁月中没有沉沦。"

很难说"右派"作家的这番"忠诚"表白不真诚，但显然，它们的这番自我表白在今天看来，更像是在长期进行思想改造之后，心灵扭曲的精神症候。他们对历史丧失了反思的能力和冲动，反倒表现出对荒谬时代的感激，这无异于受虐狂的心理。当然，这样一味地指责是不公平的。事实上，"右派"作家对"忠诚"的表白有着复杂的缘由。

首先，在处理"如何看待历史悲剧"这一问题的时候，他们面临着来自主流意识形态的压力，因为指责历史、控诉罪恶是有一定的约束和限度的，而他们曾经具有的"叛逆者"的历史身份以及长期梦魇般流放生活的经历又使他们小心翼翼，心有余悸；因此，在话语运用上，他们面临着叙述上的尴尬。比较"保险"的做法，自然是向主流意识形态靠拢，通过诉诸"国家认同"与"人民认同"以及"政党伦理认同"建立起自己与"主流"的同一性关系。在长期丧失了话语权之后，

"右派"作家要通过这种"同一性"关系的表白，换取"主流"话语首肯的通行证。其实质，是换取自我身份的合法性。

其次，我们也应该注意到，"忠诚"表白也并非只是一种话语策略，上面的几位作家在具体情况上就各有不同。作为有名的"少年布尔什维克"，王蒙少年时代就参加了地下党组织的人民革命斗争，所以，他对党的忠诚本来就不存在任何问题。虽然在"反右"运动以及后来的"文化大革命"中经受打击，被长期流放，但他的政治立场并没有因此而改变。正如他自述的那样："一旦革命也就视自己的革命者身份高于一切的宝贵。"（王蒙，1998）因此，他的表白更像是在冤屈昭雪之后发自内心的呼声，是长期以来得不到言说的权利，而在获得之后爆发的激动的呐喊。比较而言，张贤亮的表白更蕴含着对"人民大众"的情感认同。作为一个长期被隔绝、抛弃的身份不合法的"右派"，张贤亮被迫接受漫长的"改造"，他自述，通过改造学习，自己"从一个具有朦胧的资产阶级人道主义和民主主义思想的小知识分子，变成了一个信仰马克思主义的人"（张贤亮，1985）。他在"改造"过程中发现了苦难的"价值"和劳苦大众的温情。在张贤亮看来，他是因祸得福了，他丧失了生活的幸福，但获得了与"人民"的血肉关联和自己思想上的飞跃。所以，他的"忠诚"更接近于"知识分子"在"工农化"后对"人民"的情感，更接近主流意识形态话语所要求的"知识分子"的情感立场。而丛维熙的态度则多少有些暧昧，本来，在长期经受监禁和歧视之后，作为"受难者"，他应该表现出对愚昧的"革命/政治伦理"的反思和拒绝，而他恰恰打着"爱国主义"的旗号，对这一伦理表示了认同和接纳。这就不能不令人怀疑他反思历史的态度了。在《雪落黄河静无声》中，"忠诚"主题的叙述逻辑并非不圆满，但它明显的话语编织痕迹还是暴露出问题，如果以"新时期""启蒙的现代化"思想观之的话，这样的国家/政党认同还是与曾经的"革命/政治伦理"有牵扯不清的关系。有的批评家曾经发表过这样的看法："我们可以用祖国的名义控诉'极左'路线的滔天罪行，但不能用'祖国'的名义来要求人们原谅'极左'路线，这无疑把'极左'路线带来深重民族灾难的责任，转移到'祖国'名下。""小说（指《雪落黄河静无声》——笔者注）所谓的'贞操'，一旦同屈原式的愚忠联系在一起，就变成'忠孝节烈'之类外在于人的观念和封建社会束缚人的伦理道德观念了。这同'文革'时期'极左'路线的精神一致，但却同祖国和对祖国的爱无关。……防止'左'的病菌侵入'祖国'概念，是树立爱国主义的必要措施。不这样，抽象地讨论爱国主义，是没有意义的。"① 这样的批评可谓一语中的。

三　内在的话语矛盾

"右派"作家的"忠诚"表白如果与上文所分析过的"历史主体"的自我期许相结合的话，将产生复杂的叙事效果，在这方面，张贤亮的系列小说《绿化树》、《男人的一半是女人》、《土牢情话》等可为代表。张贤亮的这批小说在叙述上的复杂之处首先在于，一方面作者通过对自我经受的灵与肉的双重折磨和苦难的描写真实地反映了"知识分子改造"历史的真相，表达了作者对荒谬的历史的反思和批判；而另一方面，作家通过表现所谓"与人民群众相结合"、与"筋肉劳动者"的情感认同以及对"马克思主义"的学习又某种程度上美化了这一苦难，正像他自己所说的那样："劳动人民给我的抚慰，祖国自然山川给我的熏陶，体力劳动给我的锻炼，马克思恩格斯著作给我的启示……始终像暗洞中的石钟乳上滴下的水珠，一滴，一滴地滋润着我的心田。"② 甚至在作者的心目中，灵与肉的双重折磨成为作者精神自我超越的必需手段和必经途径。这就实际上模糊了作者的批判性历史立场，也淡化了历史悲剧，在历史认知和评判上面，作家实际上相当程度上接近了"改造"他的意识形态话语的立场。张贤亮的笔触深入到人性的深处，他以自我剖析的笔法，暴露了灾难岁月中人性"异化"的可怕现实，然而在揭示了矛盾之后，又安然地谅解、甚至美化了矛盾，这就使他的创作表现出内在的分歧和反讽性。

在张贤亮表现"人民"与"作家"之间的关系问题时，他的小说表现出另一种矛盾，在主流意识形态的"知识分子改造"观点和他自身的某种"历史主体意识"之间出现了分歧。显然，张贤亮认同主流

---

① 高尔泰：《愿将忧国泪，来演丽人行》，《读书》1985 年第 5 期。
② 张贤亮：《从库图佐夫的独眼和纳尔逊的断臂谈起》，《小说选刊》1981 年第 1 期。

意识形态关于"知识分子"存在"弱点",必须与工农群众相结合的观点。他曾经自述道:"在与朴实的劳动人民的共同生活中治疗了自己的精神创伤,纠正了自己的偏见,甚至改变了旧的思想方法。"(张贤亮,1995)所以在他的小说中,"灵与肉"的命题也蕴含着另外一重意义,那就是对"知识分子""精神弱点"的批评和对"劳动人民"所具有的生命力的肯定。换句话说,"知识分子"只有深入到劳动人民的"火热的生活"中去,才有可能克服掉自身性格上的弱点,"灵与肉"才能真正统一。因此,我们就能够理解,张贤亮之所以满怀深情地塑造了马缨花、石安萍等女性形象的心理动因,也能够理解《绿化树》有关章永璘在马缨花的"美国饭店"获得物质上的供养而逐渐强大最后"成人"的情节所具有的意义了。但是,对"劳动人民""精神价值"的肯定和对他们的养育之恩的感激并不能掩饰张贤亮小说中的另一个倾向,那就是张贤亮自己的"历史主体"意识的表露。张贤亮作为蒙冤受屈的"右派",在"新时期"之初获得了话语言说的权利之后,不免产生了重返话语中心的感觉,"文化大革命"结束后,他兴奋地呐喊道:"老夫要出山了!"正是这种心态的表露;而此时最要紧的,是对自我身份"合理性"的重申。所以,苦难就不能仅仅意味着苦难,"右派"也不能被塑造成被动的、受迫害的历史的玩物,而要被塑造成积极思考着、认真准备着重返历史舞台的"历史主体",他的一系列叙述"从小资产阶级转变为马克思主义者"的小说其实就是这样的一个将"受难史"书写成"奋斗史"的话语改装的过程。因此,张贤亮一方面表现了对"劳动人民""精神价值"的肯定和对他们的养育之恩的感激,而另一方面,他的"主体意识"使他对"人民"所固有的精神弱点持保留和批评态度。我们可以发现,在张贤亮的小说中,男主人公实际上是具有精神上的优越感的,在《绿化树》中,马缨花虽然是章永璘物质财富的供应者,但她对章永璘却有着尊敬和仰慕,因为章永璘拥有马缨花所没有的资本——知识。马缨花表面上是"人民——母亲"符号的化身,实际上,她对章永璘精神上的仰视却使她变成了一个精神上的弱者。如果结合之后张贤亮的类似小说创作来看的话,从马缨花到黄香久,她们的形象都有一个共同的叙述功能,那就是提供了一个女性形象的参照系,她们反衬出章永璘精神的"独立"和理性的优势。在章永璘看来，这些女性的热情直爽、朴实善良是与粗俗、势力、缺少文化，甚至欲望缠身纠缠在一起的；所以，他虽然对这些女性心存感激，但他们的人生轨迹却像两条并行延伸的铁轨一样，永远不会交汇。正像《男人的一半是女人》结尾所宣称的那样："女人，你永远得不到你心中的男人!"因此，张贤亮通过这些女性形象的塑造，实际上也表达了对"劳动人民"的某种精神优越感。

张贤亮小说中的诸多话语混杂和话语矛盾是具有典型意义的。他对主流意识形态话语及其规范的真诚的认同使他的创作不免深陷于话语规范的牢笼，这实际上是相当一批"右派"作家共同面临的问题。就像上文所指出的那样，深刻的暴露和反思往往和自觉不自觉的思想囿限同时出现，这使他的创作不免显现出复杂的面貌和多重的矛盾。这也就在相当程度上标定了他的创作深度和创作极限。在"新时期"之初的几年过去之后，张贤亮的创作很难再为世人所重视其原因恐怕正在于此。

第三节 "知青"作家创作中的话语认同困境

如果说，"右派"作家的创作体现了对历史前途的信心和对自身历史主体地位的期许的话，那么这个自信的姿态在"知青"作家那里是找不到的。"知青"群体具有历史的特殊性，在"文化大革命"初期，他们曾经被别有用心的人利用，而随之而来的"上山下乡"运动又将这些满怀着"革命"抱负的年轻人无情地从城市里驱赶出去。政治风云的变幻使他们经历了无耻的背叛和出卖，而长期在农村的艰苦生活又进一步埋没了他们的青春梦想和人生向往。特殊的经历往往使他们感到自己被社会误解、抛弃了，所以，在他们的创作中，对自我身份与思想合理性的辩白与维护，就成为他们作品的中心主题。或隐或显，这一主题在知青小说的英雄主义叙事和"归乡"叙事中都得以体现。而无论是哪种叙事方式，建构一个精神的乌托邦和寄希望于借此逃避现实的压力、实现话语意义上的自我拯救，都是"知青"小说创作所指向的意义终点。在这一过程中，"知青"小说叙事也同样面临着话语组织的难题：在"苦难"叙述的历史正义诉求中，在革命理想主义的浪漫重申中，在叙述与"人民——母亲"的亲情联系中，"知青"小说所操持的话语方式所具有的历史局限性都是显而易见的。当我们以历史的眼光审查这一代"知青"作家的历史际遇与文化资源时，我们会发现，他们所寄生的话语乌托邦，不可避免地显现出虚幻与脆弱，这也使"拯救"的承诺往往成为一个自我安慰的想象与祈祷。

一　从"控诉历史"到"回归历史"

"知青"小说的创作，从一开始并没有显现出自己的群体风格。同广大"右派"作家一样，在 70 年代末的那个时间，他们的小说主题同样是对悲剧历史的血泪控诉和对自身苦难命运的悲情咀嚼。这使他们的创作很快汇入了"伤痕、反思"小说的写作大潮中，成为这一潮流的有机组成部分。我们所熟知的"知青"文学的代表作，如叶辛的《蹉跎岁月》就是这样的作品。小说叙述了这样的故事：出身不好的知青柯碧舟不顾生活的磨难和重重政治压力，仍然坚定执著，于逆境中进击，为他插队落户的山区人民发掘资源，建立了小水电站。感于他的品格和处境，军干家庭出身的女知青杜见春，对他产生了体恤和同情。但血统论给杜见春的心灵布下了鸿沟，使她在柯碧舟纯洁爱情的追求之前怯了步；不久，杜见春的父亲被打成"走资派"，面对政治地位的急剧变化，杜见春的灵魂经受了一场严酷的洗礼。在她父亲被平反后，她才执著地爱上了柯碧舟。小说重在对"血统论"进行抨击，表现了鲜明的控诉倾向。其他的"知青小说"，如孔捷生的《在小河那边》、张抗抗的《爱的权利》、卢新华的《伤痕》、竹林的《生活的路》等等作品，它们也是"伤痕"文学的代表作。它们或谴责"血统论"的罪恶，或反映"文化大革命"中人性的泯灭和扭曲，或控诉"上山下乡"运动的荒谬，或表现"知青"人生理想的破灭、爱情权利的被践踏……总之，谴责历史、指控"文化大革命"是造成一系列社会和人生悲剧的根由成为"知青"群体小说创作的中心和主流。在他们的创作中，对"苦难"命题的表现遵循了"伤痕"文学所惯用的叙述结构：忠/奸、黑/白二元对立的"斗争"模式；渡尽劫波，苦尽甘来的"大团圆"结局；还有以坚定信仰冲破历史阴霾的"历史正义信仰"；以及展示"伤痕"、表现"苦难"的倾诉性叙事，等等。在上文的分析中，我们已经知道，这样的一套叙述逻辑，是在民众的宣泄、控诉欲望与主流意识形态需要以及作家的"代言"冲动的共同推动下所合成的"伤痕"文学的叙述规范；是"十七年""革命历史小说"与民间传统叙述资源在"新时期"的汇流和表现；是重建意识形态认同的必需的话语准备；也是历史叙述可以重新开始的话语前提。这里值得注意的一点是，"知青"创作群体的"伤痕"写作在感情倾向方面是与那个时代的"控诉"倾向一致的，在他们看来，"知青"也是"文化大革命"的牺牲品，是历史阴谋中被利用、被抛弃的可悲的一代。所以，他们对历史的控诉与指责，同样义正词严，同样充满道德的正义感，而有意无意地，他们都回避了一段历史，那就是许多"知青"曾经在"文化大革命"的初期非常狂热地加入了"革命"行动，而许多人曾经是"红卫兵"小将，参与了"文化大革命"的暴力行动。这样的叙述方式，使"知青"小说回避了当时对"知青"群体的某种指责与误解，暂时与时代话语主潮保持了"同步"的态势。

但是，这样的态势并没有得以维持很久。随着大量"知青"返城，数以千万计的"知青"群体给中国城市造成了极大的社会压力。就业，住房，婚姻，生活，所有的现实问题都摆在他们和他们所回归的城市面前。由于社会问题难以解决，许多"知青"产生了又一次的"精神危机"，而社会上对这一"归来"群体所造成的一系列社会问题却多有不满和指责，这使知青对城市、对现实进一步产生隔膜、抗拒乃至否定的情绪。这一情绪沉重打击了由"伤痕"叙述所建构的"知青"与"主流"的"一体化"想象，裂解了"知青"群体与现实、与城市的认同感。这促使"知青"群体在"伤痕"叙事刚刚结束之际，几乎是齐刷刷地创作出一批"向后看"的作品。王安忆的《本次列车终点》、张承志的《绿夜》、韩少功的《归去来》、孔捷生的《南方的岸》，都是这种创作倾向的代表性作品。《南方的岸》叙述了这样的故事：易杰、暮珍与阿威合资开了一个"老知青粥粉铺"，顾客络绎不绝，生意很兴隆。但易杰一直安不下心来，海南岛那片橡胶林，时时搅动他的心。于是，他利用业余时间，将自己在海南的经历写成小说。校庆那天，易杰将已写好的章节带给一位老师征求意见，老师认为作品的调子有些低沉。这位老师的女儿小汀从文稿中看出易杰心中的矛盾，指出易杰过去的生活中有许多不快，但又不能完全否定自己的过去。这使易杰陷入沉思。南方曾经火热的生活不断地在他的脑海中翻腾，对比现实的无聊和寂寞，易杰终于明白，对过去的留恋和对当年激情与浪漫的向往是他此时心病之所在。经过反复思考，易杰征得暮珍的同意，决定与她一起重返海南。这篇作品表现了很典型的"向后看"的倾向。所谓"向后看"，是指小说表现的一种情感倾向。主人公往往在现实的城市文化中备感孤独，所以常常以回忆或是故地重游的方式，回到自己下乡插队的地方，在那里，主人公得到与过去时光对话的机会，得以反思现在、回忆过去，重建一个完整的精神自我。可以说，无论是梦游、回忆还是毅然返乡，"时空的回溯"是这些小说叙述的特征，所以，我用"向后看"加以概述。"向后看"的创作表明了创作主体现实的焦虑心理和试图逃避现实时间的倾向，他们是另一种意义上的"精神返乡"。

王安忆的《本次列车终点》叙述了主人公陈信回到故乡上海之后的希望与失落。在本应是现代文明高度汇聚的地方，陈信却感到处处充满着庸俗无聊，不由得怀念起插队时"月牙般的眼睛"、"公园般的学校"和"洁净的小城镇"来。孔捷生的《南方的岸》将对插队时的激情回忆，不断地闪回在现实庸常生活的叙述里。主人公易杰一直在寻找着，回忆着，试图确定他人生的坐标。在小说最后，他毅然拒绝了现实中即将到来的舒适的物质生活和爱情生活，回到海南的橡胶园中，回到了他一直倾情怀恋的激情岁月中。张承志的《绿夜》和韩少功的《归去来》也是这样"向后看"的作品。前者以诗化的笔触描写了作者回到蒙古草原的"精神归乡"之旅，后者以怪诞的方式书写了"知青"梦回流放地的"梦游"经历。

如果说现实的身份焦虑与逃避心理是促成"知青"群体"回归"历史的主要动力的话，那么文学主潮的变异则为这一"回归"又加上了助推力。20世纪70—80年代之交的文坛，"伤痕、反思"小说的创作曾一度成为小说创作的主潮，但是，主流意识形态对此的欢迎态度始终是谨慎的，因为大量揭露性作品的出现有可能偏离政治意识形态的框范，而演变为单纯的政治性控诉。所以，在80年代初，"主流"对"伤痕、反思"作品的写作由鼓励变为限制。胡乔木就曾经发表过这样的批评："揭露和批判阴暗面，目的是为了纠正，要有正确的立场和观点，使人们增强信心和力量，防止消极影响。关于反右派，'反右倾'

和十年浩劫的揭露性作品，几年来已经发表过不少。过去几年这类题材的作品的大量出现是必然的。……应该向文艺界的同志指出，这些题材，今后当然还可以写，但是希望少写一些。因为这类题材的作品如果出得太多，就会产生消极作用。"（胡乔木，1988）与这种批评相呼应的是，80年代初，"改革"文学成为被"主流"所首肯的创作题材，成为能够反映"新时期""全国各族人民同心同德搞'四化'""最值得大写特写的题材"。而对于"知青"作家来说，这一题材无疑是他们创作资源库中的盲点。面对着日益喧闹的"现代化"呼声，"知青"作家们如果仍然继续此前"伤痕"文学的写作路子的话，那无疑将被主流创作与批评"边缘化"，所以，摆在这批作家面前的路似乎已很狭窄，"回归"那曾是伤痛记忆的过往历史，表白自己这一代人的希望与绝望，为自己重写"自叙传"就成为他们倾力挖掘的题材领域。

二　"英雄"叙事

"知青"群体与"文化大革命"时代有着斩不断的历史联系，他们绝大多数在自己的青少年时期都参加过"红卫兵"组织，许多人还是其中非常激进的中坚分子。在当时"革命行动"的坚决，曾为他们带来虚幻的激情和荣誉，而随着历史的戏剧性转折，这种种政治光荣和"革命行动"都成为必须忏悔的罪恶与耻辱。社会上对"知青"群体的看法也颇多负面，叶辛就曾坦言："那个时候，社会上只要一提起知识青年，不是唉声叹气，就是闭目摇头，仿佛青年们一无是处。"① 面对这样的误解和指责，许多知青作家的写作就具有了自我辩白的意义。他们将笔触伸向自己曾经火热的青春，表现自己难忘的理想主义激情回忆，通过将知青悲剧作"精神的剥离"，将乌托邦政治理想虚化为无悔的青春激情，从而完成了对"知青"历史的改写。

梁晓声和张承志的创作，比较典型地体现了这一写作倾向。在《今夜有暴风雪》中，梁晓声塑造了一批为保护国家财产而勇救大火，与歹徒搏斗而壮烈牺牲的知识青年英雄群像；在《这是一片神奇的土地》中，梁晓声又将笔触伸向开垦北大荒的知青，将本来是一场虚妄

---

① 叶辛：《写作三部长篇小说的前前后后》，《十月》1982年第3期。

的人与自然搏斗的历史悲剧，写成了"战天斗地"的英雄赞歌：副指导员李晓燕，为了替连队洗刷"养活不了自己"的耻辱，带领一支垦荒先遣小队勇敢地越过阴森恐怖的"鬼沼"，在幻化为"魔王"的荒原上进行着艰苦的开拓。她属于"文化大革命"时期这样一类年轻人：虽易受某些"革命"旗号的蒙蔽，但又不失却革命的事业心和社会责任感；虽有某些违心的行动，但并不泯灭真诚、纯洁的天性；性格坚毅、顽韧却又不失却美好的同情心。她为实现自己的誓言献出了年轻的生命。作者怀着一腔浓烈的感情去刻画她，即使写她无奈中的"虚伪"，也流露出对处于特殊年代的纯真少女的无限同情。小说描写了一个同心合力、目标一致的垦荒集体，但这不是作品所要表现的主旨所在。它着力揭示的，是这一垦荒集体在非常年代跟暴虐的大自然的冲突、奋勇抗争及人与兽的搏斗，从而使李晓燕、王志刚们从身躯到灵魂都闪耀出英雄主义的光辉，使小说成为对奋斗的一代知青的英雄颂歌。张承志的《阿勒克足球》塑造了一位扎根草原、默默奉献的知识青年教师形象，他同样为救火而牺牲了生命。在这些作品中，小说主人公们被置放于封闭、险恶、危机重重的自然环境中，大自然的神秘与恐怖成为检验、确证英雄精神质地的试金石，而意料之中的死亡也成为这些英雄们体现自己大无畏品格的最终证明。这一系列小说确实表现了人的主体精神的伟大的一面，明知山有虎，偏向虎山行的果敢与勇气以及一个个悲壮的死亡结局都无不令人敬佩、叹息。但是如果我们对这些"剥离"了历史与理想主义、英雄主义精神之间联系的青春激情再作一番审视的话，我们就能够看到一个个悲剧的毫无价值。主人公们无不是大自然的冒失的侵犯者和闯入者，他们貌似英雄般的"人定胜天"的信念不过是另一种精神的愚昧罢了，大自然以它的伟力轻易地就夺去了主人公的性命，所以主人公的愚昧的精神执著也就在某种意义上成了笑话。韩少功的《西望茅草地》曾经通过主人公的眼光，批判地表现了对这种蒙昧的殉道精神的反思，而对比上述几部小说，"英雄叙事"的虚假与单薄也就昭然若揭了。

事实上，英雄主义与理想主义的精神信仰在当代中国始终与乌托邦政治实践紧紧联系在一起，它们是当代政治意识形态的有机组成部分。"十七年"文学中"三红一创"等"红色经典"小说无不致力于树立无产阶级革命英雄形象，目的当然是论证当代政治意识形态的合法性，为当代生活确立政治道德模型。而到了"文化大革命"，以《欧阳海之歌》和"样板戏"创作为代表的英雄主义叙事一度登峰造极，成为新的经典叙事范型。这一"革命文学"的发展史不能不影响了同一时期成长起来的"知青"一代，为他们日后的创作"预设"下意识形态无意识。所以，"知青"试图将历史的意识形态因素和与之伴生的英雄主义激情形式分开，将情感抽象化、神圣化，这无疑是不现实的。无论怎样叙述，英雄主义的激情背后，总是如影随形地徘徊着历史的幽灵，它的存在提醒我们，某些"知青"作家关于英雄的叙事，不过是一场话语乌托邦的自言自语而已。

张承志在《〈北方的河〉题记》中曾说："我相信，会有一个公正而深刻的认识来为我们总结的；那时，我们这一代独有的奋斗、思索、烙印和选择才会显露其意义。到那时，我们也将为自己曾有的幼稚、错误和局限而后悔，更会感慨自己无法重新生活。这是一种深刻的悲观的基础。"（张承志，1986）显然，他承认"知青"一代的幼稚与局限，但更为关键的是，他拒绝因为这样的幼稚与局限而否定这一代的历史，相反，他对这代人的精神质地必将得到承认而充满信心。无疑，如果结合他的小说创作来看的话，张承志的"一代人的思索、奋斗与选择"指的就是理想主义与英雄主义的精神。然而，张承志的小说《北方的河》却提供一个相反的文本。我们可以发现，一个执著于精神超越的悲剧英雄，实际上只是一个尚未成人的孩子，他所有的刻意的孤独与顽强的拼搏以及对世俗社会的激愤的谴责也只不过是为了掩饰他的精神无处归属、四处流浪的无奈现实的精神姿态而已。

在这部小说中，主人公依然是一个厌恶世俗、向往理想的英雄和硬汉形象，只不过，无论是在他的求学、考研还是爱情追求中，"世俗"总是扮演着阻挠、剥夺、限制的角色，因而，他变得愈加愤懑与孤独。他为了更好地研究地理，只身跋涉，徒步考察中国北方的五条大河。在这一过程中，他不断遭遇精神的困扰：是向现实世俗秩序、功利原则低头，还是继续他孤独而高傲的精神之旅？小说虽未明言，却以充满激情的诗化描写，为这个孤独苦斗的英雄献上一曲赞歌，肯定了他的理想主义激情。

《北方的河》可以说是英雄主义叙事的绝唱，因为张承志已经将他对英雄主义的膜拜，彻底化为一种抽象的理想主义激情，这一激情形式拒绝对历史进行反思，它以纯粹的自说自话方式，确证自身的合理性，正像在小说开头所表白的那样，张承志对"历史"的"公正"，充满信心。某种程度上，它的理想主义与英雄主义已接近理性批判所不及的信仰领域。然而，抛却这样的偏激与固执，我们还是发现，其实张承志所谓的"现实的阻挠，庸俗的功利原则"只不过是凡俗的日常生活的一部分而已，张承志对于这一切的反感与抗拒表明了他的精神立场，但同时也反映出现实世界对他这样的理想主义者及其精神品质无法见容的现实。张承志既无法重返乌托邦理想主义的时代，又不愿放弃自己的精神立场，因此他所感到的孤独、漂泊，精神情感无处立足的痛苦就是必然的了。张承志对过往历史的怀念与挽留只能是一厢情愿的独语，所以，他把自己塑造成为世俗所逼的孤傲英雄几乎是唯一可行的自我救赎之路。于是，历史激情的乌托邦想象被置换为颇具现代孤独感的英雄主义乌托邦叙事，"青春无悔"的激情回忆被更为激烈的对现实的否定所取代。表面上，当年幼稚的年轻知青已然成长为"硬汉"，而这一段"寻父"的内心独白却泄露了真情："我从小不会叫'父亲'这个恶心词儿，也没想过应该有个父亲。……可是，今天你忽然发现，你还是应该有一个父亲……哦，今天真好，今天你给自己找到了父亲——黄河。"整部《北方的河》其实都是"无父"的弃儿孤独的精神寻找的记录，这也隐喻着像张承志这样的"知青"精神处境的尴尬。

三 "知青"的"归乡"

与"英雄"叙述模式同样引人注目的，是"知青"的"归乡"叙述。前面已经列举过一些"向后看"的作品，这些作品可以说表现了"归乡"主题的一个侧面，最为典型的"归乡"创作，出自张承志和史铁生的笔下。《我的遥远的清平湾》、《插队的故事》、《黑骏马》、《绿夜》等小说的出现，标志着"知青"开始以另一种文化的视角与眼光触摸"文化大革命"的历史，他们以自己的亲身经历，述说了对乡土与田园的怀恋，倾诉了与"人民——母亲"扯不断的血缘亲情。他们的温情与缱绻，离开与回望，相当程度上重复了现代史上一代代知识者与土地、与民间、与传统文化之间"在而不属于"的微妙悖论。从而，"归乡"小说所内含的文化意蕴，要远远超过前面分析过的"英雄"叙事。

"知青"的"归乡"叙事与"右派"作家的"归乡"叙事在创作动机上，是完全不同的。"右派"作家作为"历史误会"的蒙冤者，对重新恢复自己的历史主体地位是极为重视的。因此，恢复历史真相，宣判历史罪行，重建自我在话语体系中的中心地位是他们最为关心的，这体现了他们充足的历史信心和自我期待。而对于"知青"群体而言，曾经的流放地是惨痛历史记忆的场所；城市又是一个拒绝其准入的陌生的名利场；社会的误解与批评又使他们愤懑和无助；这一切使"知青"群体陷入物质与精神双重的迷茫之中。因此，"归乡"的叙述只是一种无奈的选择而已，它表明了精神漂泊中寻求自我解脱的"自我拯救"意向。因此，当"右派"作家们满怀信心地开始了对城市与现代化生活的憧憬和描绘时，"知青"们却开始了他们自我放逐的"归乡"之旅。告别城市，重返乡村，似乎成为那些试图重新确证自我的"知青"们的宿命。

知青"归乡"叙事中引人注目之处，是对"民间"这一概念某种程度上的复活。在当代文学叙述中，"民间"的内涵往往是被更具政治权力话语意味的"人民"概念所占据的。当"阶级/革命"话语以"工农兵"或者"人民"概念概称民间最广大数量上的人群，并以革命叙事讲述其"翻身"主题的时候，原来的以宗族制为基础，以传统习俗、神话信仰为意识形态的"民间"就被另一种话语秩序所改写与取代。"阶级/革命"叙事的最终目的是确立一种有关"革命/进步"的话语乌托邦，因此，在时间观上，这一叙事逻辑普遍采用了线性发展的"进化论"时间观，体现在人物塑造和情节构成上，就是采用了"成长小说"形式和"斗争—曲折—胜利"的情节模式。《红旗谱》、《创业史》、《三里湾》等小说，就是"阶级/革命"话语改写"民间"概念的经典读本。而"知青"的"归乡"小说，在时间概念的表现上，突破了这一模式，从而实现了对"民间"的重新发现。

史铁生的《我的遥远的清平湾》以散文化的笔法，在舒缓的叙述节奏中，将陕北农村平静悠远的生活节奏和古朴恬淡的生存场景复现给读者。在他的笔下，常常出现这样的描写："火红的太阳把牛和人的影子长长地印在山坡上，扶犁的后头跟着撒粪的，撒粪的后头跟着点籽的，点籽的后头是打石坷垃的，一行人慢慢地有节奏地向前运动……那情景似乎使我忘记自己是生活在哪个时代，默默地想着人类遥远而漫长的历史。人类好像就是这么走过来的。"在作者的眼中，乡村古朴的生存场景透露出一种亘古未变的时间节奏，不论是在哪个时代，无论外界的政治风云如何演变，生存逻辑永远是第一位的，正如小说所言："'好光景'永远是'受苦人'的一种盼望。"因此，这种缓慢、持久的时间节奏也还要继续下去，它不是指向哪个时间的终点，而是在一个永远循环的平面上缓慢地打转。在作家精细敏锐的观察下，陕北的风俗，更是体现出民间文化传承生生不息的特点。比如几千年前为纪念介子推而把馒头叫做"子推"，"喊"要说成"呐喊"，"骗人"叫"玄谎"，任何没有文化的人都会用"酝酿"表示"思考"的意思，等等。当然，最有意味的还是下面这段描写：

> 　　破老汉是见过世面的，他三七年就入了党，跟队伍一直打到广州。他常常讲起广州：霓虹灯成宿地点着，广州人连蛇也吃，到处是高楼，楼里有电梯……留小儿听得觉也睡不着。我说："城里人也不懂得农村的事呢。""城里人解开个狗吗？"留小儿问，"咯咯"地笑。她指的是我们刚刚到清平湾的时候，被狗追得满村跑。"学生价连犍牛和生牛也解不开。"……破老汉有把破胡琴，"吱吱嘎嘎"地拉起来，唱："一九头上才立冬，阎王领兵下河东，幽州困住杨文广，年太平，金花小姐领大兵。"把历史唱了个颠三倒四。

这一段的叙述中出现了两种历史视角的交错。"现代化"视角下的广州很明显是城市文明的象征，而民间小调所叙述的"颠三倒四"的历史，又体现了"民间"视角对历史的态度。历史似乎是一系列的故事和传说的堆积，无所谓起点和终点，更无所谓神圣意义。历史就是这样颠来倒去的，像破胡琴一样拉来拉去，不过是周而复始的循环。"破胡琴"的意象使我们不由得想起了张爱玲，在她的历史理解中，也无所谓终点和目的，历史就是由琐屑的日常生活所构成的，是讲述一个个"不彻底的""软弱的凡人"的历史，张爱玲对"凡人"的重视体现了她对那个时代的主潮历史观——革命与进步的回避与厌倦。显然，史铁生也有意表现类似的历史认知，"见过世面"、"入了党"的破老汉，本应被另一种属于"现代"和"政治"的更有权力的话语形态所占有，然而，他最终还是拒绝了"现代"，返回了乡村，甘心在"前现代"的周而复始的时间里做一个"受苦人"。这显然间接传达了作者对所谓"革命"与"进步"的现代乌托邦的厌倦和怀疑。

总之，史铁生在《我的遥远的清平湾》中，将目光移到了民间社会中最为顽强的生存意识、文化意识和时间意识中，尽管小说讲述的时代是政治风云波诡云谲的时代，小说创作的时代是社会政治话语盛行的时代，但是史铁生却展现了"民间"文化的独特的循环时间意识。成功地避开了主流意识形态话语的牵缠，为我们还原了"民间"社会的原貌。

另一位作家张承志的"还乡"小说，则为我们展示了更深层次的矛盾和问题。在他的小说中，我们时时会发现"民间"秩序与"现代"理性主体之间激烈的碰撞，而这一理性主体——某种程度上就是张承志本人，处于一种"在而不属于"的尴尬处境中，因此，前面所分析过的精神拯救的失败感和主体漂泊无根的流浪生存状态就又一次浮现出来。

《绿夜》讲述一个"寻找—失落—获得"的精神"归乡"故事。主人公厌恶城市喧嚣的生活，时时回顾自己插队时的记忆，尤其忘不了告别时小奥云娜那个动人的眼神。于是八年后他又回到草原，期望找到那个纯洁可爱的小女孩儿，那个在他心目中像金子般美丽，像天使般纯洁的小奥云娜。然而，当他发现小奥云娜变成一个普普通通的甚至有些放肆与粗俗的女人时，他的梦境破灭了。不过，当主人公意识到自己过于理想的想象不适应现实之后，他自觉地调整了自己观察的眼光。于是，他从"民间"质朴的生活逻辑中发现了美与温暖，发现了貌似粗俗的草原生活中诗意的一面。《绿夜》始终交织着对"民间"生存秩序的矛盾态度。一种属于知识分子的田园诗般的想象在小说的前半段主宰了叙述方向，带着类似"久在樊笼里，复得返自然"般的欢欣，主人公踏上"归乡"的路。然而，粗俗无聊的民间生存场景粉碎了他的幻梦。小说的后半段，"民间"的视角又变成了主人公叙述的价值坐标，于是"矛盾"被消解，"民间"被认同，知识分子重获新生，纵马离开草原。叙述视角的大范围转换实际上体现出张承志的左右为难。情感与理智，一个赞美着草原，一个批判着草原；一个惊叹于民间生活的诗意盎然，另一个却看到生活的劳苦、精神的麻木和感情的粗糙。可以说，张承志的小说集中表露了一个知识分子在面对"前现代"的民间社会时"现代理性"与"情感认同"的分裂。这一分裂《绿夜》中有，《黑骏马》则最为典型。《黑骏马》小说的主人公白音宝力格是一位兽医，他致力于钻研医术，提高水平，好让草原上的畜牧业得到更好的发展。无疑，他是"现代化"的鼓吹者，是被现代理性启蒙了的新一代草原人。而他的恋人索米娅则是草原上千千万万女性中的普通一员。她相信命运，更接受命运的安排，即使是厄运，她也会默默承受。所以，当她被人奸污而怀孕时，她竟然断绝了与白音宝力格的关系。小说引人深思的情节是白音宝力格去找额吉奶奶的那段情节。额吉说，这都是命运安排的，要服从它，千百年来，草原上的女人不都是这样过的吗？而白音宝力格对此是不能理解的，"一种新鲜的痛苦的感受升起来，我决定离开草原"。而多年以后，当主人公厌倦了城市喧嚣又一次重返草原时，与索米娅相会，而此时的他才真正理解了草原文化的雄浑、博大与复杂。尽管他最终又离开了草原，但他下决心要让下一辈的人把草原建设好。

《黑骏马》再一次将一个分裂的叙事摆在读者面前。这个分裂来自于主人公清醒的理性意识、现代意识与草原的原始生存秩序之间的矛盾。主人公先是认同前者，难以理解后者；"现代"的个体意识和超越民间古老生存原则的"发展"意识使他与周围因循着古老传统而生活的草原的牧民们迥然不同，也使他与额吉和索米娅产生了裂痕。可以说，知识分子与民间社会的分歧，在《黑骏马》的前半段叙述得极为典型。小说的后半段，作者试图以亲情的回叙弥合这一裂痕，叙述一个流浪之后伤痕累累的游子重游故乡，对养育他的故乡最终给予了理解。但无论如何，前后立场的错位始终让小说的叙述难以形成统一的整体。主人公最终仍要离开故乡，这就使小说的情节结构，又一次演绎了鲁迅小说中常常出现的"归乡"模式。"离去—归来—离去"，表明主人公与民间生存秩序"在而不属于"的关系，尽管已经取得了谅解，主人公仍然无法与旧日认同，换句话说，历史不会倒退，一个已将自己投入"现代"的滚滚向前的洪流中去的个体，不可能再返回那个亘古不变的，循环往复、自我封闭的"民间"时间中去。张承志对"民间"的发现，是一个比史铁生要显得痛苦的自我发现。一个被抛离了民间循环时间轨道的具有清醒现代意识的个体，既无法遗忘历史，又无法进入未来，因而流浪与漂泊又成为唯一的生存与选择。

第五章 话语的分流

第一节 意识形态话语内部的差异和分化

通过上文对主流意识形态话语和启蒙话语关系的分析，我们不难产生这样的印象：主流意识形态话语在很多时候、很多场合都是起到了对新生的启蒙话语进行限制、约束、规范作用的。但是，如果把主流意识形态话语仅仅想象成压抑、限制启蒙话语的力量的话，这还是简化了问题。事实上，在"主流"内部，是存在着不同的倾向的，而正是这样的差异和不同使主流意识形态话语与启蒙话语之间的关系显现出复杂性。

在不同的意识形态领导者之间，有着一定的分歧和差异，在意识形态立场上，有的领导者趋向于宽容，而有的则趋向于严厉，而习惯上，往往用"开明"和"保守"这样的描述性语言对这两种倾向加以区分。在作协领导者之间，也存在着类似的现象。这样，在主流意识形态话语内部，就存在着不同的思想倾向和微妙的立场差异，这在有关"人道主义"问题论争时曾经非常明显地表现出来。在以周扬为代表的希望将"思想反思"推进下去的意识形态领导人和以胡乔木为代表的更强调意识形态"纯洁性"的领导人之间，显露出对启蒙话语明显不同的态度和倾向。这种内部的差异和分歧实际上表明了主流意识形态话语的分化。从影响上看，某些依然有着"左"的思想遗留的意识形态领导者虽然还保持着相当大的影响力，某些起源于他们的意识形态批判活动还时不时地对"新时期"文学启蒙话语的发展产生限制、约束作用，但是，那些相对来讲更为"宽容"的意识形态领导人显然拥有着更大的话语影响力，他们实际上构成了主流意识形态的主体，推动了"思想解放"和"改革开放"的发展，当然，也为启蒙话语的生成和发展留下了一定的话语空间。所以说，在某种程度上，所谓的"主流意识形态"话语也是分成了"主流"和"支流"的，在某些历史叙述问题上，其中的"主流"的认识和态度往往和启蒙话语的历史立场形成了某种程度上的"重合"和"呼应"。如周扬在《三次伟大的思想解放运动》中，就曾经揭露林彪、"四人帮"的"制造偶像崇拜、宗教仪式，提倡封建伦理、愚民政策"，要求人们"摆脱一切落后于时代的陈腐思想，如官僚主义和小生产习惯势力的束缚"、"抵制……封建残余思想的影响"（周扬，1988）。这与启蒙话语对历史与文化的批判性反思是基本一致的。而正是有了这样的"主流"话语定位，启蒙话语对"文化大革命"的反思和对某些"官僚主义"、"封建意识"的批判才逐渐深入下去，以"反封建"为特征的启蒙话语也才逐渐显现出自身。可以这样说，在"新时期"之初的话语格局中，启蒙话语的力量还是最为弱小的，为了自身的言说，它不得不在话语方式上某种程度上依附于"主流"意识形态话语；而此时的"主流"意识形态话语的分化正是为启蒙话语提供了一个"借机发言"、"借道而出"的机会，因此，主流意识形态的分化正是在有意无意之间给了启蒙话语回旋、发展的空间。

比较而言，"支流"话语则往往对启蒙话语采取了严格筛查、约束限制的态度，表现在批评中，就是话语形式往往具有敏感的意识形态意识，经常将文艺问题上升为意识形态问题，采取较为僵硬的政治方式对文学重返自身的过程加以限制。这种话语立场和话语态度在批判《飞天》、《苦恋》和《在社会的档案里》等作品时表现得特别明显。如胡乔木在1981年8月的"思想战线问题座谈会"上所作的讲话，就表明了这一特点。他说："我们对电影文学剧本《苦恋》和根据这个剧本摄制的影片《太阳和人》进行批评，就是因为他们歪曲地反映了我国社会现实生活的历史发展，实际上否定了社会主义的中国，否定了党的领导，而宣扬了资本主义世界的'自由'。……在中国看不见一点光明，一点自由，知识分子的命运只是惨遭迫害和屈辱；似乎光明、自由只存在于美国，存在于资本主义世界，那里的知识分子自由生活的命运才是令人羡慕的。这种观点，正是资产阶级自由化思想的一种重要的典型表现。显然，不对《苦恋》和《太阳和人》进行批评，并通过这种批评使我们的文艺界、思想界和全党受到教育，增强同资产阶级自由化倾向作斗争的能力，我们的文艺事业和其他事业就很难保证自己的社会主义发展方向。"（胡乔木，1988）将一部作品的评定与"社会主义发展方向"联系在一起，这显然还是意识形态扩大化的思想表现，之所以如此上纲上线，是因为这些意识形态领导者仍然不愿意完全放弃"十七年"以至"文化大革命"中所形成的文艺意识形态化的某些立场。胡乔木曾经对"社会主义文艺"的功能和历史定位作过这样的强调："人民正在建设社会主义，正在把社会主义推向前进，如果我们的文艺离开了社会主义的崇高目标，不去为它服务，反而损害它的利益，那么人民为什么需要这种文艺呢？因此，毛泽东同志的文艺思想要求作家深入到生活里面去，深入到群众里面去，坚定不移地站在人民的立场上，为人民服务，首先是为工农兵服务，这是我们必须坚持而不能动摇的。"（胡乔木，1988）"我们现在的文艺和文化，像再生的凤凰一样，从根本上来说，仍然是 30 年代的文艺和文化运动的继续。我们的文艺仍然是左翼的文艺，我们的文化仍然是左翼的文化。"（胡乔木，1993）

如果比较一下不同领导人针对相同问题所作的讲话的话，我们会更加清楚地看出这种主流意识形态话语内部的分歧的存在。胡耀邦在《在剧本创作座谈会上的讲话》第三部分中谈到"如何对待我们社会生活中的阴暗面"问题时，阐述了这样的观点："现在争论最多的大概是如何看待官僚主义、特殊化。我们的国家有没有官僚主义、特殊化呢？有，而且有的地方相当严重。"他明确地指出，"要不要揭露？当然要揭露，当然要批评"。① 面对现实问题，胡耀邦具有比较坦诚、直率的态度，这种态度在周扬阐述"异化"问题时我们也可以看到，以他们的政治地位来看，显然，这种对问题的态度是表现了党中央的基本立场的。但是，同样是如何面对阴暗面问题，这在别的领导人那里就表现为另一种看法："现实生活中有欢乐，也有痛苦，有理想，也有污秽，我们不能睁一只眼，闭一只眼。但是，无论如何，一定要看清全局，看清主流，看清前途。我们的作家、艺术家，尤其是其中的共产党员，无论在什么时候，都应该对党和人民的前途、社会主义中国的前途抱着积极的态度。人民不需要丧失信心、悲观厌世的作品。着重于历史和现实的消极方面，站在正确的立场上，作出深刻的描写，也可以给人民教育，甚至也可能产生伟大的作品。但是我想，它们毕竟不能比表现为建设新

---

① 胡耀邦：《在剧本创作座谈会上的讲话》，《文艺报》1981 年第 1 期。

生活而斗争的作品给人民以更大的教育，也不会比后者产生更多的伟大作品。"（胡乔木，1988）如果把两种观点加以比较的话，是直面矛盾和问题还是对其加以掩饰和回避，态度的区别是显而易见的。

　　主流意识形态内部的分歧并不表明其共同认同的分裂。实际上，主流意识形态内部虽然对历史反思的态度有程度上的差异，对文学的意识形态性的认识存在微妙的不同，但是这种话语分歧还没有到话语分裂的程度，意识形态的基本认同还是一致的。胡耀邦在《在剧本创作座谈会上的讲话》中同时指出，"还有一个很重要的问题：官僚主义、特殊化究竟从哪里来的。这个问题必须研究清楚。是不是我们社会主义社会固有的？说官僚主义、特权者，就是我们社会主义根本制度本身产生的，我不赞成这个意见"，他认为，官僚主义主要"还是旧社会遗留下来的影响"，是"从旧社会带来的"、"终究会得到克服"的"丑恶现象"。① 他的这一观点实际上表达了主流意识形态在历史叙述问题上的基本立场，这一立场在所谓"主流"、"支流"之间，并没有本质上的差异，可以说，这是主流意识形态共同的话语"底线"，这一"底线"的存在也解释了为什么在批判《苦恋》等作品时，主流意识形态话语持基本一致的批评态度。所以，如果从主流意识形态的角度看，那些偏于严厉的具有意识形态扩大化倾向的话语所起到的作用其实也是不可替代的。如果说，意识形态话语中的"主流"力量主要是起到了对意识形态的"放"的作用的话，那么"支流"则时不时地起到了"收"的作用，虽然在"主流"和"支流"之间，对于"收、放"的尺度会产生一定的矛盾，但毋庸置疑的是，他们在意识形态话语的某种"底线"认同上，还是基本一致的。

　　主流意识形态话语的分流使"新时期"之初的话语关系呈现出几个引人注意的特点：

　　首先，主流意识形态话语内部在面对不同的"话题"时，表现出有时统一、有时分歧的不同情况。在"现代化"问题上和历史反思的"限度"上，主流意识形态话语内部分歧不大，因此，话语的阐述基本一致；而在文学的意识形态功能问题上和对"人道主义"话语的认识

---

① 胡耀邦：《在剧本创作座谈会上的讲话》，《文艺报》1981 年第 1 期。

上，主流意识形态话语内部则表现出诸多分歧和差异，这也就使"新时期"之初的"主流"文学"规范"和话语空间时不时地出现"摇摆"和"伸缩"，当然，这种"摇摆"和"伸缩"是与"主流"话语内部不同力量之间的博弈和此起彼伏紧紧联系在一起的。这样，话语关系便往往存在着摇摆不定的现象，有的时候，趋向"开明"的意识形态话语会与启蒙话语出现短暂的呼应，而更多时候，分歧仍是明显的。这就使"新时期"启蒙话语与意识形态话语之间的关系出现时松时紧的情况。

其次，随着启蒙话语对历史反思和文化批判的深入，启蒙话语呈现出越来越偏离意识形态"主流话语"的倾向，因此，启蒙话语与主流意识形态话语中偏于保守的一方就越来越显现出尖锐的矛盾；而启蒙话语对"现代化"的认同和预期又越来越"溢出"了主流话语所认定的"现代化"的话语边界，因此，启蒙话语与主流意识形态话语的"开明"一方实际上也产生了不小的矛盾。这种状况有可能使"主流话语"因意识到自己的"底线"被突破，而对启蒙话语表现出一致的严厉态度，这在"新时期"之初的文艺界的"清除精神污染"、"反对资产阶级自由化"等批判运动中均有所体现。

所以，我们可以发现，主流意识形态话语的话语界限是把话语可言说的范围分成不同的"禁区"、"缓冲区"和"自由区"的，在某些主流意识形态所肯定的话语范围内（如"四个现代化"），话语的自由度很大，某些"改革文学"被主流所认可甚至提倡正表明了这一点；而在"历史反思"问题上，主流意识形态话语则划出了界限（如反思"文化大革命"而不要触及革命历史合法性），文学可表现的空间是有"限度"的，多走一步就可能跨入"禁区"；至于众所周知的意识形态"禁区"，作家创作更是不能触及的，否则，就将遭到整个主流意识形态话语的批评。主流意识形态内部的分化和差异主要体现在对"缓冲区"的大小认定上，是压缩以致取消"缓冲区"，都化为"禁区"；还是承认、默许"缓冲区"的存在，这往往成为所谓"严厉"和"宽容"的区别点，也往往引发主流内部不同倾向之间的纷争，而纷争的变化就往往影响了主流"规范"的制定，从而使话语界限时松时紧、摇摆不定。

　　当然，以上对主流意识形态话语分流和复杂关系的叙述并不能使我们遗忘事实存在的另一方面的话语问题，那就是，在面对"现代化"这一"新时期"新的中心话语时，主流意识形态话语表现出统一的、极其热切的态度，而有趣的是，这样的态度，也同时存在于启蒙话语一方。或许，对"新时期"的认同正来源于对"现代化"这一话语形式的认同，而实际上，如果我们详加分析的话，"现代化"话语的想象不过是不同话语力量争夺话语想象空间、谋取话语权力的行为而已，本质上，它还是表明了话语差异性和分流局面的形成，这是应该注意的。

第二节　启蒙反思的深化与面临的话语难题

　　"新时期"之初，随着启蒙话语的成长、发展，启蒙话语的历史反思逐渐跳出单纯政治反思、路线反思的思维局限，表现出鲜明的文化批判立场，这一转变大大地推进了反思的深化。表现在小说创作上，一大批农村题材小说的创作表现出与社会政治视角下的历史叙述完全不同的叙述面貌，在历史浩劫的"诊断"上，这批作品表现出鲜明的文化批判立场，注重从"内视角"挖掘"国民性"问题与历史浩劫的内在联系；在话语方式上，在对蒙昧主义抨击的同时，知识分子话语方式开始凸现。这表明，启蒙叙述的关注点正在由单纯的政治控诉转向更深层次的文化批判。但是，"新时期"之初的知识分子启蒙话语，其主体意识并未完全形成，因此，在表现与农民的关系以及与意识形态话语的关系时，知识分子话语底气不足，往往诉诸于民粹主义、爱国主义的话语方式进行"话语改装"或是进行自我的"美化"，这某种程度上限制了知识分子话语的进一步发展，也体现了那个时期恢复启蒙传统的艰难性。

　　在"新时期"之初，随着"文化大革命"意识形态的解体以及"思想解放"运动的开展，反思"文化大革命"与"国民性"中封建主义遗留的关系，进而恢复"五四"启蒙主义思想传统逐渐成为文学界有影响的思想倾向。正如有的学者所指出的："'文化大革命'产生的原因，纵有千条万条，但根本一条是：封建主义意识的一次恶性爆发……两千多年形成的封建意识，已经渗进了全民族的血液，沉淀在人的灵魂里，已成为民族性格、个人人格的一部分。"（曹文轩，1988）

高晓声在谈到《李顺大造屋》的创作时，也曾经指出："当我探究中国历史上为什么会发生这种浩劫时，我不禁想起像李顺大这样的人是否应该对这段历史负一点责任。九亿农民的力量哪里去了？为什么没有发挥应有的作用？难道九亿人的力量还不能解决十亿人口国家的历史轨道吗？看来他们并不曾真正成为国家的主人，他们或者是想当而没学会，或者是要当而受到阻碍，或者径直是诚惶诚恐而不敢登上那个位置。造成这种状况的历史原因和社会原因值得深思。"① 在广大作家和批评家看来，以恢复正确的"政治路线"达到"拨乱反正"、进而解决现实与历史问题的策略只是在表面上解决了历史是非问题，而"国民性"内部的封建主义问题并没有得到深刻的剖析与反思，而只有对这个问题给予深刻的思索与解答，才能够对长期泛滥的"左"倾历史错误给予更深刻的"诊断"，才有可能探索出"拯救现实"的答案。在这样的思路指导下，"新时期"之初农村题材小说创作中出现了一批以批判封建遗留、蒙昧主义和揭露"国民性"痼疾为主题的作品。其中，尤其以高晓声、乔典运和王兆军的创作最有代表性。高晓声的"陈奂生系列"、《李顺大造屋》，乔典运的《冷惊》以及王兆军的《拂晓前的葬礼》等小说都是表现这一主题的代表性作品，他们或是揭示乡村世界中普遍存在的封闭与蒙昧；或是痛批国民性中的麻木、怯懦与自欺；或是反思历史浩劫与国民性弱点的关系；或是展开对国民性格中隐秘的权力文化的展示……总之，这些作品都是紧贴着乡村生活的实际问题展开的，而往往以知识分子的批判性眼光发掘出农村深藏的文化心理问题，表现出"国民性批判"的启蒙立场。

一　批判性的"历史诊断"

高晓声创作的"陈奂生系列"小说和《李顺大造屋》等作品，对农民的"奴性"进行了细致的刻画。在《李顺大造屋》中，李顺大是个被强权一再掠夺以至于濒临破产的农民，然而，他对自身的悲惨命运的解释却是"运气不佳"。当他面对一次又一次的政治迫害之时，他以阿Q式的自我精神麻木来排遣郁闷，求得自我安慰。甘于做奴隶，安

---

① 高晓声：《李顺大造屋始末》，《雨花》1980 年第 7 期。

于隐忍和麻木不仅使他沦于困苦的生活，更在一定程度上纵容着强权的肆虐。而在"陈奂生系列"中，农民身上的"奴性"又进一步以"权威崇拜"的形式表现出来。在《陈奂生上城》中，陈奂生因为生病发烧，被吴书记用车送到了招待所住下。一觉醒来，他回忆起吴书记的好处，就"听见自己的心扑扑跳得比打钟还响，合上眼皮，流出晶莹的泪珠，在眼角膛里停留片刻，便一条线挂下来了"。在《陈奂生转业》中，吴书记赠给陈奂生一顶呢帽，小说描写道，那个晚上，当吴书记亲自将帽子戴到他头上时，"陈奂生心头的暖气，一直流到脚趾上，吴楚走后，陈奂生把帽子放在手上，足足抚了两个钟头"。强权的横行是需要"奴性意识"的支持的，无论它是采取野蛮凶残还是温情脉脉的方式，都需要有人甘为奴隶，并对其感恩戴德。陈奂生的思想里正有着这样的自甘为奴并对强权屈膝崇拜的意识，这在政治环境尚显昌明之时体现为"青天意识"，而一旦环境转为险恶，这种意识就很容易转变为麻木隐忍的阿Q精神，甚至有可能转变为迷信与盲从，成为助纣为虐的工具。高晓声对陈奂生性格的深入解剖揭示了我们民族中令人震惊而又不能不正视的国民性痼疾，可谓入木三分。

与高晓声的创作类似，乔典运的《冷惊》也表现了对"奴性"心态的揭露和批判。王老五因为偶然得罪了本大队的支部书记，从此惶惶不可终日，在他看来，"挨整"是迟早要降临的灾难，于是他把村子里的任何一点风吹草动都看成整治他的预兆，最后已到了精神崩溃的边缘。而事实上，这些不过是他的主观臆想而已。对于他的精神苦刑的赦免是通过强权来执行的：他的老伴找来了大队书记，把他狠狠地训了一顿，他才备感轻松，心中一块石头落了地。《冷惊》几乎可以称得上是一个寓言性的作品。"无辜者寻罪"的情节极其典型地概括了强权压抑下的受虐狂式的变态心理，强权之横暴可见一斑，而人性在挤压之后的变形和奴化更令人感到深深的悲凉。

王兆军的《拂晓前的葬礼》与高晓声和乔典运的作品相比，在对农民文化的思考上很明显地更深入了一个层次，充分体现出了乡村题材小说在20世纪80年代初期的文化思考深度。田家祥是作品的主人公，他凭借农民式的坚韧与残忍脱颖而出，又以农民的精明与狡谲挤垮对手，赢得人心，最终得以统治大苇塘庄。他在"四人帮"为非作歹的那个特殊时代，巧妙地钻政策的空子，努力保护村里老百姓的利益，尽管方法简单粗暴，但是他赢来了红旗和资金，让大家在物资贫乏的时期过上好日子；但在改革开放之初，他在取得并巩固了梦寐以求的政治地位之后，他的一系列精神弱点暴露出来：自私、贪婪、多疑、骄横、专制、放纵、自高自大、碌碌无为，这使他逐渐失去了民心，他怎么也跟不上时代的步伐了，成为阻挡历史前进的绊脚石，最终被新一代的农民所替代。小说令人信服地揭示出田家祥这个封建意识浓郁的中国农民的心理变化过程，暴露出中国农民及乡土文化所深藏的落后腐朽的文化基因，所以，最后他被大苇塘村人、被历史所抛弃是必然的。田家祥从崛起到衰败的过程具有高度的典型意义，从某种意义上说，这一形象具有文化的隐喻性，田家祥的人生起落形象地演绎了那些在中国历史上崛起于田亩之中的乡村英雄们的人生遭遇；田家祥和历史上的田家祥们只能在一个封闭的文化怪圈里消耗自己的人生，最终无法突破文化或历史的局限而上升到一个新的生命层次。因而，田家祥最后只能在历史的"辉煌"时刻栽倒，而在他的导演下，历史也便再一次演绎"你方唱罢我登场"的权力循环闹剧。作品通过对田家祥这一人物的描写，完成了对历史的文化内涵的深刻思考，而它所留下的对传统文化的深深的疑问无疑是引人深思的。作品隐含的现实意义也是明显的：像田家祥这样的人正是中国走向现代化的不可忽视的障碍。中国迈向现代化的步伐是沉重的，也是艰辛的，必须埋葬那些浓烈的封建乡土意识的"劣根性"，才能获得思想的解放，更好地走向美好的未来，从而获得新生。

高晓声、乔典运和王兆军的作品令人信服地揭示出农民性格弱点与历史浩劫的必然性之间隐秘的联系，从而成功地把小说对历史的反思深入到了人性与文化的深度。但他们的意义不仅在此，更重要的是：他们的作品既是对历史的"诊断"同时也暗示了"拯救"的途径，那就是破除蒙昧、摆脱奴性；反思文化，超越传统。而在他们的作品中，出现了知识分子的叙述视角和叙述声音，这标志着知识分子话语的再度出现，这带来了知识分子与农民关系的改变——知识分子因为握有"启蒙"的话语权似乎具有成为农民"引路人"的资格。

但问题往往并不那么简单，在下文的分析中，我们会看到，知识分子对自身角色定位的模糊和不彻底使这种"拯救"成为一种并不彻底的叙述，而从这种叙述中，我们不难发现知识分子主体话语产生的困难。

二　民粹主义——难以绕过的话语难题

民粹主义的传统和话语规范以及作家对其自觉不自觉的迎合加大了知识分子话语产生的困难，这使知识分子总是倾向于做"人民代言人"的角色，而不是做"启民智"、"争民权"的历史英雄，知识分子的主体意识也因为这样的定位而受到了阻碍。20 世纪的中国，民粹主义具有国家意识形态的功能，这一状况的形成，与中国革命将民粹主义国家化的强力推动作用紧密相关。在中国革命胜利之后，民粹主义话语在政权力量的维系下一直在主流意识形态中占据着话语中心的位置，"人民"成为神圣的政治词汇，围绕"人民"形成的一系列话语形式，成为具有无可辩驳的政治合法性和崇高性的话语类型。这种情况一直延续到了"新时期"。在"新时期"之初，主流意识形态在对民粹主义核心话语的强调上一如过去，"人民"话语仍然是国家意识形态的基石，而要知识分子"深入到人民群众中"，"为人民群众服务"，仍是具有神圣意义的政治要求；以"人民性"作为创作批评的尺度，也是从"十七年"一直延续至"新时期"的主流批评方式。不过，随着"新时期"政治语境的转换，民粹主义的表现形式，不再是以"人民"话语与"阶级／革命"话语相捆绑的方式表现出来，而是以一种"情感认同"的方式出现。"人民"语汇的"革命"内涵被抽离，"人民——母亲"的语义关联被着重强调。这一伦理化的表述方式使"新时期"民粹主义话语剔除了"文化大革命"意识形态中已然被历史唾弃的成分，但也在相当程度上维系了与过往时代的意识形态关联。

在"新时期"之初，民粹主义话语得到了广大作家的热烈呼应。我们可以发现，那时的大量文学作品都以歌颂"人民"、回顾与"人民"的血缘深情为主题，这在"归来"作家和"知青"作家中，是一个相当普遍的现象。这一创作现象的形成很大一部分推动力来自于作家自发的对人民的深厚感情。作家们在"文化大革命"中曾经备受压抑，而正是人民给予了他们无私的援助，所以，他们的感激之情溢于言表。

叶蔚林曾经这样说:"'四人帮'的本意是以下放为名,对文艺工作者进行劳动惩罚,但他们并没有料及,这样做的结果,使我正如安泰贴近了大地母亲,产生了新的力量。在那十年中,我真正接触了劳动人民……和他们在思想感情上产生了强烈的共鸣。"(叶蔚林,1983)作家对人民的感激之情无疑是真实的、由衷的,但这种强烈的感情也影响了作家对民粹主义的历史反思。李国文就曾经说:"像这样坚忍不拔的民族,像这样不屈不挠的人民,是了不起的,并不都是阿Q。……若统统是阿Q,就不能存在五千年,早被淘汰了。"(李国文,1985)所以,在政治规范与作家情感之间,实际上形成了相互呼应的关系,"民众崇拜"与"人民认同"的主题于是就成为"新时期"之初文学叙述的一个话语"默契",也无形中形成了一个叙事规范。

但是这样的"默契"与规范显然对于以启蒙叙事为特征的知识分子话语的产生造成了相当大的阻碍。在如何对待农民问题上,民粹主义强调的是向农民学习,做农民的"小学生",而启蒙主义则是将农民作为启蒙的对象。如果仍然要求知识分子"与工农相结合",甚至要求知识者在思想与灵魂上向下看齐的话,那么具有思想独立、理性批判特征,具有自觉的历史主体意识的知识分子话语便绝没有产生的可能。"新时期"之初的小说,正是因为广大知识分子还没有自觉意识到需要对民粹主义进行超越,甚至为意识形态话语的赞赏感到陶醉,因此,其话语方式总是充满着新旧混杂的内容,其启蒙主义的立场自然含混不清。

在这样的情况下,在表现农民与知识分子关系问题上,往往出现一种"同苦"叙述。所谓"同苦"叙述,是指表现知识分子在政治运动的打击下,甘为卑贱,不敢思想,与人民大众一起"承担苦难"的一种叙述方式。苦难的存在是不容否定的,但对苦难的态度却应该探讨,"同苦"叙述的问题在于表现了一种麻木、隐忍的阿Q精神,表现了知识分子将自己的精神放低、主体矮化的倾向。古华的《芙蓉镇》中秦书田的形象就是这种典型。他善于化解苦难,甚至自轻自贱,以此讨好邪恶势力,逃脱更大的惩罚。在他看来,苦难既然无法摆脱,那就应该逆来顺受。小说以同情甚至赞赏的态度描写了他对苦难的麻木态度,甚至还给他安排了一个"抱得美人归"的团圆结局,这无疑反映了作者对他的情感认同。"同苦"叙述反映出的阿Q精神并不是个别的，它实际上反映了当时知识分子普遍的精神矮化现象。高晓声曾经说过这样的话："我能够正常地度过那么艰难困苦的二十多年岁月，主要是从他们（指农民——笔者注）的身上得到力量。正是他们在困难中表现出来的坚韧性和积极性成了我的精神支柱。和他们在一起使我常常这样想：'我有什么理由应该比他们生活得更好些呢？'是的，没有理由，没有任何理由。于是，我泰然了，觉得老天爷对我并无不公平，我也就没有什么可抱怨。于是，我就和他们融在一起，我就理解他们和我一样有丰富的精神……"① 这段话典型地透露出处于政治施虐中的知识分子自甘退化的心态。民粹主义的民众神话是知识分子自宽自解的隐性论据：既然"崇高"的人民都在忍受苦难，知识分子又有何特殊呢？于是，知识分子的批判立场就轻而易举地放弃了。在作家的真情表白中，我们其实不难发现"知识分子改造"声音的存在，或许，这也是当代知识分子的"政治无意识"吧！

"同苦叙述"是知识分子不自信的体现，知识分子不愿也不能超越民粹主义所设下的雷池一步。这使知识分子的话语方式始终徘徊在"安为顺民"和启蒙立场之间，成为一种不彻底的知识分子话语。所以我们反过头来再看那些批判"国民性"的作品，就会发现，作家的声音实际上是温情多于批判的，"哀其不幸"多于"怒其不争"的。因此，知识分子的启蒙主义"拯救"叙述，就只能停留在不尴不尬之中，这或许无奈地证明了启蒙主义的历史困境。

"新时期"之初的文学作品对知识分子形象塑造中值得注意的另一点，是"苍白化"的叙述方式。这种"苍白化"有两种倾向，一是过度的美化，如《天云山传奇》中的罗群，《人到中年》中的陆文婷；二是过度的"单向化"，把知识分子写成不食人间烟火，只知搞科研的"傻子"，如徐迟的报告文学作品《哥德巴赫猜想》。前者因为要为知识分子平反，而着意加以美化，知识分子成为道德上的楷模、精神上的圣徒、生活中的强者的同时又是政治不公平的受害者。作家为达到自己的创作目的一意孤行，结果人物形象苍白，概念化严重。后一类人物在小说创作中更

---

① 高晓声：《且说陈奂生》，《人民文学》1980年第6期。

是比比皆是，知识分子似乎成为一个科研的工具，一个典型的工作狂，为了工作，可以牺牲自己的健康、爱情，甚至是生命。这样的知识分子形象在现实中当然不少见，但问题的关键是，文学作品有意突出了其"工具价值"的部分，无视其他精神主体性特征，这种写法其实体现了意识形态对知识分子的择取标准——不是肯定知识分子作为个体的"人"的精神价值，而是把他作为一个有用的"物"来加以使用，知识分子的个体意识反而是危险和需要提防的。但是，一个基本"物化"了的人，还是具有批判精神的知识分子吗？这样的形象能不苍白吗？而如果都以这样的"工具形态"看待知识分子的话，那么谈何"尊重知识"，"尊重人才"？究其实质，这样苍白化的人物形象的出现，还是体现了作家自身人格精神的疲软，他们不敢甚至没有意识到应把知识分子的人格形象与普通大众形象分开，从而在创作上也只能浅尝辄止了。

三　启蒙话语的两歧性

事实上，"新时期"之初的作家对主流话语的某种认同与妥协是始终存在的，它与某些知识分子确证自身合法性身份的意图形成了暗合，从而相当程度上影响了启蒙话语自身的主体性、独立性的建构，使启蒙话语表现出"两歧性"来，成为一种并不彻底的话语形式。

启蒙话语的产生与知识分子合法性身份获得有直接的关系。在"文化大革命"时代以至当代历史的大部分时段，知识分子是不被认可为"人民"的一员的，政权在与知识分子的关系问题上很多时候没有准确地把握好尺度，把人民内部矛盾用敌我对抗的方式来处理，因而造成了很多问题。毛泽东曾经宣称："在建设社会主义的时期，一切赞成、拥护和参加社会主义事业的阶级、阶层和社会集团，都属于人民的范围，一切反抗社会主义革命和敌视、破坏社会主义建设的社会势力和社会集团，都是人民的敌人。"（毛泽东，1977）对"人民的敌人"要实行"人民民主专政"。而很不幸，知识分子往往在现实的执行中被错误地作为了这一"专政"的对象。在毛泽东的"人民"概念中，对"人民"和"敌人"曾作过精确的数字划分："那末，什么是人民大众呢？最广大的人民，占全国人口90%以上的人民，是工人，农民，士兵和城市小资产阶级……这四种人就是中华民族的最大部分，就是最广大的人民大众。"①显然，知识分子的地位是尴尬的，它其实应该属于"人民"之列，但是，在现实的操作中，对"知识分子"的性质划分，往往是加以甄别对待，作为一个特殊的群体对其施以"团结"或"改造"。也就是说，对于那些能够理解拥护党的革命主张、路线政策的"进步知识分子"，党是采取积极欢迎、团结信任的态度的，这一部分知识分子无疑已成为"人民"的一员；而对那些需要经过一定时间的学习，提高认识，以摆脱旧的思想束缚的知识分子，则要进行积极的"改造"，使他们能够适应社会主义时代的要求。这一部分知识分子的身份就不好定义了。"改造"好了，可以成为"人民"；"改造"不好，自然就成为敌人。当然，毋庸讳言，在"知识分子改造"的过程中，政策执行的偏差是显而易见的。许多人是被作为"非人民"的一员，被那90%的"人民"隔离、敌视、排挤、改造的，他们长期承受严酷的政治审查，在身、心两方面都遭受到了严重的迫害。不过，意识形态话语同时为他们预留了"审查通过"的狭窄通道："对于任何人只要他真正划清敌我界限，为人民服务，我们都是要团结的。"（毛泽东，1977）这样，"人民"实际上就是被权力力量掌握的，具有话语压迫性的，范围可大可小的神圣概念。它保持着政治权力所赋予的道义神圣性，使知识分子为了跻身于"人民"之列不断地进行自我忏悔和精神改造，发挥了意识形态话语所特有的"规训"功能。

在"新时期"，作家与知识分子的身份位置产生了巨大的变化，邓小平同志宣布："我国广大的知识分子，包括从旧社会过来的老知识分子的绝大多数，已经成为工人阶级的一部分，正在努力自觉地为社会主义服务。"（邓小平，1983）当长期关闭的"合法性"大门向被改造的知识分子敞开，意识形态话语以最高领导人的规格宣布对被改造的知识分子苦刑的特赦的时候，被改造者的惊喜之情和某种"感恩戴德"的心理也是可以理解的。也正是在这种心理的驱使下，王蒙才发出了这样由衷的感言："我们与党的血肉联系是割不断的！我们属于党！党的形象永远照耀着我们！即使在最痛苦的日子里，我们的心向着党。而当一旦重新允许我们拿起笔来，我们发出的第一声欢呼呐喊，仍然充满了对党的热爱、信念和忠诚……"他同时表示要

"永远和人民在一起，做人民的代言人……"① 王蒙的这种姿态是耐人寻味的。在"新时期"之初，这群被改造者其实对自身身份合法性的维持仍有顾虑，为此，以意识形态所能接受的话语方式一再声明自己身份的归属性就成为"换取"主流意识形态话语首肯，为自身言说取得话语权的必要手段。放在当时的政治背景下，这或许也是一种无可奈何的选择。

应该肯定的是，在"新时期"之初的文坛，"右派"作家是进行"伤痕、反思"文学创作的主要群体，正是这一群体的历史反思相当程度上推动、促进了启蒙话语的生成和发展。但是，不可忽视的是，这一派作家又大都经受了长期的"思想改造"，在长期的"改造"中，某些"右派"作家的思想立场和思维方式已经不可避免地受到了主流意识形态话语的挤压和影响，因而，他们的创作表现出内在的矛盾和两歧性：一方面，他们以"人"的主体性书写顶替、质疑了"人民"书写的神圣性，"人"的主题在"新时期文学"中第一次得到阐发和表现，历史不再只是革命意识形态的历史，而成为"个体"的经验史、"人"的心灵史；而另一方面，作家对民粹主义话语的普遍认同以及对"合法"的"身份"的追求却使这一"人"的历史又一次编织进意识形态话语合法性论证的历史叙述中，成为另一个历史"宏大叙事"的素材和注脚。他们的启蒙立场变得模糊和不彻底，启蒙话语在很多"右派"作家那里表现出内在的矛盾和两歧性。

当然，我们不能忽视的另一个问题是，"新时期"之初作家的自我身份认同与当代话语传统之间的关系。"右派"作家和"知青"作家所具有的思想资源与所面对的文化传统，无一不与当代政治文化有关。所以，在"个人"与"人民"的关系问题上，以及在个人主体与政治方向、意识形态历史叙述之间，其实一直存在着"认同重合"的现象。也就是说，以"自我"为核心的"个人话语"和以"人民"为核心的群体话语一直是一个问题的两个方面，它们或许会存在着内在的龃龉与碰撞，但是这并不妨碍国家、民族、人民等"神圣话语"相对于"个人话语"的优先地位和主导性；而"个人话语"只有寓

---

① 王蒙：《我们的责任》，《文艺报》1979 年第 11—12 期合刊。

于"群体话语"之中才获得了自身的意义。所以，"伤痕、反思"小说在作家们看来，就既是对个体苦难的书写，又是对群体灾难的历史反映，个体寓于群体之中，使"小写的我"获得了升华为"大写的人"的历史神圣感。从这个意义上说，"伤痕、反思"作家们的启蒙的不彻底性和两歧性也并不仅仅出于自我保护的目的，也不全是因为意识形态话语规训造成的，它实际上反映了作家思想资源与思维方式的先天的不足和缺陷。

除此以外，"新时期"主流意识形态话语在面对"现代化"的时代命题时，也表现出不同的倾向，而主流意识形态的这种分化所造成的与启蒙话语的"话语重叠"也影响到了启蒙话语的表达。某些"左"的领导人并不太赞同"改革开放"的政策，他们比较顽固地坚持旧意识形态的观点和主张。而那些更有影响力的所谓"开明派"领导人，则大力推动"改革开放"的发展，他们的思想和主张某种程度上与启蒙话语对"现代化"的热烈呼唤是合拍的。因此，在"新时期"之初，把国家推向"现代化"之路，使整个民族重新走向振兴构成了主要话语力量共同认可的历史选择。"现代化"、"改革开放"构成了那个时代的主潮话语。这一主潮话语具有现代性话语历史目的论的特征，同时，它凝聚了中华民族长久的历史期待，饱含着一个民族有关"现代化"的激情和梦想。在历史叙述问题上，这一话语形式倾向于将过去的苦难历史与当下的"新时期"缝合，编织成一个有关民族国家"灾难与复活"的历史寓言。显然，在这一话语形式中，存在着启蒙话语和主流意识形态话语的重叠，而主流意识形态话语也往往利用了"现代化"的话语形式，表达自己的历史立场并进行话语的"合法性"论证。这样，"新时期"之初的启蒙话语便面临着自我叙述的难题，稍不注意，历史叙述便会成为在政治隐喻层面上对权力主体的书写，成为有关主流意识形态政治合法性的寓言。所以，我们往往在"新时期"之初的许多作家的笔下，看到令人震惊、发人深省的关于"苦难"与"创伤"的书写，可以在许多作品中发现作家对历史、对人性的深刻反思，也看到了在伤痛之余发出的对尊重人、关心人的人道主义的呼唤；但同时，苦难的呈现与裸露又混合着对苦难的美化与超越，历史的反思的结尾又总是出现"权力"

拯救的承诺，"人"的价值呼唤又往往与"人民"的亲情抚慰缝合在一起，这些不无矛盾的现象反映了特殊时代"话语重叠"所造成的尴尬，它冲淡了"启蒙"叙事的主题，同时又将"启蒙"叙事在某种程度上纳入到"合法"的历史叙述之中。

第三节　"现代化"想象中的话语权力问题

"新时期"的一个关键词，就是"现代化"。随着改革开放政策的推行，"现代化"再次成为 20 世纪 80 年代中国人心目中最引人遐想、勾起希望的字眼。它以指向美好未来的姿态建构起新一轮的乌托邦梦想，激发起全国人民的乐观信念和奋斗激情。"现代化"梦想的久被压抑与国门初开之时外面世界的异彩纷呈都使"实现现代化"的要求变得更加热切，而主流意识形态话语的大力推动与宣扬，又使这一重燃的梦想与激情火上加油。可以说，80 年代初的"现代化"话语，因各种力量的推动并获得了包括知识分子和权力阶层及底层民众的一致拥护，而成为当时一股势不可当的"主流"话语，"现代化"成为主流意识形态的重要组成部分。当然，在知识分子和"主流"话语之间，对"现代化"的理解存在着明显的分歧，要不要所谓的"第五个现代化"一度成为争论的热点，但毋庸置疑的是，以"现代化"的方式推动经济发展，社会进步，仍是得到全社会普遍认同的。

"现代化"主题在"新时期"之初的小说中也得到了相当广泛的表现。如同全社会对"现代化"的理想化预期一样，在相当多的作品中，"现代化"被表现为、想象为几乎包治百病的济世良药，似乎只要紧扣"现代化"，原来的历史沉疴便立即去除，欣欣向荣的新生活便立即开始，这种简单化的表现手法体现了当时普遍的肤浅的乐观倾向，但也是一种真实的社会心理的体现。时过 20 年之后，我们再来梳理这一时段的小说或许会发现，一个时代的"主流"话语会在多大程度上影响，甚至改写了事物的本来面貌，这种"主流"话语的改写企图让今天的我们发现，其实"现代化"的想象本质上就是一种话语谋求其权力的过程，而我们的重读就是还原这一本来面貌的必要行为。

在《小镇上的将军》的结尾，随着邪恶势力的覆灭，"新时期"的到来，一个新的属于"现代"的历史时间又开始了。这个新的历史时间是以"现代化"设计的重新实施为标志的。小说描写道："瘌痢山以及附近的几个山包挖满了树洞；镇外河岸边垃圾堆消除了；镇上的两条街铺上了水泥；河的改造也列入了附近小镇社队的水利规划；几千名劳动力在春节前完成了第一期工程……"显然，小说的这一情节太过理想化，实际上"文化大革命"刚刚结束，社会生活正在恢复，未必能出现如此迅猛、令人眼前一亮的诸多"现代化"建设场景，这只不过体现了作家的美好遐想罢了。理想中的"现代化"场景反映了从民众到知识分子的热切渴望，这种"想象的"现代化也正是"新时期"之初小说创作的一个特点。

铁凝的成名作《哦，香雪》，正是这一"想象的现代化"的经典文本。主人公香雪居住在深山之中铁路线旁的一个小村落——台儿沟里，每晚七点钟，从首都开往山西的火车都要在这里停留一分钟。而这一分钟，搅乱了台儿沟的宁静。姑娘们纷纷梳洗打扮，像赶场一样去看火车，不为别的，就为看一下她们感到新鲜而好奇的山外面的人和那没见过的火车。姑娘们的热情不仅是因为好奇，还是因为一种对"现代文明"的渴慕和想象。火车是从首都驶来的，在姑娘们的眼中，它代表着一种属于城市的"现代文明"，是一个"现代"的象征。因而，它充满了神秘和不可言说的吸引力，它虽然仅仅给了姑娘们一分钟接近的时间，但这足以让她们天天兴奋，日日盼望了。在小说中，火车这个"现代"的符号"驶入"（也可以说是"楔进"）古老的封闭的台儿沟，这个意向本身就富有表现力，它将现代性侵入传统文明所造成的震惊效果，以一个有力的"楔入"意向表现了出来。"震惊"所造成的后果不外乎两个：一是激起进一步的渴慕；二是抗拒或者排斥。前者是对现代性的拥抱，后者则是对"现代"的质疑与抵抗。《香雪》的叙述显然是前者，"现代化"以一种不可抗拒的力量吸引着山中的姑娘们，而她们的热烈欢迎其实正表白着作家自身的现代化立场。

小说中，香雪用40个鸡蛋换回了一个铅笔盒，这一情节也是耐人寻味的。香雪来自穷山沟，因此被中学的同学们歧视，而这种歧视在幼小的香雪的心理感受中都凝聚到了一个标志着"知识"、"文明"和"现代"的物体——铅笔盒上面。因为她没有能自动合上的铅笔盒，于是铅笔盒就成为区分香雪与同学们的身份——贫穷与富裕，落后与"现代"的标志。香雪一门心思要得到它，在她的想象中，铅笔盒已经不再是一个工具，而是一个"现代"生活的符号。40个鸡蛋对于一个农村姑娘来说，是价值不菲的，用这样悬殊的"交换价值"去获得一个"文明"与"现代"的符号，这样的情节暗示了"现代"高高在上的价值。铅笔盒满足了香雪的"现代性的想象"，使她获得了进入"现代"的身份。小说结尾有一段有意思的描写，表达了香雪对"现代"的美好想象："她要告诉娘，这是一个宝盒子，谁用上它，就能一切顺心如意，就能上大学，坐上火车到处跑，就能要什么有什么，就再也不会叫人瞧不起……"

　　与《香雪》相似，《黑娃照相》同样表达了对"现代化"的想象。不过，不同的是，香雪是以金钱获得了一个与"现代"相关联的符号，黑娃是以金钱获得了一次打扮成"城里人"（也即"现代人"）形象的机会：他用刚刚靠养殖长毛兔挣来的八块多钱从照相的小伙子那里租到了"毛衣、西服、呢子裤"，打扮成了"城里人"的模样，并照了照片。这次"易妆"后的拍照实际上是一次想象中的对"现代化"的梦游。黑娃暂时抛弃了自己的农民形象，也就是否定了自己的农民身份，短暂获得了"现代人"的身份认同感。这显然是一次虚假的认同，但在他的想象中，这就是真实的。"黑娃愣愣地望着照片，那眼神好像在问：这一位果真是俺吗？但他很快便确认，这就是本来的黑娃，或者说，这就是未来的黑娃。"在黑娃身上，显然还有着阿Q的影子，但是小说中一再出现的对"现代化"美好前景的展望和未来承诺，冲淡了读者对这方面内容的关注，很多热切支持"现代化"的批评家们也对此视而不见，认为黑娃是"闪耀着时代风采的社会主义新农民形象"①。

　　实际上，仔细阅读这篇小说，我们不难发现，黑娃对"现代"身份的趋附与认同是一种对"现代化"话语压制的反抗。他在赶庙会时，因为一身穷相而一再被人抢白、歧视，这种"受挫"遭遇使他失去了名正言顺地为自己的农民身份辩护的自信心，于是，他与强大的"现

---

　　① 唐先田：《希望就在眼前——读短篇小说〈黑娃照相〉》，《人民日报》1981年8月19日。

代"秩序妥协，以"易容"的方式反抗这一秩序的歧视。他的反抗，是妥协中的反抗，失去了自己的本来身份，只换来了虚假的满足感，这正回响着阿Q精神胜利法的回声。但是黑娃又是"现代"的，因此他很容易获得"现代化"话语的支持。如果说《香雪》是以一种单纯的方式致力于表达一种对"现代"的渴望的话，那么《黑娃照相》将这种渴望背后的城/乡、现代/前现代的矛盾和裂痕凸现出来，它让我们注意到了矛盾的难以弥合，如果只凭对于"现代化"的热烈向往就能跨越这一巨大的鸿沟吗？这是充满疑问的。《黑娃照相》以黑娃的方式试图回答这个问题，那就是"劳动致富"，黑娃设想以副业养殖带来的经济收入的改善弥合这一现存的矛盾和裂痕，他为此信心百倍："他再次掏出彩色照片，审视良久，忽然对相片里的自己说：'我说你啊，你好好听着，再过两年，咱来真格的！'他又回头望着山下的庙会，望着那鳞次栉比的货棚、饭铺，大声喊叫着：'你们统统给俺留着！'"黑娃的宣言有着做"未来主人翁"的豪气，他相信，凭自己富裕起来，未来自己肯定会是一个真正"现代"的，不必再受"城里人"歧视的堂堂正正的人，而不必再凭着"改装"取得自己的合法身份。在这篇小说中，农民的身份问题被缝合进"现代化"的叙述之中，他们对"现代化"的渴慕和参与暗示了"现代化"合法性的确立。这正是80年代"主流话语"在叙述农民形象时所体现出的新的意识形态。

与黑娃对"现代化"的信心相似的，是《乡场上》的冯幺爸。他刚刚能吃饱肚皮，有了余粮，就敢于在乡场上顶撞实权派人物曹支书和罗二娘，靠的就是相信"国家的政策不像前些年那样，不再三天两天变，不再跟我们这些做庄稼的过不去"，换句话说，他相信"现代化"的光明前景，相信"有的是力气，怕哪样？"所以，以前在别人面前唯唯诺诺的冯幺爸不见了，一个独立的人格形象出现了。作者显然是把一个属于未来的"现代"承诺提早兑现了，这个"现代"不仅包含着经济上的富裕，也包括了人的精神的独立，冯幺爸就是这个提早兑现出的属于未来的人格。

黑娃和冯幺爸，都把希望寄托于将来，他们相信未来的美好，一个富足的新生活肯定会到来，而他们最终能够挺直腰杆做人。如今，再回望那时的作品，我们不仅要为他们的热切和肤浅叹息，随着"现代"

的推进，黑娃们的处境有了什么样的改变呢？或许，现在黑娃们在回望鳞次栉比的城市的高楼的时候，仍然要感受那一份被拒绝、被歧视的凄凉的心境吧？或许，他们的希望和梦想只是离他们越来越远吧？时过境迁，我们仍然能从当时的作品中感受到作家们对"现代化"热切的希望，而他们笔下的人物在当下所遭遇到的困窘和惶惑、贫穷和失望也许是当时的作家们所始料不及的。

通过上面的分析我们可以看到，不论是充满自信的政治性的"拯救"叙述还是以批判农民国民性劣根为特征的启蒙叙述，还是新的"现代化"叙述，虽然在表现农民与叙述话语的关系时各有不同，它们都体现出一个共同的特点，那就是作为叙述中心的农民形象表面上占据着话语的中心，而实际上，农民都是被诸种话语力量所裹挟、所评判，被诸种话语"改头换面"，被话语力量依照自己的理解进行了塑造和"改写"的对象。因此，农民形象始终都是被言说、被支配的话语对象而不是真正的话语主体，这一形象实际上成为了参与诸种话语进行政治、文化和社会想象的空白的"历史主体"。在表面上喧嚣热闹的"农村新人形象"叙述背后，农民这一群体其实始终没有获得自己的话语权，而真正掌握叙述的话语权的，是远比农民这一"主体"更强大的诸种话语力量。当然，诸种话语力量的叙述中心是不同的，这似乎暗示出在"现代化"这一统一的叙述语态中，不同话语力量的争夺和分流。

第四节　话语格局与话语关系

通过上文的分析，我们不难看到，"新时期"之初的话语格局已经产生了极大的变化，原来一统天下的"文化大革命"旧意识形态话语已经破产，启蒙话语逐渐萌发并在意识形态话语的缝隙中逐渐成长，虽然在依然强硬的意识形态话语的裹挟下启蒙话语不得不小心翼翼，但它的影响却在逐渐扩大，并在80年代与意识形态话语一起构成了最主要的话语力量，这是"新时期"话语格局的变异中最重要的事件。毋庸讳言，"新时期"之初的启蒙话语尚处于萌发、生成阶段，与主流话语掌握的权力力量相比，启蒙话语显得柔弱。但是"文化大革命"的浩劫教育了广大民众，在民众中，对意识形态的"历史真理"的怀疑，对政治谎言的摒弃，对帮派斗争的厌恶和个人主体意识的觉醒在相当多的年轻人中十分普遍，这批年轻人正逐渐远离了政治神话叙述的话语樊篱，而投身于启蒙者的行列。另外，民众中自发的对"文化大革命"的抵制和不满，对正常生产生活秩序的渴望也使大众与启蒙话语之间产生了呼应和共鸣。所以，尽管启蒙话语尚显柔弱和小心翼翼，但它一旦破壳而出，便引起知识分子、民众，以致一部分官员的热烈响应和热情赞颂。我们可以从70年代末到80年代初的有关"人性"、"人道主义"的热烈讨论中看到这种呼应和支持。这表明，尽管主流意识形态话语掌握着历史叙述的话语权，但是启蒙话语时不时地以自己的启蒙立场超越、"溢出"了"主流"的历史规范，从而为历史书写的真实性多少保留了一份领地。这种思想倾向在创作中也有所体现。在某些以个性化方式展示"伤痕"和以人道主义立场反思历史的作品中，人的创伤性体验和"异化"状态成为无可逃避的灾难，成为无法拯救，也拒绝拯救的个体经验，这种书写方式将"伤痕"暴露给人看，提供了一种历史的悲剧性体验。而另一些作品则将视角伸向历史的深处，在对农民的国民性批判中，以及自我人性的观察中把反思的深度延伸到了文化与人性的深层，从而在"历史反思"的政治叙述模式之外，探索出启蒙话语的思考路向。

当然，启蒙话语的自我言说仍然受到相当多的因素的阻碍，这使它不免在某种程度上不得不乔装改扮甚至有所变形。首先，知识分子身份的合法性在"新时期"之初仍是一个悬而未决的难题，而为了换取身份的合法性和言说的权力，启蒙话语就不能不在其言说方式上向主流话语妥协，从而其话语方式总是掺杂着意识形态话语的思想痕迹和语言逻辑，这构成"新时期"之初"伤痕、反思"小说叙述话语的一大特征。

其次，意识形态话语的政治"边界"和话语规范仍然存在，这某种程度上制约和限制了启蒙话语的自我言说。在这些限制和"边界"面前，启蒙话语的立场无法表达得更直接和尖锐，否则，就将面临被批评和指责的窘境。虽然在"新时期"，政治意识形态与文学创作的关系已经得到相当程度上的修复，但是，在创作中，意识形态的"底线"仍然是不能被突破的。这样，我们就会发现，在大批"伤痕、反思"小说的创作中，往往是苦难的场景刚刚展开便匆匆结束，历史的真相稍一触及便连忙回避，可以说，这些作品中的历史叙述是不全面也不彻底的，这也限制了启蒙话语的自我表达。

再次，启蒙话语是在一个话语资源有限、意识形态话语遗留很多、传统话语的"惯性"依然强大的环境中产生与发展的，这些传统与话语资源仍然构成了启蒙话语的基础性认同，所以它们不能不对尚显稚嫩的新生话语产生压力，使其不可避免地产生变形。"新时期"主流意识形态所建构的认同基础是"国家"、"民族"和"人民"，以神圣的"国族"名义进行言说的话语主体，仍然是意识形态和权力。但是，在"国族"认同的立场上，"启蒙"话语与意识形态话语之间，是存在着一致之处的，虽然其指向"现代化"的目标与主流意识形态可能并不相同，但这种认同的统一还是使启蒙话语的言说方式被纳入到了意识形态话语的"国家叙事"之中。这使启蒙叙事自觉不自觉地与意识形态合法化叙事相互呼应，通过"民族—国家"这一中介，知识分子启蒙叙事无形中加入到了意识形态话语所主导的主流叙事之中；另外，对"国家"、"民族"与"人民"的叙事往往以道德伦理叙事方式体现出来，这说明了将历史伦理化的叙事方式仍然是共同认同的叙事原则，这也阻碍了启蒙叙事的个人主体性的形成。

当然，对这一问题的分析还应看到另外几个层面的事实，这些因素也影响了启蒙话语的叙述形态和话语立场。其一，主流意识形态"现代化"的话语转型重构了社会认同的前提和基础，在"现代化"问题上，知识分子启蒙话语与"主流"之间是有着很多共识的，这为启蒙话语与主流意识形态话语的"互动"与"呼应"奠定了基础。其二，知识分子对自身历史主体性身份的展望和期许使其产生了更高的社会启蒙的愿望和进入话语权力中心的欲望，这就必然会影响到启蒙立场的个体性和批判性。其三，知识分子之间的思想差异和身份认同差异也使启蒙话语的言说本身呈现出多向和复杂。以上几个层面的问题无不影响了启蒙话语的言说方式、情感倾向和个体立场，也就影响到了启蒙话语与"主流"意识形态话语之间的关系。所以，启蒙话语虽然对意识形态话语多有突破，但是在某种情况下却又并非自愿地客观上契合与呼应了主流意识形态的话语立场，这使启蒙话语具有不彻底性的特点。

在"新时期"最初的一段时间里，启蒙话语与意识形态话语之间呈现出了难得的互相呼应，配合，共同推动"思想解放"运动和文艺政策调整的默契局面。毫无疑问的是，主流意识形态话语在这一格局中居于主导位置，正是它的推动作用与一定程度上的宽容退让，才造就了"新时期"之初话语关系较为和谐的局面。但是，这样的配合与默契是在历史灾难之后由各方妥协产生出来的，它带有权宜之计的味道；另一方面，"主流"意识形态内部也并非铁板一块，所谓"开明派"与"保守派"的矛盾与纷争也使"新时期"的话语规范时常产生"滑动"和不稳定，这就使并存的话语格局不时出现互相抵触和矛盾的现象。

　　"新时期"主流意识形态话语对与知识分子启蒙话语的某种退让甚至呼应源于对"极左"政治路线"拨乱反正"的现实需要。主流意识形态话语需要从"文化大革命"那种僵硬的政治立场上作必要的调整和退却，以改善与知识分子的关系，消除知识分子与政权之间的紧张和隔阂，这对于迅速扩大政权的合法性基础、尽可能地获得民众支持是十分必要的。这种立场的变化突出体现在1979年第四次文代会上邓小平同志所作的《祝辞》和周扬所作的"报告"中。邓小平同志在《祝辞》中指出："党对文艺工作的领导，不是发号施令，不是要求文学艺术从属于临时的，具体的，直接的政治任务，而是根据文学艺术的特征和发展规律，帮助文艺工作者获得条件来不断繁荣文学艺术事业，提高文学艺术水平。创作出无愧于我国伟大人民、伟大时代的优秀文学艺术作品和表演艺术。"（邓小平，1988）在邓小平同志发表了《祝辞》之后，周扬在《继往开来，繁荣社会主义新时期的文艺》的报告中进一步阐发了邓小平同志的观点。他指出："每一个作家和艺术家采用什么样的创作方法来从事创作，这是作家、艺术家的自由。我们要提倡我们所认为最好的创作方法，同时也更要鼓励创作方法和创作风格的多样化，不应强求一律。"（周扬，1988）他同时也批评了"从属论"和"服务说"，认为它们颠倒了文艺与生活的关系，导致创作的公式化、概念化。显然，在对"创作自由"与"民主"的阐述中，在批判"文艺从属于政治"的观点里，包含着对知识分子一定程度的宽容和对此前文学批评僵硬的"党性"原则的某种放弃。虽然，这种"宽容"还要加上"有利于安定团结"和"必须正确反映现实生活"之类的限制性定语；对"党性"原则的放弃也要在之后补充进"为社会主义服务"

的内容加以订正，但是主流意识形态话语的退让是显而易见的，这为启蒙话语的产生留下了空间。所以在"新时期"之初的文坛，以控诉罪恶、表达对人性毁灭的愤慨、呼唤人性回归为特点的"伤痕"文学，以揭示历史谬误、表达对历史的理性批判为特点的"反思"文学和致力于揭发"国民性"痼疾、表现出鲜明的启蒙立场的农村题材小说就大量产生并涌向前台了。这些或多或少地体现出知识分子话语特点的文学作品能够"浮出水面"并颇具气势，这在此前的时代是不可想象的。主流意识形态话语的宽容、鼓励，某种程度上促进了"新时期"之初文坛的繁荣。

与知识分子启蒙话语与"主流"话语的关系相似，"民间"话语与主流话语的关系，也处于相对和谐之中。在"文化大革命"十年浩劫中遭受巨大损失、蒙受深重精神痛苦的不只是知识分子，广大民众一样承受了巨大的灾难，所以结束长期动乱，将政治重心转移到经济建设上来，是全体民众的共同呼声。"新时期"主流意识形态适时地响应了这一呼声，在结束"文化大革命"动乱之后，提出了实现"四个现代化"的战略目标，这无疑是深得民心的。另外，"文化大革命"的"阶级斗争"意识形态人为地将民众划分为不同的敌对阶级，煽动内乱，严重地分裂了国家，破坏了共同的价值认同，也孤立了政权力量，使民众对政权的合法性产生了质疑。这重重危局使主流意识形态也不能不抛弃"文化大革命"的"阶级/革命"话语，而以新的话语方式重建认同。

在实际操作中，主流意识形态采取了多种手段构建被民众认同的"新时期"话语。其一是清算"文化大革命"话语。一方面，通过有组织的批判和理论突破的方式，彻底否定"文化大革命"意识形态话语的合法性；另一方面，在一定程度上肯定"伤痕"文学的创作，通过文艺渠道给予民众抚平伤痕、宣泄积怨的机会，从心理上提供话语出口。其二，提出"以经济建设为中心"的口号，以实现"共同富裕"为目标，许诺了物质财富迅速增长的未来，这满足了民众长期以来的财富渴望。虽然在当时这还是一种幻想，但是这一话语方式对底层民众的吸引力和感召力是巨大的。其三，以"人民"认同的方式取替"阶级"认同，弥合此前旧意识形态所造成的分立，提出"团结一致向前看"的口号，从而比较成功地实现了民众内部和解。这些方法的运用使广大民众迅速建立起"新时期"认同，从而"主流"意识形态的话语立场与民间话语就取得了协调统一、互相呼应的结果。

这样，在"新时期"之初，我们就看到了一个少见的历史场景：作家们自觉自愿地为民众倾诉积怨，这同时也为自己争取到了"民众代言人"的时代精英地位。张贤亮曾直言不讳地说，70年代末80年代初，"人们认为中国作家很可能就是人民的代言人。其实，那不过是作家们说了人民群众'想说又不敢说的话，要说又说不好的话'罢了，不是思想上的代言人而是感情上的代言人"。他承认，那时他们"有力地配合了思想解放运动，推动了中国的进步"（张贤亮，1997）。作家的这种申诉又同时打破了旧意识形态的堡垒，成为对旧时代的讨伐，获得了新的主流意识形态的鼓励和赞许。不同话语之间融汇交织，共同构成了时代的话语主潮。当然，话语的和谐并不能掩盖其中的某些纷争。我们看到，启蒙话语与主流意识形态话语之间，时常产生或大或小的摩擦，而在"主流"内部，所谓"开明"与"保守"的立场不同，也带来了文艺政策与批评的不稳定，这也导致了某些冲突的产生。

邓小平同志在第四次文代会之后不久发表的党内文件《目前的形势和任务》中，曾做过这样的表态："我们永远坚持百花齐放，百家争鸣的方针。但是，这不是说百花齐放，百家争鸣可以不利于安定团结的大局。如果说百花齐放，百家争鸣可以不顾安定团结，那就是对于这个方针的误解。"而在1981年7月发表的《关于思想战线上的问题的谈话》中，他对剧本《苦恋》发表了措辞严厉的批评："无论作者的动机如何，看过以后，只能使人得出这样的印象：共产党不好，社会主义制度不好。这样丑化社会主义制度，作者的党性到哪里去了呢？……坚持四项基本原则的核心，是坚持共产党的领导……对待这些问题，我们不能再走老路，不能再搞什么政治运动，但一定要掌握好批评的武器。"（邓小平，1988）"党的领导"、"安定团结"等政治措辞表明了主流意识形态的心理"底线"的存在，它表明了主流意识形态虽然在努力建设一个"严肃、活泼"的新时期话语格局，但政治意识形态的限制还是客观存在的。当知识分子启蒙话语以它的深入历史反思试图去触碰这一"底线"时，会引起警觉甚至强烈的反弹。"新时期"之初的一批引起过争议的作品，如《飞天》、《在社会的档案里》、《离离原上草》以及《苦恋》等正是如此。知识分子对政治、社会、历史的思考不应该偏离"主流"话语所设定的路径，更不能"溢出"主流所能容忍的"边界"，否则，对知识分子严厉批判与"十七年"期间是没有本质区别的。

主流意识形态的这一"限定"表明了这一点：实际上"新时期"对知识分子启蒙话语的"宽容"还是一种有限度的政策。虽然主流意识形态话语表现出相当大的"弹性"和容忍度，但本质上，对知识分子的某种警惕和提防仍然存在。这在不久后发生的一系列意识形态批判运动中会清楚地看出来。总体上看，"新时期"之初的话语关系呈现出从交汇到分流的基本走向，在"新时期"最初的一段时间里，因为"思想解放"目标的一致，启蒙话语和意识形态话语基本上保持了呼应和配合的整体姿态，启蒙话语的自身立场还显得模糊；而在此之后，随着启蒙话语浮现自身和意识形态话语的分流，启蒙话语立场和言述方式越来越趋向于与主流意识形态话语分离，它们原本所具有的分歧和矛盾也就浮上了台面。

结　语

　　"新时期"之初（1977—1984）的中国，正处于"话语转型"的历史进程中。"文化大革命"的结束，宣布了以"革命"、"阶级"叙事为特征的激进话语时代的结束，"现代化"目标的提出，"改革开放"路线的确立，标志着另一个话语时代的到来。"一切都翻了一个身，一切又都刚刚开始"，"新时期"之初正像所有经历了历史的大动荡、大转折的时代那样，重整旗鼓、百废待兴是它的基本特征。当"文化大革命"政治时代的话语体系已经被彻底否定，扔进了历史的垃圾堆之后，启蒙话语的勃兴成为"新时期"话语格局变异中最引人注目的现象。但是，一种话语的成形与发展并不是对旧的话语进行简单替代的过程，事实上，启蒙话语是在与主流意识形态话语的对话、博弈中逐渐成形发展的，所以，"新时期"的话语重建从某种意义上说其实也是启蒙话语努力取得自身话语合法性地位的过程，因此，它必然面临着话语的矛盾和冲突。主流意识形态话语和启蒙话语在"新时期"之初的几年里一直存在着或显露或潜隐的话语立场的分歧和矛盾，在"思想解放"、"历史反思"是否应该有"限度"的问题上，以及从哪个方向推进"反思"的进行、"反思"应该借鉴何种话语资源等问题上都出现了不少的分歧甚至冲突。在有关"历史叙述"的"真实性"、"人道主义"话语的合法性以及有关"现实主义"的继承等问题上，启蒙话语与主流意识形态话语之间发生了论争。这些分歧和论争表明，"新时期"话语的重建从一开始就隐含着话语立场和话语指向的不同，而主流意识形态限于自身的逻辑，在话语重建的过程中设定了某些话语"边界"和"规范"，于是，争论往往就围绕着这些"边界"和"规范"展开。此外，作家的主体姿态和话语认同也往往使话语争论的边界变得模糊，在一大批"右派"作家和"知青"作家那里，思想的突破和明显的局限是同样存在的，这就使"新时期"话语重建更显现出内在的纠缠和复杂性。

　　"十七年"以来一直到"文化大革命",主流意识形态话语都致力于建构一种以"革命"的正当性论证为中心的叙事,这一叙事的主题之一就是"革命与历史进步的必然性联系",而当"文化大革命"以其血腥的事实将"革命"置于怀疑之地时,这一历史叙述的逻辑链条便出现了松动和脱节。所以,如何面对这一"松动"的历史叙述,如何重建新的历史叙述,而这一"新"与"旧"又是一种什么样的关系,这就是摆在"新时期"诸种话语力量面前的难题。我们看到,在历史叙述问题上,主流意识形态话语明显采用了一种"有限度的反思"的策略,"反思"表现在对"文化大革命"的"封建性"特征的指认上和对其否定的立场上。"文化大革命"在主流意识形态话语的描述中,被定义为"旧时代的遗毒"、"封建迷信的现代形式"和"无政府主义的内乱",对"文化大革命"的基本否定,表明主流意识形态试图与"文化大革命"历史划清界限的意图,而这样的否定也为历史叙述的重写铺平了道路。但是,这一否定又是不彻底的。主流意识形态对"一小撮""反革命分子"的历史谴责实际上又是对历史责任的推诿,它同时也表明主流意识形态拒绝彻底反思"革命历史"的态度。这种有保留的否定有效地将"文化大革命"历史"空白化"了,同时,在对"革命历史"的合法性的强调中又保持了"革命历史"与"新时期"内在的连续性。在"十七年"与"文化大革命"的关系上以及在"新时期"与"文化大革命"的关系上,主流意识形态话语都倾向于以"断裂"方式加以叙述,意在否定"文化大革命"历史与"革命历史"之间的瓜葛;而在"十七年"与"新时期"的关系上,则倾向于叙述历史的"连续性",以保持意识形态的连续和合法。这种历史叙述的态度体现在文艺政策上,就是"文艺为社会主义服务"口号的确立和"回归十七年文艺"的理论倾向的出现。

　　显然,主流意识形态话语的历史态度并不能够为启蒙话语所认同,在大量的以表现"苦难"为主题的"伤痕、反思"小说的创作中,作家们从"人性、人道主义"立场反思"文化大革命","文化大革命"历史的内在复杂性和它与"十七年"以至当代革命历史之间的某些联系都被表现和揭示了出来,这就在某种程度上突破了主流意识形态对"文化大革命"历史进行"空白化"叙述的话语规范;而某些作品对

"文化大革命"灾难历史的延续性的表现，则发人深省地揭示了"左"的历史负担的沉重和告别的困难，这又突破了将"文化大革命"与"新时期"进行"切断"叙述的话语规范。这些创作当然引起了主流意识形态及其批评家或温和或直接而激烈的批评。可以说，主流意识形态话语与启蒙话语之间所爆发的最紧张的冲突，往往就是围绕着"历史叙述"问题展开的。有关《飞天》、《调动》、《晚霞消失的时候》、《波动》等小说所展开的争论以及"新时期"之初发生的著名的"苦恋"风波，都是因为作家的历史叙述立场与主流意识形态立场之间产生尖锐矛盾所造成的。

除了历史叙述问题，主流意识形态话语和启蒙话语之间的分歧还集中在如何确立"新时期"小说写作模式和文学批评话语等问题上。主流意识形态的文学批评在历史与文学的关系问题上，仍然坚持文学依附于历史叙述的原则，因此在"厚今薄古"的历史叙述观念指导下，不同的文学题材出现了不同的等级划分，那些倾向于"反思"和"暴露"的作品被主流意识形态话语一再压制和批评。主流批评话语对题材问题的重视与"十七年"对题材问题的重视是一脉相承的。这既体现了主流意识形态对"历史反思"问题的谨慎和一定程度上的限制态度，又体现出主流批评话语无法超越自身、在意识形态的规限下陷入保守的历史局限。在小说的叙述模式上，某些"伤痕、反思"小说对"苦难"问题的美化和采用的意识形态修辞体现出主流意识形态的历史立场。这些有关"身份"、"忠诚"、"人民"等主题的叙述以及小说所采用的"二元对立"、"忠奸叙事"等叙述原则，其隐含着的意义指向是主流意识形态的"政治拯救"，这就在某种程度上呼应了主流意识形态重建自身话语"合法性"的努力，也逐渐形成了一个约定俗成的叙述模式。

主流意识形态话语的批评模式和小说修辞模式在"新时期"之初的文学创作和文学思潮中，受到了启蒙话语强有力的质疑。在很多以"人"的立场表现"伤痕"和"苦难"的作家那里，从"苦难"到"政治拯救"的意义生成途径被拒绝和切断，"个人化主体"成为"苦难叙述"的中心；而某些作品，却在对"苦难"的历史进行了深刻的反思之后浮现出新的"启蒙主体"的精神形象。这些形象尽管存在着这样那样的不足，但是这些作品对"主流"小说叙事模式和意义生成模式的拒绝，都体现了启蒙话语自身独立性的加强。除了小说创作之外，在文艺理论方面，许多具有启蒙倾向的理论家通过对"现实主义"问题的探索也在某种程度上突破了"主流"批评的话语规范。这些创作上和理论上的突破在相当程度上动摇了主流意识形态话语的叙述规范，当然也招来了主流话语的某些批评。可以说，启蒙话语和主流意识形态话语有关小说叙述模式和批评话语的分歧和论争其实质是"合法性"问题的体现，启蒙话语通过借用主流意识形态话语某些"合法性"的理论资源，通过"再解读"的方式试图找到自身言说的合法性空间；通过对主流意识形态话语"规范"和"边界"的突破，实现启蒙话语浮现自身的目的。而当主流意识形态话语意识到启蒙话语突破了"话语规范"时，往往采用较为生硬的意识形态话语给予批评，这种方式既暴露了"新时期"意识形态话语僵硬的保守姿态，也说明了意识形态话语无法适应"新时期"话语转型的尴尬处境。

"新时期"启蒙话语对"人"的立场的恢复是最为引人注目的。"人性"、"人道主义"问题在经过了长期的压抑之后，在"新时期"之初又一次被提出，在"人道主义"的论争期间，启蒙主义的"人学"立场得到了一次集中的表达，启蒙话语也在那次论争后开始真正地表现出自身的独特性。启蒙话语对"人"的问题的提出来源于对"文化大革命"的反思，"文化大革命"中大量的蒙昧主义、反人性的历史悲剧是促成启蒙话语重提"人性"、"人道主义"等问题的直接触发点。启蒙话语从对"文化大革命""兽道主义"问题的反思开始，进而提出"人的价值"、"人的权利"问题以及应该尊重人、发展人等观点，从而顺理成章地得出了"人道主义"的历史结论。对"人道主义"问题的探讨与对文学问题的探讨是联系在一起的，追求"文学重返自身"实际上目的在于重新确立"人的文学"的主导地位。所以说，启蒙话语的历史叙述和文学叙述，其出发点和立足点、其目标和指向都是"人"，这是启蒙话语的最根本特征。

然而，主流意识形态话语在对"人"的问题的理解上与启蒙话语之间存在着很大的分歧，这表现在，首先，意识形态话语并不愿意承认"人"的历史主体性，在面对"人道主义"的思想潮流时，总是强调"人"的理解的社会性和阶级性，试图把"人"的理解纳入到主流意识形态的轨道之中。其次，在历史反思的问题上，主流意识形态也不愿意认同社会主义存在"异化"这一观点，甚至不接受"异化"这一概念。这反映了主流意识形态在面对"合法性"问题时极其敏感的历史态度。再次，主流意识形态对"新时期"文学的历史定位也不是"人的文学"的回归，而是新的"社会主义文学"的确立或者说"人民文学"的历史传统在"新时期"之中的延续。所以说，主流意识形态话语在有关"人"的问题的理解上与启蒙话语是有着本质的区别的。这也使两种话语在"新时期"之初在"思想解放"问题上看起来"一致"的话语立场背后隐藏着深刻的分歧。

主流意识形态对"人"的话语的敏感和某种程度上的压制在有关"人道主义"问题的论争中表现得尤其鲜明。尽管启蒙话语为了自身言说的"合法性"而借用了马克思主义经典理论的言说路径，试图为"人道主义"话语找到可以立足的理论缝隙，但是某些立场僵化的"主流"批评家还无法接受"人道主义"话语，而对其展开了措辞严厉的批评。这种情况充分说明了启蒙话语浮现自身的困难。值得注意的是，在主流意识形态话语内部存在的一部分"开明派"人士，他们试图推动"思想解放"运动的更深一步的开展，因此他们积极支持"人道主义"问题的讨论，他们某种程度上也为启蒙话语的进一步发展起到了推动作用。当然，启蒙话语的"人道主义"立场和对"异化"等问题的探讨已经触动了主流意识形态历史叙述的"底线"，主流意识形态以政治干预的方式结束了这一论争，这也充分说明了"新时期"主流意识形态话语"弹性"仍然是有限度的，当启蒙话语以不同的历史理解和话语方式触动了主流意识形态的话语"底线"时，文艺论争往往转化为意识形态论争，这样，话语分歧背后的意识形态性就鲜明地显露出来。

"新时期"话语重建所面临的问题不仅仅是启蒙话语和主流意识形态话语之间的冲突、分歧和矛盾问题。使话语重建产生出复杂性的是作家的主体姿态和话语认同问题。毋庸置疑，"右派"作家和"知青"作家是参与、推动"伤痕、反思"小说创作并推动历史反思进行的重要群体，但是，他们自身的思想局限和话语局限也是十分明显的。由于当代中国政治文化的长期存在，"右派"作家群体和"知青"作家群体也在某种程度上受到了这一"主流"文化的影响。某些"右派"作家，如张贤亮等人作品中自觉不自觉地出现的"知识分子改造"的思想痕迹以及"知青"作家作品中所出现的"英雄"主题都反映了这种政治文化的话语遗留。当然，这两个群体的主体姿态和历史意识也具有明显的不同。比较而言，"右派"作家具有较为自觉的历史主体意识，他们的"归乡"小说某种程度上成为表现自我"历史主体回归"的形象化文本。而"知青"作家的"归乡"小说，则更多暴露了"知青"群体的生存困境和文化两难。

　　作家话语认同问题还表现在对民粹主义话语的认同上。"新时期"之初的作家大都经受过长期的"改造"或者是"插队"，与底层民众的血缘亲情是朴实而深厚的。但是，这也相当程度上阻碍了作家主体意识的形成。对民粹主义话语的认同使知识分子启蒙话语面临着批判的两难，这在很多以"批判国民性"为主题的农村题材小说中表现得尤其明显。启蒙话语对"批判国民性"主题的继承和进一步开展体现了"新时期"启蒙话语与"五四"启蒙话语的历史联系，但是，由于作家的思想与情感的某种局限性，对这一主题的表现是并不彻底的。除了对民粹主义话语的认同问题，"新时期"知识分子对自身"身份"问题的关注也相当程度上影响到启蒙话语的自身立场。这尤其表现在某些"右派"作家的创作中。出于对自身"身份"合法性的焦虑，这些作家在表现有关历史"苦难"等主题时，往往表现出对主流意识形态话语某种程度上的趋附，这种情况也说明了"新时期"主流意识形态话语对作家创作姿态的影响。

　　启蒙话语和意识形态话语之间的分歧和矛盾随着时间的推移而逐渐显露，在"新时期"最初的一段时间里，由于"思想解放"目标的一致，两种话语并没有表露出太多的分歧，但事实上，启蒙话语在历史理解与"现代化"目标指向等问题上都与主流意识形态话语存在着理解的歧异，这种歧异在其后的时间里逐渐显露，使"新时期"的话语格局呈现出由交汇到分流的总体走向，而主流意识形态话语内部的话语分流也是明显的，这就进一步使话语的关系和格局显现出复杂。分流的话语格局既给了启蒙话语发展的空间和机会，也使"新时期"的话语规范显现出摇摆和不稳定。

毋庸置疑，"新时期文学"的启蒙叙述是不成熟的，无论是其规模还是其思想展开的深度广度，都无法与"五四"时期相比。但是，我们不能因为这一启蒙叙述的弱小而否定它存在的价值，对启蒙立场的坚持和肯定在20世纪90年代之后的中国当下政治文化语境中显得尤为重要。可以说，启蒙思想资源相对于当下的社会和思想现状仍具有重要的意义，启蒙精神的内在精神价值和思想影响力并没有得到充分的发掘，从这个意义上说，它仍保有思想的"势能"。

90年代之后，随着社会语境的急剧转折，80年代启蒙思潮再次受挫。不可否认，90年代中期以后，对"现代性"问题的反思极大地促进了思想学术的进展，但是，某些借着"现代性反思"的机会，表面上反思启蒙，实际上全面否定启蒙的思想观点也大量地出现。事实上，打着"弘扬国粹"旗号的偏激的文化民族主义、某些似是而非的以解构为特征的"后学"潮流都使启蒙话语面临着空前未有的批评。启蒙话语被某些人粗暴地定性为西方的殖民话语，甚至启蒙的理性主义内核也被人与"文化大革命"的非理性主义狂热画上了等号，而更令人悲哀的是，启蒙知识分子的群体分化也使启蒙话语面临着尴尬的自我分裂的局面。所有这一切似乎说明，90年代的启蒙话语已经失去了80年代"中心话语"的地位，被无奈的边缘化了。

对启蒙话语"边缘化"情况的认识首先要明确这一点：启蒙话语并不是因为自身阐释能力的贫弱而丧失了中心话语的地位，而是因为它一直没有获得宽松的发展空间，特别是80年代结束之后，由于话语环境的巨变，使启蒙话语在90年代丧失了其话语言说的环境。

其次，对启蒙主义的历史认识应该清楚这样的两个问题：一、80年代启蒙文学的问题语境是"文化大革命"的封建主义复辟和人权、人性的被剥夺，所以，80年代的启蒙文学的视角自然集中于"人道主义"等问题上。到了90年代，这个反思的视角在急剧变化的时代面前显现出它的某种局限性。但是，80年代文学所建构的启蒙精神及其理想的核心"独立的理性批判精神和人的解放的价值尺度"却是不能轻易抹杀和否定的，我们应该合理地批判地继承它的内核，在新的时代重塑启蒙的灵魂。二、启蒙主义是不是一种依附于西方话语资源的"强权话语"？启蒙是不是一场话语的"殖民化"？回答显然是否定的。80

年代的启蒙主义基于人道主义和自由主义的思想，针对极权政治的封建法西斯统治，鲜明地提出了"尊重人"、"发展人"、"以人道为中心"等口号，这是当时的时代与社会解放趋势完全吻合的，所以说，不是启蒙主义话语"强制"性地主宰了 80 年代的话语格局，而是 80 年代的开放社会局面历史性地选择了启蒙话语。启蒙话语对当时来自西方世界的一系列理论的借鉴，正是基于中国当代的历史与社会问题作出的相对合理的理论选择，实践证明，启蒙主义对整个 80 年代中国社会思想文化的开放和进步，起到了巨大的推动作用。所以说，启蒙主义在 80 年代是与中国当时的思想文化状况紧密结合在一起的，已经成为适应中国当时社会的主流思想，是已经"中国化"了的思想资源，指责它体现了"西方中心主义"和"西方话语霸权"，甚至危言耸听地断言"文化殖民"是无视中国当时的社会情况，无视启蒙主义在中国当代历史发展中的作用的非历史主义的观点。

　　所以，对启蒙主义思想以及其文学表现只有以历史的眼光予以客观地解释才能还启蒙以真面目，也才能破除某些新潮理论似是而非的理论误导。实际上，我们必须承认，中国目前的社会文化状况还相当复杂，在光怪陆离的后现代表象世界之下还有着许多前现代的种种景观；在表面上商品化、消费化的生活场景和欲望化、狂欢化的肉体解放之下隐藏着权力话语压抑与敞开的复杂机制。而这种压抑机制正是"启蒙话语"一直致力于批判、揭露的，所以，如果我们还承认历史并不会因为话语转型、时代变迁而出现所谓的"断裂"的话，我们就应该看到，启蒙所关注的问题在几十年后的今天依然是中国社会文化所面临的重要话题，我们也应该确信，启蒙对现实而言并不是日薄西山而正是任重道远。

参 考 文 献

1. 曹文轩：《中国 80 年代文学现象研究》，北京大学出版社 1988 年 6 月版。

2. 陈思和：《中国当代文学史教程》，复旦大学出版社 1999 年 9 月版。

3. 陈晓明：《表意的焦虑——历史的祛魅与当代文学变革》，中央编译出版社 2001 年 6 月版。

4. 陈辽：《新时期文学思潮》，辽宁大学出版社 1986 年版。

5. 陈剑晖：《新时期文学思潮》，广东高等教育出版社 1989 年版。

6. 邓小平：《关于思想战线上的问题的谈话》，《中国新文艺大系（1976—1982）·理论一集》（上卷），中国文联出版公司 1988 年版，第 31 页。

7. 邓小平：《新时期的统一战线和人民政协的任务》，《邓小平文选》第二卷，人民出版社 1983 年版，第 186 页。

8. 邓小平：《祝辞》，见《中国新文艺大系（1976—1982）·理论一集》（上卷），中国文联出版公司 1988 年版，第 4 页。

9. 邓小平：《邓小平同志文选》第三卷，人民出版社 1993 年 10 月版。

10. 董之林：《旧梦新知——十七年小说论稿》，广西师范大学出版社 2004 年 12 月版。

11. 冯牧：《愈合"伤痕"和走出"伤痕"之后》，见《1981 年文学艺术概评》，百花文艺出版社 1982 年版，第 27 页。

12. 冯牧：《对于文学创作的一个回顾和展望——兼谈革命作家的庄严职责》，见《中国新文艺大系（1976—1982）·理论一集》（上卷），中国文联出版公司 1988 年版，第 154 页。

13. 古华：《关于〈芙蓉镇〉的通信》，见《新时期获奖小说创作经验谈》，湖南人民出版社 1985 年版，第 6 页。

14. 高晓声：《干预人的灵魂》，见洁泯主编《当代中国作家百人传》，求实出版社 1989 年版，第 276 页。

15. 韩毓海：《锁链上的花环——启蒙主义文学在中国》，时代文艺出版社 1993 年版。

16. 韩毓海主编：《二十世纪的中国：学术与社会》（文学卷），山东人民出版社 2001 年 1 月版。

17. 何西来：《新时期文学思潮论》，江苏文艺出版社 1985 年 12 月版。

18. 何言宏：《中国书写——当代知识分子写作与现代性问题》，中央编译出版社 2002 年 5 月版。

19. 洪子诚：《中国当代文学史》，北京大学出版社 1999 年 8 月版。

20. 洪子诚：《问题与方法》，三联书店 2002 年 8 月版。

21. 洪子诚、孟繁华主编：《当代文学关键词》，广西师范大学出版社 2002 年 2 月版。

22. 洪子诚：《作家的姿态与自我意识》，陕西人民教育出版社 1998 年版。

23. 黄开发：《文学之用：从启蒙到革命》，北京十月文艺出版社 2004 年版。

24. 胡耀邦：《在剧本创作座谈会上的讲话》，见《中国新文艺大系（1976—1982）·理论一集》（上卷），中国文联出版公司 1988 年版，第 20 页。

25. 胡乔木：《当前思想战线的若干问题》，见《中国新文艺大系（1976—1982）·理论一集》（上卷），中国文联出版公司 1988 年版，第 34 页。

26. 胡乔木：《胡乔木文集》（第三卷），人民出版社 1993 年 7 月版。

27. 姜义华：《理性缺位的启蒙》，上海三联书店 2000 年版。

28. 季广茂：《意识形态》，广西师范大学出版社 2005 年 5 月版。

29. 李犁耘、吴怀斌：《中青年作家谈创作》，山东文艺出版社 1984 年版。

30. 李国文：《作家的心和大地的脉搏》，见《新时期获奖小说创作经验谈》，湖南人民出版社 1985 年 6 月版，第 203—204 页。

31. 李泽厚：《中国现代思想史论》，天津社会科学出版社 2003 年 5 月版。

32. 洁泯主编：《当代中国作家百人传》，求实出版社 1989 年版。

33. 季红真：《文明与愚昧的冲突》，浙江文艺出版社 1986 年 11 月版。

34. 刘小枫：《社会性理论绪论》，上海三联书店 1998 年 1 月版。

35. 刘小枫：《这一代人的怕和爱》，三联书店 1996 年 12 月版。

36. 刘绍棠：《走在乡土文学的创作道路上》，见《一个农家子弟的创作道路》，四川人民出版社 1985 年 8 月版，第 229 页。

37. 刘兆林：《神不是人》，见洁泯主编《当代中国作家百人传》，求实出版社 1989 年版，第 94—95 页。

38. 陆贵山主编：《中国当代文艺思潮》，中国人民大学出版社 2002 年 6 月版。

39. 陆梅林：《必然与空想——再谈马克思主义与人道主义的关系问题》，见《马克思主义与人道主义》，文化艺术出版社 1987 年版。

40. 毛泽东：《关于正确处理人民内部矛盾的问题》，见《毛泽东选集》第五卷，人民出版社 1977 年版，第 364 页。

41. 毛泽东：《团结起来，划清敌我界限》，见《毛泽东选集》第五卷，人民出版社 1977 年版，第 68—69 页。

42. 毛泽东：《毛泽东选集》第三卷，人民出版社 1991 年 6 月版。

43. 孟悦：《历史与叙述》，陕西人民教育出版社 1991 年版。

44. 孟繁华：《1978：激情年代》，山东教育出版社 1998 年版。

45. 石元康：《从中国文化到现代性：典范转移》，三联书店 2000 年 7 月版。

46. 宋耀良：《十年文学主潮》，上海文艺出版社 1988 年 7 月版。

47. 汪晖：《死火重温》，人民文学出版社 2000 年 1 月版。

48. 汪民安：《福柯的界限》，中国社会科学出版社 2002 年 7 月版。

49. 王若水：《为人道主义辩护》，三联书店 1986 年 7 月版。

50. 王蒙：《我心目中的丁玲》，见牛汉、邓九平主编《原上草：记忆中的反右派运动》，经济日报出版社 1998 年 9 月版。

51. 王晓明主编：《二十世纪中国文学史论》，东方出版中心 1997 年 11 月版。

52. 王晓明主编：《批评空间的开创》，东方出版中心 1998 年 7 月版。

53. 王晓明：《潜流与漩涡——论二十世纪中国小说家的创作心理障碍》，中国社会科学出版社 1991 年版。

54. 王铁仙、杨剑龙等：《新时期文学二十年》，上海教育出版社 2001 年 4 月版。

55. 吴建国等：《当代中国意识形态风云录》，警官教育出版社 1993 年 4 月版.

56. 谢冕、洪子诚：《中国当代文学史料选》，北京大学出版社 1995 年 12 月版。

57. 许纪霖：《另一种启蒙》，花城出版社 1999 年版。

58. 许子东：《当代小说阅读笔记》，华东师范大学出版社 1998 年 5 月版。

59. 许子东：《为了忘却的集体记忆》，三联书店 2000 年 4 月版。

60. 叶蔚林：《给一位青年作者的信》，见《中短篇小说获奖作者创作经验谈》，长江文艺出版社 1983 年 10 月版。

61. 叶文玲：《我心头的绿荫》，见李犁耘、吴怀斌编《中青年作家谈创作》（上），山东文艺出版社 1984 年版，第 211 页。

62. 叶文玲：《丝丝缕缕话〈心香〉》，李犁耘、吴怀斌：《中青年作家谈创作》（上），山东文艺出版社 1984 年版，第 202 页。

63. 尹昌龙：《重返自身的文学——当代中国文学思潮的话语类型考察》，广东人民出版社 1999 年版。

64. 余世谦、李玉珍等：《新时期文艺学论争资料》，复旦大学出版社 1988 年版。

65. 张宝明：《自由神话的终结：20 世纪启蒙阙失探解》，上海三联书店 2002

年版。

66. 张光芒：《启蒙论》，上海三联书店 2002 年 7 月版。

67. 张光芒：《中国近现代启蒙文学思潮论》，上海三联书店 2006 年版。

68. 张清华：《火焰或灰烬——20 世纪中国文学中的启蒙主义》，中国文联出版公司 1999 年版。

69. 张炯：《新时期文学论评》，海峡文艺出版社 1986 年 5 月版。

70. 曾镇南：《王蒙论》，中国社会科学出版社 1987 年 11 月版。

71. 张贤亮：《心灵和肉体的变化》，见《张贤亮选集》第一卷，百花文艺出版社 1995 年 6 月版，第 198 页。

72. 张贤亮：《小说中国》，经济日报出版社 1997 年版。

73. 张贤亮：《"人是靠头脑，也就是靠思想站着的……"——致孟伟哉》，见《张贤亮选集》第 3 卷，百花文艺出版社 1995 年 6 月版，第 642 页。

74. 张承志：《〈北方的河〉题记》，见《张承志集》，海峡文艺出版社 1986 年 10 月版。

75. 张光年：《文坛回春纪事》，海天出版社 1998 年 9 月版。

76. 张光年：《惜春文谈》，上海文艺出版社 1993 年 10 月版。

77. 周扬：《三次伟大的思想解放运动》，见《中国新文艺大系（1976—1982）·理论一集》（上卷），中国文联出版公司 1988 年版，第 73、75 页。

78. 周扬：《继往开来，繁荣社会主义新时期的文艺》，见《中国新文艺大系（1976—1982）·理论一集》（上卷），中国文联出版公司 1988 年版，第 85 页。

79. 周扬：《解放思想，真实地表现我们的时代——谈有关当前戏剧文学创作中的几个问题》（1980），见《周扬文集》第五卷，人民文学出版社 1994 年版，第 211—212 页。

80. 中共中央文献研究室编：《三中全会以来重要文献选编》（上、下），人民出版社 1982 年 8 月版。

81. 中国社科院文学研究所：《新时期文学六年》，中国社会科学出版社 1985 年 1 月版。

82. 朱国华：《文学与权力——文学合法性的批判性考察》，华东师范大学出版社 2006 年 10 月版。

83. 朱育和等：《当代中国意识形态情态录》，清华大学出版社 1997 年 6 月版。

84. ［英］安东尼·吉登斯等：《自反性现代化——现代社会秩序中的政治、传统与美学》，赵文书译，商务印书馆 2001 年 8 月版。

85. ［美］阿里夫·德里克：《后革命氛围》，王宁等译，中国社会科学出版社 1999 年 8 月版。

86. ［美］埃里克·H. 埃里克森：《同一性：青少年与危机》，浙江教育出版社 1998 年 12 月版。

87. ［美］海登·怀特著，陈永国、张万娟译：《后现代历史叙事学》，中国社会科学出版社 2003 年 6 月版。

88. ［英］哈耶克：《通往奴役之路》，中国社会科学出版社 1997 年 8 月版。

89. ［德］哈贝马斯：《合法化危机》，上海人民出版社 2000 年 12 月版。

90. ［德］霍克海默、阿多尔诺著、渠敬东、曹卫东译：《启蒙辩证法》，上海人民出版社 2003 年 2 月版。

91. ［英］吉姆·麦克盖根著，桂万先译：《文化民粹主义》，南京大学出版社 2001 年 8 月版。

92. ［德］卡尔·曼海姆著，黎鸣、李书崇译：《意识形态与乌托邦》，商务印书馆 2000 年 9 月版。

93. ［美］卡林内斯库：《现代性的五副面孔》，商务印书馆 2002 年 5 月版。

94. ［德］康德著，何兆武译：《历史理性批判文集》，商务印书馆 1990 年版。

95. ［德］康德：《判断力批判》（上卷），商务印书馆 1993 年版。

96. ［法］米歇尔·福柯著，莫伟民译：《词与物——人文科学考古学》，上海三联书店 2001 年 12 月版。

97. ［法］米歇尔·福柯：《知识考古学》，三联书店 1998 年 6 月版。

98. ［法］米歇尔·福柯著，刘北成、杨远婴译：《规训与惩罚》，三联书店 2003 年版。

99. ［美］莫里斯·迈斯纳：《毛泽东与马克思主义、乌托邦主义》，中央文献出版社 1991 年 1 月版。

100. ［法］皮埃尔·布迪厄等著，李猛、李康译，邓正来校：《实践与反思——反思社会学导引》，中央编译出版社 1998 年 2 月版。

101. ［美］萨义德著，单德兴译：《知识分子论》，三联书店 2002 年 4 月版。

102. ［英］汤因比等著，张文杰编：《历史的话语——现代西方历史哲学译文集》，广西师范大学出版社 2002 年 3 月版。